天津出版传媒集团

天津人民出版社

图书在版编目（CIP）数据

散落的光阴 / 张静著. -- 天津 : 天津人民出版社,
2017.10（2025.4重印）
（时光碎语系列）
ISBN 978-7-201-12253-3

Ⅰ. ①散… Ⅱ. ①张… Ⅲ. ①散文集—中国—当代
Ⅳ. ①I267

中国版本图书馆CIP数据核字(2017)第201803号

散落的光阴
SANLUO DE GUANGYIN
张静 著

出　　版　天津人民出版社
出 版 人　黄　沛
地　　址　天津市和平区西康路35号康岳大厦
邮政编码　300051
网　　址　http://www.tjrmcbs.com
电子邮箱　tjrmcbs@126.com

责任编辑　张　凯
特约编辑　李　路　吴珊珊
封面设计　侯　建
排版设计　西橙工作室

制版印刷　三河市天润建兴印务有限公司
经　　销　新华书店
开　　本　880×1230毫米　1/32
印　　张　9.25
字　　数　206千字
版次印次　2017年10月第1版　2025年4月第4次印刷
定　　价　39.80元

语境视野下的个性感悟

——读张静散文

散文这种文体，从20世纪80年代初至今，一直在发生着颠覆性的变化。借生物进化原理来分析，变化无疑意味着有益的探究，意味着从技巧到内容全方位的拓展。但变化同时也滋生了一些过于琐碎、庸常轻浮的下乘之作，一时间，小感觉小情调之类品相较低的文字铺天盖地，千人一面，千篇一律的面孔处处可见，如此阅读近况，难免让人疲惫和倦怠。然而偶读张静的散文，却改变了我的某些偏见，眼前顿时一亮：散文依然有振奋之作、动人之作。

张静其实一直处于“潜在写作”状态。她的创作道路虽也曲折，却又是随意的，自由的。想写什么就写什么，写了就写了，并没有创作之外更多的奢求。我以为，这正是她能写出好作品的先决条件。

《荷花开欲燃》是作者近年来写得比较流畅、且能体现她创作倾向的一篇短小散文，全文仅千余字，读来却能让人掩卷遐思，实属不易。自古至今，将视角盯在荷之情趣上的佳作比比皆是，古有周敦颐的《爱莲说》，五四后有朱自清的《荷塘月色》，当下又有成千上万与“荷”丝丝相连的诸多好作品，可谓多彩缤纷，琳琅满目，吸引着人们的眼球。其中不少名篇被尊为文中极品，或世代流传，或进入教材，被世人传诵。要想在这样一类旧题材中挖掘出新意，其难度可想而知。然张静的《荷花开欲燃》却另辟蹊径，大胆将身边的地域元素变成个体眼中终于可以跳出俗套的一幅独一无二的物象盛景，或平实地记叙，或浓墨渲染，布局得体，让人悦目赏心。文章结尾以夜间案头画荷作结，余味无穷，很容易就将读者带入作者勾勒的那幅神秘画卷之中；而另一篇《帕上婉韵》，同样有异曲同工之效。

作者从在饰品店里淘得一方帕巾这样的小事起笔，使现实与历史交错，目光与记忆融合，衬托当下生活的多姿、传统民族风情的绚丽以及新的历史时期人们心灵深处的微妙变化，字里行间，少了框架式“触物生情”的刻意，多了主观意动下现代文明在传承意识中的回望与留恋、联想与反思，不由人会跟着作者的思路欣然而去；而那篇《漫读中山街》，且不说通篇如何立意，仅一段开场白，就足以让人感叹：“……说真的，有时候并不是刻意想要去买点什么，只是想卸下箍在身上一周以来的烦冗和琐碎，最好是脚穿一双平底鞋，不施粉黛，素面朝天，随意走走，看一看街头涌动如潮的车流和人流，熏一熏各种混杂在一起的尘埃味道，仅此而已。”这样的开篇，是启承推进的客观需求，也是文章的题旨，开宗明义，一条“红线”也就拉出来了，只要不是有意走偏，一篇较好的文章大抵一般都能自然天成。

在张静散文的阅读中，如果我们稍稍留意，就不难看出，她对散文创作的把握，注重的是一种来自内心深处、带了某种自我“血统”特质的感悟。

散文是作者通过自身体察，对自然存在和生命“盲区”进行的某种双重探寻，亦是作者用感悟在自己内心修筑的一条宗教式的“面壁”渠道。假如这里的感悟是指开启慧门，“面壁”则是搭建的一座能通向“神相”境地的桥梁——散文需要的是裸呈，是袒露。内容上，作者不论是述说纷繁复杂的人生，还是描写满目奇幻的自然风景；不论是说“物”，还是道“事”，目的无非是要让朦胧的感悟破壳化蝶，跃然纸上。此刻的感悟，既是以丰满的形象对事物特殊意义和特殊美质的承载，也是作者情感流动、神思飞扬的步履印痕；既是思想和志趣的如期宣泄，又是作者个性、文风、志向、修养的全面显露——作者披襟剖心，真诚道白，目的只有一个，那就是以比较完美的形式完成作者与读者之间在经历、趣味、爱好等层面上的神性融合。宋代大文豪苏轼在谈到为文之道时有这么一段精辟的论述："大略如行云流水，初无定质，但常行于所当行，常止于所不可不止，文理自然，姿态横生。"他强调的虽是散文的精思巧构、自然顺畅而又奇妙独异的功夫，但就精神内涵看，仍属对感悟妙用的归纳。这其实是创作技巧之外的东西。我的观点是，能为散文设计出最佳蓝图者，必是感悟物事最深刻者。

好的散文必然会有深邃的意境。而意境的萌生，往往产生于作者的个体自觉，如鱼饮水，冷暖自知，不可用雷同的、他人的感知去代替。至于写什么或怎么写，作为文学创作的一个话题，虽在圈子里喋喋不休地争论了几十年，而在散文创作实践中，似乎又并不是问题。泱泱宇宙，大至纷繁世界、国家要闻，小到沙粒树叶、花鸟鱼虫；远观历史古迹、名人轶事，近窥眼前万物、身边琐见，都可化为散文的笔墨。生活中诸多物象和场景，只要有心，本身就是一篇生动的散文。我们遇到了，或者会木然地擦肩而过，一旦看见别人笔下成文，又那般情文并茂，方才恍然大悟，明白了"天地大美"的存在。

这或者又会牵出一个老话题：大美来源于发

现——地球从有生命的那天起，大自然就赐给人类一种无以复加的慈爱和温馨，虽然它不会伸出双手，将慈爱和温馨一一送到我们面前，但“天地有大美而不言，四时有定法而不议，万物有成理而不说”的奇妙景象，却常常打动着人们，将那些最内核的东西释放给人们，让我们从中发现，在人类心灵疆域的自由天地里，你有多大的才华和智慧，它就能敞开多大的胸怀容纳你。它凸显的是人类亘古至今多元文化和美的创造取之不尽、用之不竭的存在元素。

我之所以这么说，依然基于张静的散文。看张静的那些文字，几乎全都来自于“不择细流”的某种感悟。如《老屋，褪不去的时光》《远去的年画》《天地之间，雪是一种召唤》《毕业季》《折子戏》《旗袍清韵》《与埙相拥》，以及她收入本书的几篇节气和草木系散文等，选择的都是我们司空见惯的场景，经张静平和质朴、犹如拉家常般地娓娓道来，一下子就活了，灵动了。

显然，这种抒写习惯除了作者嗜好，同样离不开对“底层”人群的关照。

文学对底层的关照，实际上经历了一个从政治概念、社会学到人道主义、人文主义的演变过程。底层文学之所以风光，是它适时地、准确地、不折不扣地呈现着社会转型或者改革开放走向纵深之时复杂而多变的社会现实，以及这种现实中的各色人物。而散文的责任则是不失时机地驾驭它，体察它，揭示它，使其上升为值得被我们阅读的艺术圭臬。张静散文从小处切入，以底层人物为背景展开，并没有将写作技巧简单地放在不加节制的抒情上，也没有一味地去追求那种小甜蜜、小幸福、小成功等感受，她似乎已经从散文的诸多诟病中看到了滥用抒情对深刻内涵和自然天成之规律的破坏。在她的叙述文本中，抒情不再受表象的、携带着某种虚情假意的“写作仪式”的侵袭，而是潜在地将“思想”转化成了一种话语意识形态。在这样的语境中，真正的“底层”悄然浮出水面，成功地实现了一种“去抒情”状态下本质属性的回归。

我以为，在这方面张静是自觉的，义无反顾的。她诚然是在有意锤炼自己潜入“草根”人群之中寻找文学节点的能力，一刻都没有放松对底层生存状态的观察和探究，她正是要以这样一种执着的态度去唤醒自己对底层生活的感悟。比如对传统的梳理和思考，比如运用女性特有的细腻去洞察世相本质等等。在她的笔下，即使小花小草、物象风景、童年往事、家长里短、社会交往、生活细节、情感伤痕、苦恼挫折、旅途见闻、读书感悟等，都能产生恰到好处的跳跃和跨越，把最美最理想最超然，带着无穷冲击力的文字展现在我们面前。

当然，这种能将个体感悟舒展化，能在思维海洋里游刃有余的创作态势，与其散文的语言风格不无关系。就散文的构造而言，语言就像组装春天的绿，只有清新自然，才能达到不刻意雕饰但又不乏生动，不有意刻求而自得其意蕴的效果。好的散文是一首诗。诗意同样来源于富有魅力的语言，来自语言风格的特殊营造。

张静最清楚语言在文章中的作用。其实每个文学痴迷者，都清楚文学性与语言的密切关系。散文优雅畅达，朗朗上口，宛如行云流水，泉漫石基，才会韵味十足，具有空灵隽永之美。这几乎是诸多对散文创作有见地的行家的经验之谈。言为心声，文章是作者思想内涵和人格修养的体现。不同的作者，生活在各自不同的时代和社会环境中，由于先天禀赋有别，后天阅历各异，才识、气质必有高下之别，写出来的文章也便各有不同。

叔本华认为，一切艺术都趋向音乐。音乐是生命状态的直接呈现形式。因此，作为生命表现的不同形态的散文，自然也会富有优美的音乐感——旋律的变化、节奏的急缓、和声的丰富与单纯、音色的高亢与低俗等等奇妙组合，完全与天地宇宙里的万事万物息息相关，人们常常使用的“韵致”或者“韵味”，表达出的其实就是对作品的感受和体会，这就毫无疑义地证明了叔本华的观点——在一切艺术类型中，只有语言艺术在形式的抽象性方面与音乐最为接近。因此，赏析一篇优秀散文，音乐美仍然是一把十分恰当的标尺。

从张静那一篇篇散发着泥土芳香的散文作品里，我们会发现，张静是将语言作为音乐来建构和操持的。不少文本中，那种时而深沉、时而洗练、时而沉稳刚健、时而温静典雅的韵律，扣人心弦，容不得你心猿意马，思有所终——“归来，已是华灯初上，眼底满满的荷，怎么也驱之不散。忽儿兴起，于陋室一角，摊开笔墨，和着《睡莲》幽婉深情的曲子，伏案涂鸦，纸上的荷竟也渐渐地醒了过来……”（《荷花开欲燃》）“我喜欢弥漫着安静之感的老房，它们在风烟里寂静地保持着固有的姿势，安然伫立于喧嚣和繁华之间，似在昭示一段被风吹散的时光和岁月。这个时候，吃什么都不重要了，两盘小菜，几碟素食，仅此意境，足以让所有人在它的平静里安歇下来。”（《漫读中山街》）如此文笔，如此干练的语言叙述，画面似的将作者的心声具象化，清晰化，品着吟着，除了陶醉，恐怕谁都会唏嘘不已。

语言的功力来自散文作者较高的文化素养和

文学观念。一个有较高文化素养和较强文学观念的散文作者，在观察、理解、选择、挖掘散文题材时，才会产生独特的、精准的文化关照，倘若缺少这样的素养和观念，即使散落在我们面前的诸多书写元素有比较深厚的文化内涵，书写者也不会自觉地接纳和关注。张静是教师，手不离卷或者是一种常态，加上善于思考，勤于练笔，因此才有可能熟练地驾驭语言之舟悠然扬帆，乘风破浪。这是难能可贵的一面，也是最不可或缺的素质要求。

愿张静通过持之以恒的磨炼，有更好的作品问世。

景 斌

写于2016年3月

（景斌：陕西岐山人，中国作家协会会员，宝鸡市作协主席，著有散文集《远远的山》，诗集《心窗》，组诗《雪路》《车夫》《沃土》《船工·父亲》《诗七首》，散文《夜语》，小说《粮食》《又到花开花落时》《对望》《老槐树》等。）

目录

第一辑　相逢是首歌

003 旗袍清韵
008 与埙相拥
015 明月照我心
023 荷花开欲燃
026 梅约大寒时
029 守得竹林听雨声
033 远去的老调
037 帕上婉韵
040 先生与茶
045 夜读江南
049 品人间真味
055 站成一棵树
059 毕业季

目录

第二辑　故园情深

071 天地之间，雪是一种召唤
076 老屋，褪不去的时光
082 折子戏
088 远去的年画
091 高粱绿，高粱红
095 菊事悠悠
100 遥望一株麻
104 葵花尘香
109 冬至帖
113 暮春夜雨
117 布谷声声
121 寒露小记

第三辑　山南水北

127　塔尔寺，一个人的安静时光
135　一路向西
146　大院古韵
153　平遥夜，夜平遥
159　五爷庙香火
164　朝圣大螺顶
169　漫读中山街
175　问道金台观
181　邂逅黄柏塬
190　深秋，走进一座山的怀抱
196　捕捉，抑或铭记
208　凤县散章

目录

第四辑　读书札记

215 一座烂城，浮世绘尽
221 散落的幽香
227 吾心安处是故乡
234 消失的光年
240 寂静的乡村声声喧响
244 血脉里的薄凉与温暖
251 水墨淡渲百味生
254 群山之巅，谁在歌唱？
257 爱的路上，朗读不止
261 再读汪曾祺
267 书香时光
271 **后记　光阴慢慢，不忘初心**

第一辑：相逢是首歌

旗袍清韵

不止一次看到过，旗袍轻着的女子，在时光的碎影里，在氤氲的怀旧中，盈盈一水般穿尘而来。

这一幕，应该是罩在一片舒缓而蓝调的音乐里，有木地板、留声机、旧藤椅，还有如水流动的锦丝绸缎裹着一个个清秀的旧时女子，踩着江南湿漉漉的雨巷，抖落一身的海棠花衣，多美的意境！

通常在那一瞬，我的视线会被定格，神情也会恍惚起来。我无法预测在她们的生活和生命里，曾经有过怎样风生水起的故事，但我却清晰看到了，着旗袍的女子，眉目之间流淌着一份难以言说的情愫，她们一举手一投足，抑或温婉雅致，抑或羞怯惆怅。可不管她们以怎样的姿态行走在尘世里，当我的目光和她们的目光交集在一起的时候，我知道，我注定走不出那一抹属于旗袍独有的情致，从而不忍挪动我的双脚，更不忍移开我的视线。

依然忘不掉第一次看王家卫《花样年华》的情景。影片里，身材高挑的张曼玉在狭窄幽深的巷子里，印下一叠风情万千的背影。一件件迷醉人的旗袍妥帖地裹在她的身上，恣意绽放着屏幕内外美轮美奂的丰韵。就在那一刻，面容清瘦且身材不修长的我竟然狂热地迷恋上了旗袍。有一段时间，那种迷恋，带着很深的小欢喜和几分怯怯的羞态，犹如一朵盛开的青莲，枝蔓缠绕着、攀爬在整个心房。

所在的小城不大不小，繁华喧嚣的经二路上，商铺林立到也会让所有爱美的女子在每家品牌店的穿衣镜前各得其所，小城的女子也会风采照人，也会婀娜多姿。不过，旗袍并不是这座城市的主色调，平日里，街面上很少见到旗袍专卖和穿旗袍的女子。尽管如此，我想拥有一件旗袍的欲望始终未减。那日，外出办事，路过经二路和红旗路拐角处，一个叫作“老上海”的旗袍店映入眼帘，自然要进去看一看的。店面不大，装修得简单而雅致，透过宽大的、被绿萝花架缠绕的落地窗，可以瞧见一件件真丝旗袍套着一层塑料袋，被挂在货架上或叠放在方格子展柜里。货架和柜子是木质的，只涂了一层清漆，清亮明澈得连木头的纹路和接茬都看得一清二楚。衬着柔和微黄的荧光灯，几个女人正在试穿旗袍，淡雅的颜色，流畅的线条，一下子就把中年女人的风韵勾勒出来。忽而，我的心也柔软起来，那熨帖丝滑的质感和不沾尘埃的清韵，裹着清瘦的我，会是什么样子呢？

想到无法抑制时，不顾身材娇小的缺陷，相中了一件，粉色绸缎，顺着前襟斜着绣了一朵硕大丰满的荷叶，领口和袖口手工缝制的蕾丝花边，如蜻蜓点水般的精致。最上眼的是那一排蝴蝶盘扣，轻巧玲珑，很是心仪。问了一下店主，也不贵，便美滋滋地带回家。镜前，一遍遍赏着虽然没有闭月羞花的容貌却有着玲珑身材的自己，兀自沉醉。后来由于职业的缘故，这件让我心仪的旗袍，也只是偶尔在假期里从衣柜里拿出来，秀几下，等过完假期，又安安静静地归到属于它的角落里了。

很快，夏天过去了，街上穿旗袍的女人也少了，可骨子里，对于旗袍的衷情却始终在我心底盘踞着，不曾淡去。一天，闲来无事，打开电视胡乱换台，忽而撞见三十年代的旧中国，在一片又一片的风云叱咤和情仇爱恨之中，有多少旗袍女子，为了生活和梦想，甚至为了拯救苦难的民众，穿梭在大上海的霓虹灯下，演绎了多少场从身体到灵魂的颠覆和重生？君可知，那一件件旗袍，或素净或张扬，或端庄或妩媚，到头来，却都是旧中国的女子们，从春到夏，从秋到冬裹不尽的心结！

这样的故事见多了，也渐渐悟出一条规律来：新中国的导演们，似乎只需要一个清丽优雅的女子、一个才貌双全的男子，外加一件件靓丽的旗袍，随之，一段段风生水起的旧时光便弥散在一幕幕风尘往事的画卷里，慢慢铺陈开来。其实，我想说，除了故事，吸引我的，终究是银屏上各色式样的旧式旗袍，细密的针脚，浓艳的色彩，还有令人爱不释手的图案和花色，从条纹到格子、虫草到梅枝，尽显精致和高贵。至于颜色，更是异彩纷呈，藏青、猩红、鲜绿、绛紫，纷繁到惊艳，仿若一段时光被倾了城，倾了色。

由于对旗袍的热爱，我一度迷上了老电影，尤其是女主人公成熟丰满的身体也被一件件旗袍紧紧包裹着，演绎出与爱与情有关的故事，那种深深的欢喜是言不由衷的。我甚至想着，一定是旗袍，让电影里的男女主人公从擦肩而过到顾盼传神，灵犀一点的情愫，使他们几番刻意相逢，然后是英俊潇洒的男子带着心仪的女子，约会在春花烂漫里，偎依在夏夜舞曲中，缠绵在冬雪夜归时……而屏幕下的我，很清晰地看见了，着旗袍的女子，幸福的脸庞衬出一圈楚楚动人的红晕出来，甚至连呼吸和心跳也是炙热的。

记得曾经两次到上海，徘徊在张爱玲故居前，那是一座被青藤爬满的二层洋楼。去之前我就在想，一定有很多她笔下低沉缠绵的故事在这里留存，故而我想在那丝丝滑动的留声机传出来的老调里寻觅。然而最终，我什么也没有听见。我只是怔在那里，我的耳朵、眼睛、身体，还有思想，在整栋楼里弥散而出的浓烈书香和斑驳流年里漫无目的地游走着。透过散漫的思绪，我清晰触摸到了，这略微叹息的调子里，罩着那个绝世孤立的才女。她的紫檀雕花的木柜子里，整齐排放着一件件青花瓷布衣的、藕色镂空花纱的、蜜色真丝的旗袍，如同一道与世相隔的屏障，让她笔下繁花似锦的旧上海，在我眼前不停地轮回和辗转。

很多年后，当我在某处，每每遇上老式的木箱子，或者听到老式留声机里流淌而出的那种低沉深情的老调时，总会感慨万般。是哦，这些旧物件和老调的背后，那年那月的情怀和忧伤，如同一道很深的印记，被镂刻在岁月的额头上，令人沉迷和回味。以至于后来，我徜徉在苏州城幽深的巷子里，看到一个个身着旗袍，打着油纸伞的靓女子，行走在青石板上，清新得如同一朵盛开的白莲时，总要停下来，不由自主地回头张望，直到那一袭背影消失在小巷的尽头。

昨夜，我身居的小城，寒霜漫天。晚饭后，和江南的朋友聊天。她说，午后，一个人去了西塘，太阳暖烘烘地照着，步子散漫而轻盈。当她走到白墙青砖的高墙跟前，一扇褪了色的旧铁门呼啦一下开了，开了半扇。透过不大不小的缝隙，恰巧看到里面一个华发如丝的暮年老太，带着老花镜坐在院子里，从箱底翻出一件尘封太久的旗袍，她小心翼翼地抖开，小心翼翼熨平衣角各处的褶褶皱皱，然后轻轻晾晒在墙角的背风和阴凉处。那墙角，错落有致的竹竿搭成的藤架上，爬满了丝瓜花或豆角蔓，风儿轻轻吹着，旗袍散着霉气的光泽，苍苍凉凉。

这一刻，你一定和我一样，看到了老太太唇角泛起的叹息，抑或还有从她眼底满溢的某段流年，暗香涌动。

与埙相拥

我是早产儿，长到四五岁了，还一直体弱多病。多数时候，伙伴们出门玩耍都不愿意带上我，他们主要嫌我胆子小，动作慢，嗓门更小，玩起来没劲头，而且由于过于瘦小，身子骨轻，一碰就摔倒，还要哭鼻子，算是比较的烦人。

有一回，邻居二毛和狗剩哥他们准备去沟里打猪草。我当然知道，打猪草只是掩饰，主要是下沟里的小河里玩耍。河里有贝壳、小鱼，还有青蛙，可以烧着吃。晌午饭后，二毛来喊堂姐，两个人表情神神秘秘，嘴里嘀嘀咕咕，还眉来眼去，打着手势。

我知道，他们是怕我撵过去，想悄悄溜走。可我还是看见了，跟了几步，二毛伸开手臂挡住我，压低嗓门吓唬我说，河边的长虫和癞蛤蟆，多得很，一不留神就爬你脚上，还去不？

我打小就怕这两样东西，二毛这样一说，我赶紧将腿缩了回来，使劲白了二毛几眼，鼻子里“哼”了几下，不去就不去，有什么了不起的。

堂姐和二毛一溜风似的走了，我一个人在院子里踢着石子，闷闷不乐。

我爷把这一切都看在眼里。他悄悄走过来，摸摸我的头说，等下次下雨了，爷给你捏个泥埙，准保他们都一个个眼红，不找你玩才怪呢！

一场雨后，空气里夹杂着泥土的腥味，我爷从地里回来，蹲在后院里，果真给我捏出了几只，形如小鸡、小狗、小鸭、小猫的模样。搁在嘴边，能发出断续的声音，说不上悠扬婉转，却也响亮悦耳。其实，那会儿，懵懂的我似乎更在意其乖巧可爱、玲珑精致的形状，活脱脱的，很是诱人。

过了几日，我用两颗水果糖换来了二毛和秀秀来我家院子玩耍。厢房里，奶奶带着老花镜坐在织布机上忙活着，一只木梭子在她手中来回传递，两只脚不停踩着脚踏，待夕阳西下时，奶奶胸前铺就开来一片五颜六色的格子布，似墨染的画布。我们玩累了，坐在院子的房檐台上休息时，隔着敞开的门，可以看见奶奶亲手织染的花丝线一绺一绺顺着织布机错落有致地排列着，她的身子随着梭子前后左右很缓慢很有节奏地倾着，脸上漾出平和安宁的笑容。当我的视线落在机架上那些颜色好看的花线上时，突发奇想，一再央求奶奶也给这几只所谓的埙换上新颜。奶奶拗不过我，只好解下身上的织布绳，找出剩下的染料瓶子，耐着性子，给涂上红嘴、蓝眼、绿冠，身体其他部位再配上别的彩色，漂亮至极。

我自然非常欢喜，只要出来玩，就把这几只泥埙挂在脖子上，满村子挑人多的地方转悠，还乘人不注意憋着气使劲吹几下，很快，从公鸡的大嘴巴处就慢慢悠悠地渗出来虽然不搭调却很响脆的声音，引得同伴远远近近一窝蜂而来，围着我，眼巴巴地瞅着我手里的精致玩意。我在他们极其羡慕和眼馋的神色中，获得了一种从未有过的优越感和自豪感。

时隔十几年，我见到了真正的埙。那是1991年的冬天，临近毕业，我在西安自行车厂搞折弯机设计，每日黄昏，会从玉祥门绕到汉城路坐59路车回咸阳。连续几日酷热难耐，我们设计组几个人相伴，一起绕着城墙根的阴凉处走。远远的，一阵浑厚苍凉的声音夹杂着丝丝热风传来，声音钝钝的、低低的，仿若要穿透人的五脏六腑一般。不由得驻足停下，循声望去：不远处一亭子的石凳上，一位垂暮老者，两手托起一个类似于大肚弥勒佛一般的泥瓦罐，他阖上睛，神情专注地吹着一首我不曾听闻的曲子。后来，我知道了那首曲子叫《追梦》，而他手里的东西，名字叫作“埙”。

那才是真正的埙，一只深褐色的、光滑饱满的陶质埙。惊喜之下，三步并作两步，凑到跟前，细细端详，原是一只七眼埙，一个个圆溜溜的小洞眼，似一只只洞穿千年风尘的眼睛，那里面，似乎饱含岁月的沧桑与时光的沉淀。让我惊叹的是，年过花甲的老伯，脊背靠着城墙，旁若无人地吹着，好像周围喧嚣的人群与他无关。而我在那一阵幽幽怨怨的呜咽声中，仿若看到了这片绵延八百里的黄土地上，那一件件散落在尘烟里的陈年旧事，正被一只埙、一位老人，以无限深情的姿态，演绎得风生水起。与此同时，一种孤独与清寂，厚重和苍凉，瞬间摄住了人的心。我第一次感觉到了，什么叫作震撼！

再后来，参加工作了，单位有一位同事，教物理的，为人谦逊而和善，除了课讲得顶呱呱外，还有一手绝活呢，尤其是泥塑功底相当不错。每每下雨天，他都要搞回来一堆泥巴，找一不起眼的角落，摊开阵势不厌其倦地侍弄着，一阵忙活后，一个大肚弥勒佛就笑得眼睛眯成一条缝，形象极了。更有趣的是，“十大元帅”的头像也被他一双巧手给塑出来，活灵活现，人见人夸。一日，竟然自己揣摩着赶出了一件埙，他自豪地对人说，自己泥塑的埙，并不比名噪一时的秦源黑陶埙差。

那日，去同事办公室闲转，他正在侍弄那只埙，我这才有了零距离和它接触的机会。很细腻，很光滑，捧在手中，很薄，很轻，但又觉得很重很重，似乎是捧了秦人几千年沉甸甸的岁月。同事告诉我：“做这只埙很费事的，需要将特质的土陶坯定型压光后，放进炉子，炉子须是密闭的，最关键的是火候一定要掌控好，太旺太弱都不好，还需添加一些干柴火熏烤，柴火滋生出的浓烟对烧制埙来说很重要，因为浓烟中的碳粒子随着柴火的燃烧便渗入陶坯中，本色的土陶会很快便被上了一身油亮的黑肤，那属于埙独一无二的声音才能出来。”

我记得他说这话的时候，满脸的宁静。末了，似乎言犹未尽：看你也是喜欢音乐之人，其实，很多时候，这埙，适合独语细吟，若和着余音袅袅的古琴，对着空谷僻径、半墙花影，让埙声幽幽铺开，都是故事呢。只是，令我十分惋惜的是，那年冬天，同事在外地工作的儿子回小城了，他下楼去对面的市场买儿子最爱吃的南瓜饼和豆腐脑。返回时，就在我们学校门口的马路上，被一辆横冲直撞的摩托车撞飞二三十米，虽然经过一周的抢救，终究未能醒过来，撒手人寰。我再也见不到他的身影，看不到他的诙谐和幽默，听不到他絮絮叨叨关于埙的情愫和热衷。我只有在心里默默祈祷，天堂里一定也有一只埙，为他，低低作响。

我确信这只是初冬，有连绵清冷的雨漫天飘飞着，给人无边的寂寥和空旷。晚饭后，一本书读倦了，将身子逶迤在椅子上，冲一杯好久未染指的大红袍，点开耳麦，音乐收藏夹里，一曲曲熟悉的埙乐，在夜的帷幕下，在无边的月色里，静静弥散开来。我无法抗拒，这幽幽的呜咽声，隔着青白的屏幕一声一声传过来，那种令人难以抵挡的穿透力，像要连同那一只埙一起撑破似的。我还是不懂音律，更谈不上吹几口，却依旧全身心地投入其中，一次次深深陶醉着。这种状态很多年了，我甚至觉得，假如有一天，我老了，耳背了，再也听不到它们，会有怎样的失落和怅惘？比如此时，我就泡在雨夜里，泡在埙声里，大地是安详的，我是沉默的，沉默到一遍遍不厌其烦地听着《风竹》《知音》《睡莲》……这些不知听了多少遍的埙曲，带着细碎的深情，一点一点浸入到我的心窝深处，那一些在心底里洞藏太久的故事，硬生生地被唤醒。

许是过了浪漫婉约的年纪吧，愈来愈懂了那独特的、略带沙哑的声音里，似乎在诉说着一段段久已湮灭的历史陈迹：大漠孤烟、夕阳西下、树风酒旗、思乡游子、痴心情人、伤别友人……这些在埙声里早已留下烙印的人间百味、前世今生，都是文人墨客心中永远难以卸掉的情愫。

你听！

乐游原上清秋节，咸阳古道音尘绝。音尘绝，西风残照，汉家陵阙。

李白如是说。

身向云山那畔行，北风吹断马嘶声。

纳兰性德如是说。

……

嗯，一定还有很多与埙有关的诗句，让我一边沉溺在埙的呜咽里，一边搜肠刮肚去寻找。你听，那苍凉的、悠远的、缠绵的、幽怨的埙声过后，我仿佛看见，有人站在窗前，借埙还魂，好像只有在这埙声里，才有了水边繁茂的蒿草，有了空山无边的清寂，有了窗下伊人的思念，甚至有了人在埙声中渐渐老去的传说。难怪贾平凹老师在《废都》里写道："我喜欢埙，它是泥捏的东西，发出的是土声，是地气，上帝用泥捏人的时候也捏了这个埙，所以，人生七窍有了灵魂，埙生七孔有了神韵。"细细思量，真是精辟，不愧为大家，把埙与人之间藏在灵魂深处的一场私密对话勾勒得栩栩如生，淋漓尽致。

一种姿势听久了，会有腰酸背痛的感觉，换了姿势，继续听，一直听到枯藤、老树、昏鸦、断墙，一幕幕在我眼前交相辉映。那一瞬，我的泪水与埙声一起流泻开来，不停地问自己：只是一只埙而已，何以将虚无缥缈的玄音，寄托在最为朴素的泥土之中，灼土成埙？而待回过神时，风儿停了，鸟儿歇了，忙了一天的人们早已进入沉睡中，除了埙声和雨声，尘世间一片万籁俱寂。我不觉叹道：谁让我们终是俗人，总想在无字的曲中，寻找一条弯弯的小路，进出自由。就像此时，我在夜的帷幔下静坐，忽而蠢蠢欲动，想拥有一只埙，随意乱吹，即使五音不全，难成曲调，姑且听一听，它发出的声音；嗅一嗅，那一缕远古的味道，也算无憾吧！

明月照我心

【1】

晚饭后，一本书读倦了，我通常会依着窗户朝外瞥几眼。

连续几个夜晚，眼见窗外的月色越来越明澈，才忽而惊觉，哦，又一年中秋将至。这月儿像长了脚丫似的，在院子的几座楼宇之间时隐时现，不一会儿，便挂在街边的树梢上，俏皮地眨着眼睛，一缕满满的清辉从树的罅隙里洒落，给人无限温暖和清宁的感觉。

一直以来，我是很欢喜这一城浓浓的月色的。自然会在暮色下沉时卸下一身的烦冗和琐碎下楼，一个人走上那条长长的河堤。

和喧嚣的街头巷尾相比，秋夜的河堤公园是安静的，潮湿的。

沿着河堤行走，一只只蛐蛐儿在草丛里、树荫下，不厌其倦地叫着。这叫声越来越稠密，叫得小城的秋天也似乎越来越明晰了。

披一身月色行走，亦是我向往了很久的一件事情，可以沐浴月华如水的清亮，触摸月上心头的清婉，而无论哪一种，都会使人莫名惊喜与感慨。比如此时，我就站在蜿蜒绵密的渭水边，两岸高楼林立，月光潋滟，万家灯火正当时。若是盯着多看几眼，那一盏盏灯火和一弯弯月色里满溢的温暖与温情，足以洗去人一天的劳顿和倦怠。

怎么不是呢？在我的小城里，月儿最圆、最亮时，正是中秋团圆时。这团圆的浓浓心意，少不了月饼的衬托。和小城耳鬓厮磨20多年了，眼瞅着礼盒里的月饼越来越精致，古老的中秋越来越富丽堂皇。只是，那月色里的厚重却愈来愈黯淡了，倒是记忆里一些与月有关的文字，每每赊来把玩良久，总有难以释怀的感慨。感慨那似乎专为情爱和思念而生的旧年月色里，有人在洒满月光的窗前，两只温暖的手掌彼此攥紧半生半世；有人的情书皱巴巴的像件旧衣裳，在月光下，黑色的零星字句，敲打出一处相思两处闲愁的怅惘；有人在异乡，默默打包堆积在一起的思念和牵挂，细心用礼盒装好，隔着千山万水邮递而出；还有人默默地、不声不响地走开，仿佛自己从来就没走进过那浓得化不开的月色。

夜幕沉降，小城褪去一天的繁复和喧嚣，渐渐安静。抬头看，清月如钩，星河灿烂，一个人，消磨在这一地月色里，一种难以掩饰的孤独和怅然瞬间席卷了我。与此同时，那些在月色里浸泡的怀旧思绪，从墨间醒来，成为月光下一堆熊熊燃烧的篝火。

【2】

“月亮进来了！我们看时，那竹窗帘儿里，果然有了月亮，款款地，悄没声地溜进来，出现在窗前的穿衣镜上了：原来月亮是长了腿的，爬着那竹帘格儿，先是一个白道儿，再是半圆，渐渐地爬得高了，穿衣镜上的圆便满盈了……”

这是我早年读的贾平凹老师《月迹》中的一段。记得初读时，一股暖意如涓涓溪流滑落心底。是哦，在老师的记忆深处，故乡之月承载着儿时的欢乐无限。那会儿，月亮是会行走的。行走在镜子里、杯子里、院子里、桂树上、河湾里，当然，更在老师心窝里。我一定能够想象得到，待他搁笔时，一幅月色朦胧，恬静静谧的月之水墨正在纸上跳跃呢！

后来，读老师《树上的月亮》，又是别有清韵。可不是？“月亮已经淡淡地上来，那竹在淡淡地融，山在淡淡地融，我也在月和竹的银里、绿里淡淡地融了……”浸在这样的月色里，我相信即使再粗俗的人，也会在月色里沉静起来。而先生《夜在云观台》中的月，则填满一种脱俗的禅味。尤喜欢老师“独坐在禅房里品茶。新月初上，院里的竹影投射在窗纸上，斑斑驳驳，一时错乱，但竿的扶疏，叶的迷离，有深，有浅，有明，有暗，逼真一幅天然竹图。推开窗便见窗外青竹将月摇得破碎，隔竹远远看见那潭渊，一片空明。心中就有几分庆幸，觉得这山水不负盛名，活该这里没有人家，才是这般花开月下，竹临清风，水绕窗外，没有一点俗韵了。”

是哦，这禅房赏月，品茶，观竹，细细品读，几分宁静，几分淡然，又几分豁然！

读完这些字，我的眼前，也忽而浮现出幼小时中秋之夜的情景来：爷爷和奶奶，父亲和母亲，还有叔叔和婶娘们一起围坐在院子里葡萄架下的石凳上，一只白净的瓷盘里放着六块月饼。盘子旁边，是奶奶奉供的香炉，香头处星火缭绕，艾蒿的香气弥散在空气里。这是奶奶自己制作的土香，那香味，驱走了蚊虫，也驱走了邪毒。大人们说说笑笑，闲话家常，我们七八个孩子，关心的是盘子里的月饼，一个个安静等着月亮下去的时候，就可以分月饼吃了。

经年之后，当我离开老屋，它再一次悄悄地爬上了树梢，爬上了窗棂，爬进了我的心里时，我豁然开朗：原来，这头顶的明月，即便再经历无数次的月亮盈亏，即便再远隔万水千山，储存在心里的那一盏白月光，也会牵着漂泊的游子缓缓而归，这只“脚”呀，趟过海角天涯总能寻觅到亲人的足迹！

【3】

“一张比一张离你远。一张比一张荒凉，检阅荒凉的岁月，九张床。”

读懂余光中这篇《九张床》时，我已为人妻为人母。依然记得第一张床在西雅图的旅馆里，面海，朝西，而且多风，风中有醒鼻的咸水气息；第二张浮在中秋的月色里。听不见海，吹不到风，余老在那一片月光里，想起儿时的天井和母亲做的芝麻月饼，想起旧院里轻罗小扇的闲适，更想起重庆、空袭的月夜、月夜的玄武湖、南京……直到曙色用一块海绵，吸干一切；第三张在爱荷华城。林中铺满清脆的干橡叶，另一季美丽。最让我唏嘘的是第六张床，虽然是柔软的席梦思，但他睡着并不踏实，他在“月色如幻的夜里，有时会梦游般起床，启户，打着寒战，开车滑上运河一般的超级公路。然后扭熄车首灯，扭开收音机，听钢琴敲叩多键的哀怨，或是黑女肥沃的喉间，吐满腔的悲伤，悲伤”；而最后的第九张床，他与死亡擦肩而过，庆幸自己还活着，床在楼上，楼在镇上，镇在古战场的中央。他一遍遍怀想：“想此时，江南的表妹们都已出嫁，该不会在采莲，采菱。巴蜀的同学们早毕业了，该不会在唱山歌，扭秧歌。母亲在黄昏的塔下。父亲在记忆的灯前。三个小女孩许已在做她们的稚梦，梦七矮人和白雪公主……”我清晰地看到，这梦幻般的希望滋生于一片月色深深中，他的眼底，一只膨胀到饱和的珠母，将生命分给生命。

如今，再读《九张床》，一张比一张觉得凝重和怅然。我在叹息，余老漂洋过海不知经历过怎样的繁华和落寞。他的内心深处，每张床，都浸满了对于故乡的怀念，乃至于我也在想：若有一日，枕一张飘在异国他乡的床，是否自己也可以一伸手，便可握住李白诗里的月光?

想归想，我又何尝不眷恋这一地月色呢，它们如一曲良宵引，唤醒多少我年少的回忆？比如每到月圆时，村子里的疯子八爷，满身脏兮兮地坐在皂角树下，叼着一根旱烟卷，星星点点，明明灭灭，他在对着月儿兀自絮叨一段让人耳朵都能生出茧子的故事。全村人都知道，八爷在絮叨那个偷偷跟着瓜客弃他而去的女人；还有老屋的木格子窗，大红窗花的缝隙里，奶奶就着一盏煤油灯，给刚学会走路的小堂妹和小堂弟讲狼和羊的故事，我和几个稍大一些的堂弟、堂妹，坐在厨房的门槛上，在月色里眼巴巴地等待秋收的母亲和婶娘们。一口大铁锅里，奶奶熬好的米粥散发出诱人的香气。可月色越来越明亮，母亲和婶娘们总不见归来，弟妹们等得不耐烦了，索性就着月光，背着唐诗，写着唐诗，唱着和月亮有关的歌谣……

这一幕，早已不复存在，可我却深深念及。或许有一天，我成为一堆白骨，我的儿孙们，也和我一样，迷恋这一窗的月色。

【4】

月圆夜，独坐，心中会有很多写字的冲动和欲望的。可执笔，总有一种难以触摸的恍惚感清晰存在。恍惚过后，心底涌动的惦念和牵绊，会像雨后攀爬在墙角的藤蔓，疯了一般地滋长。我一支拙笔，难以抒尽一腔的情怀和感叹。坐卧不安时，又起身，来到窗前。窗外的月光依然很明净，只是，比肩林立的高楼时而将它遮挡得只剩半面妆，我使劲张望半天都觅不到一片月儿的影子。不知什么时候，一不留神，那弯弯的模样，又会在窗前探头探脑地飘摇而过，一份明澈和轻柔拂了我满身满眼呢！

待心绪稍微安静，又一头扎进一篇又一篇的墨香里，念及那些熟稔的、亲切的，被烙上月痕的词赋雅韵。你看，盛唐的月亮从渭水岸边升起来了，白衣飘飘的李白站在灞桥上，端着酒杯，跟多情的月亮对酌，醉了后，唱着“人生得意须尽欢，莫使金樽空对月”，沉沉睡去。

当然了，我是喜欢李白的，在其众多的诗文里，关于月的很多。有美丽如画的“长留一片月，挂在东溪松”；也有妇孺皆知的“举头望明月，低头思故乡”；更有流传万古的“暮从碧山下，山月随人归”。细细读来，这些诗句背后，似一幅温暖幽静的水墨画。画中人，或闲适，或深情，但都喜欢踏月而归，望月抒情。

友人说，诗文里的盛唐，其月色明丽绚烂，活色生香。比如强悍如男的公孙大娘月下舞剑，英姿飒爽；胡姬月下曼舞，婀娜多姿；至于那张旭在月下狂草的潇洒，就更让人神往了。这盛唐的月，若一步一步靠近，一步一步观之，犹如玉盘明镜，照亮了一个民族的盛世和泰，也滋养了一个民族的文明昌盛。

相比之下，宋时的月，大抵是受东坡先生影响颇深的缘故吧，总觉得，那月色一直在居士的酒樽里飘忽不定。你瞧，他洒酒祭月，中秋夜多了几分凄清和寂寞；他对月抒怀，那弯弯清月，又幻化成漂泊天涯的游子一双又一双浑浊含泪的眸子。若你再随着我一路追逐，还会看到：宋时的月，洒在李清照的庭院里，她漫步其中，举首望月，唇角微微叹息，挡不住的落寞落在西风里；会看到林逋隐居孤山，梅妻鹤子，推开窗，也只望见西湖哀婉的月影；更会看到，岳飞仰天长啸，八千里路云和月的战乱之中，将士营帐外的月亮也只剩下悲壮的血与泪；至于之后的宋徽宗被金人俘虏，在荒远的五国城里度过了一生中最后一个中秋，他遥望中原故国，那月亮一定是浸泡在泪水中的碎片。很显然，宋时之月，成了清寡文人盛放孤寂、没落、忧愁、悲怆心灵的栖息之所。

夜渐静，有些凉意，踱步窗前，欲掩上半扇，却正好和挤进来的月色撞了个满怀。那一瞬，内心深处陡然升起一股热望：若垂暮之年，睁开混沌的眸子，抬起僵硬的胳膊，捉一弯月色于掌心里摩挲，直到那月色被揉搓成一块一块。这一块写满人间褶褶皱皱的故事；那一块，暂且空白。待月圆时分，我泼了墨，学着古人的模样，侍弄一番辞赋与风雅。这种可能，尚且还是有的吧？

荷花开欲燃

居所坐落在渭河畔，对岸不远处有一人工围起来的小湖，形椭圆，一绺灰色石板直达湖心，小湖便被分成了两半。湖心建有一精致的亭阁，不大，配有石凳、石桌，供人休闲之用。

盛夏黄昏后，若是老公赋闲在家，总要相携去那一处溜达溜达。因为是新修葺的，游人并不多，偶尔能见到个别垂钓者端坐湖边，长长的鱼竿下，一副悠然安详的样子。我从他们身边轻轻走过，心里在想，钓鱼钓的是心情，或许他们和我一样，只是因为贪恋和安享这一处远离喧嚣的角落里独有的安静和清凉吧。

湖的四周，有成片成片的青草地绵延缠绕在弯弯曲曲的青石小路两边，岸边垂柳依依，轻舞飞扬。继续前行，行至一个大转弯处，忽而看到湖面由开始的狭长变得豁朗起来，衬着天边的一抹斜阳，散落在河堤公园的荷池，一块一块地把小湖围得严严实实，池子里的荷花，随着微凉的风儿正摇曳生姿！风过处，暗香涌动……

记得曾经跟很多朋友都说过，北方的荷虽然没有南方的荷开得那般楚楚动人，娇羞堪怜，却也是每年这个时候最让人怦然心动的一抹好景致，此时实实可窥一斑。

若静心赏荷，此处便是最好的环境，总觉得这儿的荷很安静，比不得闹市公园里迎头攒动的荷妩媚。你看，它们默默含笑水边，背靠背，手牵手，衣襟相连，亭亭如盖，伸展着碧绿的叶子，安详而平静地摊开身子，铺在水面上。

若无风无雨，这满池的荷会显得格外的幽远和宁静，引得不多的路人目光追随着这一片片荷叶在绵延不绝的河边一寸寸地远去，于是，这一处小小的荷塘，竟无边地开阔起来。

我耐不住这圣洁之花的诱惑，终于小心翼翼地靠近了。细观莲茎，无枝无蔓，婷婷袅袅，再看，正和她的芙蓉遮羞撞了个满怀，那密密层层的叶子中间，零星地点缀着些花儿朵儿，有袅娜地绽开笑颜的，也有犹抱琵琶半遮面的，各显其韵！由于刚下过雨，偶尔还有一滴滴水珠停落在荷叶上，调皮地打着滚儿，真是一池绿水荷婷婷，暮色含烟萦客怀。浅唱轻吟仔细裁，粉荷摇醉路人心！

别看小湖不大，荷的花色并不单一。你瞧，跌入我眼底、落入我怀中的是一棵棵清莲，一株株素花，或红，或白，或仰视，或斜飞，清波翠盖，犹如繁星用醉眼偷窥无尽的碧空。远远望去，还有一簇簇的睡莲静静地漂浮在水面上，一抹斜阳正闲散地罩着其娇小柔弱的身躯，而它们用一种安静平和的眸子注视着来往的路人和飘过的尘埃。

不由得弯腰低眉，整个人贴上去，近乎贪婪地张开全身的毛孔，任那幽幽淡淡的清香徐徐渗入我五脏六腑。一瞬间，我的鼻翼间，视线中，尽是饱满的、丰盈的嫩黄色的花蕊，从或洁白或殷红的花瓣下一点一点地露出来。一阵清风徐徐而来，荷香更浓郁起来。若回身望去，荷叶丛中间或目睹鱼儿跳波，偶尔又见野鸭掠水，恍若置身于水乡莲村之中，连心魂也被一抹抹幽香勾了去。

一时神清气爽，想起“无莲不成荷”来。可不是，眼前就有一只呢！那是朵凋谢已久的粉荷，黄色的花蕊渐渐褪去，细细的枝干上托起圆盘状手掌大小的莲托，当它倾尽所有的芳华过后，躲在里面娇羞的莲子开始蠢蠢欲动，露出一弯笑眉，怎么看都眼馋，曾有幸得一只，剥开莲托，青青莲子如翡翠玉卵，去外皮，洁白的莲米晶莹剔透，入口，脆生生，甜丝丝。

渐渐地，人多起来了，亭阁下，或赏花，或看书，或下棋，或静坐。也许，什么都可以想，什么都可以不想，只把自己掩在这一片荷香清韵之中，让劳碌疲惫的躯体得到最多的释放和回归。

归来，已是华灯初上，眼底满满的荷，怎么也驱之不散。忽而兴起，于陋室一角，摊开笔墨，和着《睡莲》幽婉深情的曲子，伏案涂鸦，纸上的荷竟也渐渐地醒了过来，踏乐而舞。

梅约大寒时

冬日里，想起看梅花，眼前总会浮现出这样一幕场景与之相称：比如，一树梅，夕阳西下，或者寒风细雨，飞雪飘飘；又比如，云野之外，一条溪流，一顶草庐，一弯清月，一扇明窗，所有这些，隐于篱笆小院，隐于一株梅花树旁。哦，不对，该是那棵梅树，隐于诗酒琴台、林间竹笛之间，遮住了那院子里陈旧的木格子窗户，且不说诗意，该是可以入书入画了吧？

这样的场景，也只是想象而已。在我的小城里，梅树多栽植于公园和人口密集的繁华小区，平常的街头巷尾，老区住户，并不多见。故而，赏梅，须早早养足了精神，出了户，乘了车，赶着人流，一番腿脚劳顿和拖家带口的辛苦，自不必说。

不过，我还算幸运，幸运之处在于我的校园里，笃行路公共教育中心的转角处，几株矮小纤细的梅树，立于宽大的玻璃窗下，远观之，有几分横窗斜疏之美。这几株梅，总是在不经意间绽放，而我也只是循着那一缕随风散落的清幽香气才感知的。最喜那鹅黄的、孕着苞蕾的花枝，似深闺里的伊人，默默伫立在草坪上，一副含羞待放的模样，惹人疼惜。

这两株小小的梅树什么时候栽的，我竟无从得知，只觉得它第一次开花是在前年冬天。犹记得当时，有湛蓝的天空，洁白的云朵，还有烁烁的阳光和梅花交相辉映，似要将这羸弱清冽的花儿点燃似的。那一瞬，很想很想停下匆忙的脚步，凑上去，细细端详一番。无奈，怀里揣着一摞子的俗事火急火燎的，哪里容得我贪恋和消磨在这清雅的花儿里，只能眼巴巴地多望了几眼，屏住呼吸贪恋地吸了几口香气，悄然离去。

之后，这两树梅一直在那里，安静盛开，阳光也好，阴霾也罢，都丝毫没有影响它与这个冬天的约会，那一树的香气，会时不时地紧紧拽着我的脚步，驱使我停下来，寻了香气而去。尤其是碰上晴好的天气，天是湛蓝的，地是白净的，梅清瘦的枝干，暖黄的花儿，是我行走在这数九寒天里一抹动人而亮丽的色彩。

友人在江南，他的笔下，江南多梅花，即便在缺雪的冬日里，那些梅，摇曳在小桥流水、亭台楼榭，或是白墙灰瓦窄窄的巷子里，丰满俏丽，清雅脱俗，自有一番风韵。我所在的大西北，即便天寒地冻，但梅花与雪相互映衬的时候并不多，那些梅花，开在清冽的寒风里，或花团锦簇，或一枝独秀，偶尔也临水曲照，倚石古拙，极尽风骨。倒是深寒料峭时的那一树树清瘦的黄梅，于湛蓝的天空下，如烟的风声里，一朵朵热辣辣地向着太阳怒放，若盯着多看几眼，便懂了这一树梅与节令无法割舍的依依情怀。

梅花开了，雪没有来，犹如心底某些藏匿的心意，没有在最美的时候打开，终归有几分缺憾，若再次遇见，总在幻化一些梅雪之事，继而会想起“何必珍珠慰寂寥”的梅妃江釆苹，这个风姿神韵玉肤冰肌的岭南才女，从《诗经》中走来，她爱梅成癖，被玄宗戏称“梅精”， 在一个霜冷梅开的日子，一同踏雪尝梅的唐玄宗让梅妃即景作一梅花诗，梅妃随即信口吟出：“一枝疏影素，独抗严霜冷；早晚散幽香，香飘十里长。”“十里”两字，足见玄宗是何等宠爱她。只是，古来皇帝的爱都是没有定数的，十九载后，她和玄宗的爱以一斛珠结束，尤其是当花甲之年的玄宗新宠杨贵妃后，梅妃自然在孤绝中香消玉殒，完成了她一生如梅一样不等闲的清孤，细细想来，这世间花草亦是和人一样，有诸多相通的。

记得那一日，琐事停当，独坐案头，眼前总有一树梅，迎风摇曳，暗香涌动。继而滋生一种向往，若一场雪来，定要早早备一只青花梅瓶，好收尽那香蕊细雪，深深窖藏，待来年，启封岁华，邀三五知己，以梅蕊净水烹香煮茶，尽享风月之事，岂不美哉！想归想，可这窗外灰暗昏黄尘埃满布的，上哪里去觅得清雪一场？

守得竹林听雨声

【1】

北方的竹本不多见，偶尔有，也不是成片成片的。倒是这两年，沿着渭河两岸的园林里人工栽植了很多片竹子，百十来号，一块一块的，到了夏季葱葱郁郁，十分养眼，让人很容易想起南方青山脚下溪流旁边那一望无际的幽幽竹林。

其实，儿时，村子最南边紧靠韩家湾，下到韩家湾的河道里，有一片不大的竹林。夏日里，那片片竹林成了伙伴们纳凉游玩的好去处，碰到下雨天，伙伴们跪在林边草亭下的石台上，泥捏各种小人儿和小动物，雨声、笑声响彻了整片竹林。

不过，那个时候，稚嫩的我断然听不出千滴万滴的雨，梦瓷一般细腻而幽静打在婆娑的竹叶上的那种妙不可言，只记得，我手捧着可人的泥玩，盼着梦中的花仙子穿过林梢，微笑着披雨而来。

然而，我终究没有等到心仪已久的花仙子，而单调而快乐的童年和少年时光就这样的，从竹林边悄然溜走了。

依稀记得，那竹叶上的雨哦，透明而轻柔地响彻整个竹林，脆生生的。

依稀记得，雨幕下的村落，家家户户烟筒上的炊烟袅袅飘向竹林的上空，朦胧中一片静谧和安详。

【2】

长大后，一步一步远离了村庄，远离了竹林，也远离了竹林那一片丝丝簌簌的雨声。偶尔得空，会路过一些窄窄长长的庭院和深深浅浅的小巷，寂静的角落或院墙下，总会有一小片不太茂密的竹子围成一圈圈的葱郁。忽而，也会闪过一些留在记忆里的念想。尽管只有几眼，我的脚步，也总会轻了起来。

如今，我久居喧嚣的闹市，看过疏帘屏外的深沉，枕过月白的薄凉入梦，开始想念儿时那片清淡的竹林。想念至深时，曾为自己的小屋书桌上添置了一盆青翠的竹。寂静的竹，站在五月的末梢，每每瞅上一眼，那份永远的翠意便如水般地漫过小屋。

那日，去了艺术系办公室，见画师同事正在挥墨点丹青，翠生生的竹，清新的如同雨后的晨风拂过似的，养眼得很。竹林深处，一条褐色的小径蜿蜒着。当时竟然下意识地深吸了一口气，仿若要吸进这竹子间溢出的所有清凉和淡定。

看我如此沉溺其中，同事自然心领神会，一句“拙作，勿见笑”后，我办公桌的玻璃下，自然而然的，满满的，就压了这一片竹林。

而我，时不时地，隔着玻璃，独守这片永远静止的竹林，等待一场雨，可以和我一起，竹林听雨。

【3】

五月，窗外总有落雨的时候，那雨声好像落在我眼眸下的竹林，像春蚕撕咬桑叶的声音，清脆铿锵。我甚至能想象到这样一幅幽雅而寂静的画面：一间简陋的茅草屋或者一处颇有韵味的亭台楼阁中，眉清目秀的儒雅之士抑或素衣净白的才情女子，隔着千山万水，安静地打坐于竹林深处雨中悠然抚琴，用同样淡淡的眼神，似踩了青砖白瓦的痴梦一般的醉人和孑然。

听得久了，忽然冒出一个可笑的念头，一块儿于竹林听雨的，也许也该有孔明吧？那个羽扇纶巾、丰神俊逸的男子，曾淡定而安然的吟着“襄阳城西二十里，一带高冈枕流水。高冈屈曲压云根，流水潺潺飞石髓……修竹交加列翠屏，四时篱落野花馨。”

这个时候，雨中的那一片竹林，是否会响起那一句句闲适而豁然的声音，他是不是一直在那里，淡看世人走过人烟弥散的渡口之后，所有的喧嚣和繁华归于安宁。

【4】

竹林听雨，细细碎碎，嘈嘈切切，似大珠小珠落玉盘的灵动，只是，这般的清雅，后来的孔明是听不到了。浸泡在战火烽烟里的他，端坐在卧龙岗清瘦贫瘠的竹林里，细密的雨丝点缀了远山的苍茫和俊逸。即便我有心，为他构筑一座被青藤缠绕的茅屋，再也等不来他神定气闲的归来，那种惋惜是无言而落寞的！

那就来一场雨吧，落在卧龙岗里，浇灭战争的火焰，只让他听一听，释怀一下大业未成以及身心疲惫的怅然和无奈，也是可以的。

【5】

我一直相信，竹林听雨，不止只有孔明，还有苏老先生，这个举酒高吟“宁可食无肉，不可居无竹”的诗人。你听，那一路豪放的声音，“莫听穿林打叶声，何防吟啸且徐行。竹杖芒鞋轻胜马，谁怕？一蓑烟雨任平生”，何等了然！

如今，五月未央，窗外的雨绵绵不休，可我眼前没有竹林，却有一首熟稔的曲子，足以让我卸下一身的疲惫和浮躁，淹没其中。你听，那悠长的笛音，和着雨声，轻轻向我诉说滚滚红尘里过往的云烟。我的眼前，前世的孔明，后世的苏轼，一袭长衫，走过一片竹林，那被后世向往的竹林，葱葱郁郁，向天而歌；那被寂静锁了许久的雨，恣意昂然，酣畅淋漓。而我，隔着竹林，隔着历史，安静听雨，许是庆幸吧？

远去的老调

第一次亲眼见到留声机，是在20年前的上海。那会儿，夫在其企业驻上海办事处。当时正值炎炎暑假，探亲中闲来无事的我，会一个人每天坐四五站公交，七拐八拐地来到外滩，信步在海风和热浪夹杂在一起的黄浦江边，看那一眼都望不到头的江中，远如小黑点、近若大蛟龙的轮渡一艘艘地擦身而过。若恰逢一抹赤红斜阳挂在天边，衬着江面泛起一波又一波的七彩浪花，很能让人沉醉其中。

整整一个假期，我的眼眸间，浦东也好，浦西也罢，都会被高楼林立的繁华和喧嚣淹没，除了南京路上永远川流不息的有着各色皮肤的、时髦新潮的红男绿女，还有印象比较深刻的就是，老上海那一家家或奢华或怀旧的咖啡馆和西餐店，似乎成了这座国际化大都市有史以来就无法褪色的底片。直到现在，我依然清晰记得所居住的闸北区很多很多的老上海经常挂在嘴边的那几个耳熟能详的名字，红房子西餐厅、红宝石面包房、东海咖啡馆等，名字颇有西洋味道。其中一家名字叫作“老电影”的咖啡馆，位于老公办事处旁边临街拐角处一栋老式洋房里，我一次次从它门前缓缓经过，门口有露天的咖啡座，走进去，让人耳目一新，别有洞天：陈旧的摆设、沙沙转动的胶片、老式的唱片机，放着邓丽君舒缓优雅的声音，抑或还有一段老得一时间难以想起来的舞曲，四下弥散在绿树成荫的午后。这个时候，如果你正逶迤着身子看窗外婆娑的阳光一抹抹地洒进来，那阳光，衬着坐在上面有些咯吱响的漆黑木椅子的扶手，反衬出炫目的光芒。这种光芒，会让人有一种瞬间迷失自己的感觉，然后人从头到脚仿若进行了一次前世今生的“穿越”。

馆主姓陈，五十多岁，也是一个老上海，同时也是一名老电影的忠实爱好者。他的咖啡馆里，一架旧得脱了漆皮的深红色木柜子上层层摞摞地放了很多一时难以数清的黑胶木老电影片子。路过的人，若到了这里，五元钱一杯咖啡，若再加一元钱，即可多得一包五香毛豆或爆米花一袋，然后就能在消磨这一盘子小吃小喝的时间里，安静悠闲地品味一段陈旧的故事。最让我难以忘怀的是，那绕着洋房斑驳的老虎窗和旧风扇，仿佛向你诉说那早已消逝在凡尘中的过往的岁岁年年，它会将你的思绪拉回老上海，仿佛时光已倒流了几十年。让所有或深或浅或浓或淡弥散在这座城市岁月印痕中的一页页一张张的，瞬间鲜活起来。

那段时间，我的脸上吹过黄浦江上飘过的、带着咸味的海风，而我的眼眸间，却是旧时光里沉淀下来的一段段前尘旧事，至今难忘！

再次看到留声机，是偶尔一次去了艺术系的琴房，蓝色壳，象牙黄的唱针，很精巧。它被放置在一排排黑色高贵的钢琴后面，不被人注意，上面落了一层薄薄的灰尘，似有几分被遗忘的感觉。

同事看我盯着看，就主动按下开关，那黝黑发亮的唱片便被慢悠悠的针脚划拨着，转动着。许是有些陈旧了吧，音质并不是很好，间或有些卡，听起来不太连续。我靠上去想看个究竟，同事说，那是装唱片的转轴与定位孔磨损后导致滑轨了，他已问过琴行的维修师傅，答应过两日过来瞧瞧，人家有专用工具，说是调整一下间隙或者加个薄铜垫子就行。他的话音刚落，又断断续续反复卡了几次，使原本完整的音乐被遗漏了一些小段。不过，这明显的纰漏一点也不影响同事的兴致，他端来一把椅子让我坐下，如数家珍般地向我娓娓道来留声机带给他从小到大难以言说的种种欢喜和钟情。

其实，我蛮喜欢那低沉而缓慢的调子的。记得《五朵金花》《一江春水向东流》《阿诗玛》等影片，里面的歌曲或音乐大都是从留声机里放出来的。当时的我，一只木凳，几块砖头，能一眼不眨地盯着青白的屏幕看上两个小时。当然，除了喜欢看那些演员踩着温婉的音乐、跳着曼妙婀娜的舞步之外，更多的是对影片中那个褐色胶木匣子里流淌出来的老唱片感到很惊奇，那个时候，我知道了它的名字叫留声机，可以放很多好听的歌和曲儿。

之后，很长一段时间，我都醉心于这玩意，这让我对邓丽君、凤飞飞、蔡琴、张曼玉等人竟然了如指掌。直到成人后，才发现，其实，我所醉心的，不过是那金属质感的唱针，轻轻浅浅的，就划过了岁月的印迹。我仿若看见，那层层叠叠的唱片里，一段段旧日时光被尽情演绎，如同红尘中一阙永远唱之不尽的悲欢离歌。

帕上婉韵

我喜欢空闲时去逛逛工艺品和饰品店。心情大好时也会相中一条手链、一只发卡，或者一串项链，乐滋滋地淘回家暗自欢喜，一点女人的嗜好而已。

生活了二十年的小城有一条长街，间或几步就有一些个琳琅满目的饰品店林立其中，让人眼花缭乱。

那日外出办事路过步行街，无意间看见原来一家卖水钻饰品的店换了主人，门牌上用简约的素描勾勒出一句极富创意的“帕上婉韵”，新奇之下走了进去。

店面不大，木质的方格子铺里面摆满了各式各样五颜六色的帕巾。质地也各不相同，有丝质的、棉布的、绸缎的、粗麻的、细纺的……加上四周几盏青花瓷灯罩的陪衬，整个店面渗出淡淡的雅意。

正在惊喜之间，店主过来了，是位小丫头片儿，大概二十出头，聪慧可人。她用泉水般清脆的声音介绍着帕巾装饰墙壁时的雅致和清韵。说话的同时，一双巧手像变魔术般将一条条丝巾，用玻璃柜台里的各色小饰品恰到好处地搭在一起。转眼间，一幅幅白水黑山、蓝天白云、玲珑佳人、活泼卡通、花鸟虫草，便在眼前跳跃得栩栩如生。

忍不住看了又看，一种难以言说的小欢喜让我好长时间停留在这不大的一隅，久久不肯离去。

且不说那从唐诗宋词里走过来的窈窕淑女香帕随身，要么就着月色吟诗作词，要么倚在窗下拨动琴弦，入心动情处，总会掏出香帕或抿嘴一笑或唏嘘怅然，给世间平添了多少万种风情的故事？至于周邦彦的《解花语》，更把帕巾的风韵演绎得活脱脱的：月夜良辰，少年男女偶然邂逅，女子含羞掩帕，少年尾随香车，女子轻轻抛下罗帕，一段情爱至此而生。

不过，我终是俗人一个，与帕巾有关的，莫过于小学课本上头戴蓝花帕巾的阿诗玛，她背着竹篓站在碧绿如毡的草坪上，包着撒尼姑娘特有的帕巾，美丽的大眼睛随着蓝天下游走的白云向不远处翘望，似在期待，似在憧憬，少女的情思尽在眉目之间。

记得前段时间，同事出差走进广西山寨带了几盒帕巾回来，是山寨深处的壮家女土染土织的。包装精美的礼盒里，一只只帕巾或绣花，或染彩，然后在四周边缘锁上流苏，雅致之极。细细闻，似乎还有山野草香和泥土味。同事说她很幸运，赶上了壮族的对歌节，亲眼看见了相互爱慕的壮族男女通过抛绣球和扔香帕来缔结同心，定下白头。

哦，原来这不起眼的帕巾，竟然在时光里细细铺开这般婉约的浪漫之情，真是意外！

当我用手轻轻抚摸这些精美的帕巾装饰品时，我的眼前忽而涌现出儿时的一幕幕。与我而言，那小小的手帕何尝不是儿时一方快乐的天空、一片折叠的童心呢？

小时候，父母兄弟姐妹七八个，大人们从早到晚都在田地里奔忙着，缠着三寸金莲的外婆手上抱着、背上背着，从睁开眼睛就没闲着。男孩子通常滚铁环，耍木猴，玩得不亦乐乎。女孩子玩跳绳、抓石子之外，能玩的也就手帕了。奇怪的是，那手帕，除了抹嘴，擦脸上的污垢，更多用它来消磨那长得单调的青天白日。我不知道自己叠过多少小猫小狗、小虫小鸭，只清晰记得，我的手帕旧的去了，新的来了，它们与我，相依相伴。

等到上了中学，那一尺见方的帕巾会成为乡村女孩的心爱之物。早年读书住校的伙伴，一方素帕将刚洗过的湿发轻轻一挽，校园里随处可见的帕角尖儿随风跳跃，飞扬起千军万马过独木桥的岁月里一道素净淡雅的风景。

一晃经年，这些柔软的帕巾早已退到时光深处。如今，满世界是纸巾的天下，很香的那种，人们用帕巾的时候很少。当我再次看到这方寸手帕时，依然感觉温存有加。在想着，人们用它的婉约之风装点自己的生活，大概也算是一种恋旧吧？

先生与茶

先生爱茶，由来已久。

记得刚结婚时，先生和我一起逛街。每到一家茶叶店时，先生总要停下脚步，拉着我进去瞅瞅。茶叶店的老板很是随意地看了我们一下，然后，爱理不理地兀自忙做，仿若在他店里逗留的两个年轻人是一缕空气。可先生依旧趴在柜台前余兴不减。那个时候，我想，他无非也是好奇而已。

真正知道先生爱茶，是在他的一次实际行动中。那日，先生下得班来，一扫往日“老婆，我回来了”的大呼小叫，悄无声息地进门换了鞋，坐在沙发上不停地偷着瞄我。

我纳闷极了，问他怎么了。

他说：“买茶叶了。”

我扑哧一下笑了："不就茶叶嘛，又不是买大烟，咋跟做了贼似的？"

"老婆大人，先斩后奏，超支了，花了100块。"先生小声说。

我一惊，妈呀，这可不是小数，一个礼拜的伙食泡汤了。那会儿，对于跳出农门尚需自食其力的我和先生来说，刚结完婚，正处于囊中羞涩中，小日子过得紧巴巴呢！

正想恼火，可看见先生一脸无辜的样子，我又心软了。

先生察言观色见事态好转，赶紧从包里掏出两大包，凑到我鼻子跟前，很认真地说："你闻闻，幽香清远呢！"

我当时哭笑不得："有啥好闻的，俺没吃过猪肉还没见过猪哼哼？"

先生一本正经道："老婆，不是这样的，好茶闻着不一样，真的！都怪这股子香气，引诱得我完全被瓦解了坚强的意志呢，瞧，100大洋，没了！"

看他憨态十足的样子，我也不好再说什么。

这是第一次买茶叶，也是他第一次喝茶。我到现在依然清晰记得先生笨拙粗鲁的动作和抿嘴品茶的姿态。之后，先生很快适应了茶，只要在家闲着没事，都要慢悠悠地冲上一杯，一个人喝着。尤其是20吨车试制那段时日里，他在车间里接连泡了几天，人困马乏极度倦怠时，这一杯茶与他尤为重要。

茶就这样走近了先生的世界，也走近了我们的生活。

起初，先生喝茶不甚讲究，也没有什么茶具，家里多数是罐头瓶里装茶叶，玻璃杯里盛茶水。碰到夏天酷热难耐或者连续加班身体疲乏时，先生进得家门，二话不说，端起桌子上的茶杯，咕噜咕噜一口气喝个底朝天，一副酣畅淋漓的模样，文人笔下那山高水长、清风明月一般的茶之风雅和茶之清韵，一点都未体现出来。

一年后，我怀孕了，先生暂且搁浅了抽烟的嗜好，但对于茶的依赖明显一日日重起来。尤其是生完小子很长的一段时间，家里几乎闻不到烟味，可那一缕属于茶独有的清香，却一直丝丝缕缕弥散在我简陋的平房里。那年冬天，四个月大的臭小子白天睡一天，到了夜晚，精神头贼大，尽折腾人。整个晚上，我和先生轮流抱着小子数星星，讲故事，唱歌谣，稍有偷懒，小家伙便大发雷霆哭闹不休。夜深了，先生看我熬不住了，他独自一人陪着小子。等我窝了一觉醒来时，先生抱着小子在客厅的火炉边一边转悠一边念唐诗，大抵是太困倦了，声音小了，小子不情愿了，哼唧起来。他赶忙把风铃给小子转到最大，腾出一只手冲了杯浓浓的铁观音，呷上几口，继续念，继续熬，小子马上心满意足，咿咿呀呀欢叫起来。那一刻，窗外一弯淡淡的清月笼窗纱，只有先生轻轻的脚步声以及娓娓动听的唐诗调子回响在安静的夜里……

这一幕，早已镂刻在我心底。打那以后，只要先生买茶叶，我从不言语，若是我出差，碰到当地所谓上好的茶叶，虽然不大懂得，但也要冒着上当或者被宰的极大可能买上一些。有便宜到百十元的紫阳毛尖，也有二、三百元的西湖龙井，还有五、六百元的庐山云雾，这些虽不是茶中极品，却是我一番心意。

随着年龄的增长，先生喝茶讲究起来。比如，春风里他喜欢喝明前的碧螺春，碧绿青翠的芽叶在清透的玻璃杯中轻盈舞蹈；夏日午睡后，松风散淡，先生定要泡一杯清淡温和的花草茶，抿几下，惬意而去；深秋时分，他会叮咛我也来一杯酽酽红茶，足以抵挡住无边的风雨和萧萧落叶；到了漫长的冬天，一个有着“瓶梅香笔砚，窗雪冷琴书”的季节，我的小城，四野云垂，暮色连天，可不管是曾经简陋的小平房，还是后来宽敞的两居室，先生对于茶的喜好和情有独钟始终未减。

如今，先生和我一样步入不惑之年了，曾经有过的激情和浪漫渐渐褪远，求一份安稳，得一份清宁，已是活在当下最为妥帖和恣意的事了。闲来无事时，先生将自己浸泡在一盏盏茶的时光里，品得如醉如痴，兴致勃勃。家里的茶具也不再单一，玻璃杯换成白瓷，白瓷换成紫砂，紫砂又换成小玉壶。我不知道，同样的茶叶会在不同的茶具里有着怎样别具一格的清芬和冽香，但我看到，先生做得很细致、很投入。

去年在九江出差时，去石钟山给先生买了镇纸一副，上庐山买了庐山云雾茶，临回来前，又到景德镇瓷器店溜了一圈。瞅上两只茶具，一白一黄，白色的青花瓷，清明上河园的全景图铺满茶杯四周，瓷釉清透通亮，杯体光滑温润；另一只黄色的，名曰“祥云如月”，茶杯、茶托、茶盖、茶漏，看上去颜色匀称，瓷质细腻，也是玲珑精致，尽显祥和雅儒之感，甚是欢喜，当下把两只全收入囊中。回到小城，先生连连夸世上只有老婆好，却一直不舍得用，只是偶尔拿出来打开看看，看得爱不释手。一日，终于按捺不住了，打开两只包装盒，盯着左看右看，不知道先用哪个。我说，还是先用那只青花瓷的。先生乐得像开了花似的，小心翼翼拿出来，烫杯、洗茶、泡茶、敬茶、闻香、品茶，一道道茶功夫演绎得娴熟而轻巧。

近来，先生恋上了熟普洱。每个夜晚，忙完身边琐碎，先生都要端坐于沙发上，一壶水烧到滚烫，用最快的速度倒进紫砂壶里，杯底的普洱泛起黑黝黝的汁水。先生端起杯子，很惬意地喝着，他的脸被暖得红彤彤的。那一瞬，我忽而觉得，先生之于茶，大抵和众多凡夫俗子一样，与风雅无关，最多算是忙碌和疲惫过后，一种身体和心智上的放松，仅此而已。

夜读江南

曾经两下江南，都是夏季。记得苏州园林里的荷池，一片片肥硕翠绿的荷叶下，罩满了白的、粉的荷花，荷塘深处悠然荡漾着一只只乌篷船，头戴斗笠、身穿蜡染布衣的船娘正剪着饱满殷实的莲子。

我很迷恋那一汪汪绿得看不到头的荷池，它会让我想起，里面一定藏满了关于莲的心事。随后去了无锡，和繁华热闹的苏州城相比，这座小城安静了很多。随意漫步其中，不管是建筑还是景观，都给人一种幽静的感觉。顺着青石板铺就的老街行走，一抬眼，就能看到那些青砖灰瓦的屋檐下，一个个眉慈目善的老伯眯着眼睛坐在黝黑的旧藤椅上，就着流泻的阳光听一曲曲的评弹小调，似乎街边川流不息的人烟与他们毫无关系。

两日后，待辗转周庄时，我的心情一下子失落起来。这一切，源于周庄从早到晚纷沓而至的脚步和喧嚣欢腾的人群。那日，和同事一起挤在周庄狭长逼仄的巷子里，前后都是摩肩接踵的游人，各种叫卖声、喊叫声在耳边此起彼伏，还有窜入鼻孔的香水味、脂粉味、烟味、汗渍味，加上炙热的空气，简直让人窒息。眼前这让我念想了多少回的古朴、幽静的周庄，正被一种商业化的浓厚气息吞噬得不见踪影，沈万三的猪蹄味远远近近飘荡在庄子四周，我几乎是带着叹息和怅然怏怏而归的。

到了杭州，总算安慰些。虽然只是匆匆一瞥，但还是让我记住了梅园山庄里，一阵阵清冽悠远的茶香，我努力打开身体各处的毛孔，尽情吮吸着这缕缕香气，然后，兀自沉醉；记住了西湖以母亲一般的安静与平和，迎接着一拨又一拨的游人。暮色斜阳时，近处的断桥，远处的雷峰塔，无一不在诉说着那一个远古又熟稔，深情又悲怆的故事；记住了给杭州这座城市打上印记的丝绸，正渗出几分优雅和清秀、灵动和温婉的格调来，这种格调，足以让如我一样路过的旅人不由自主地放慢脚步，将身体和灵魂沐浴其中，享受那份由来已久的清淡和从容。

上海，该是我生命里最值得留恋和回味的城市，因老公曾是这里长达半年的舶来客，故而我在那里整整停留了一个暑假。我终于知道，大都市和小城市不一样的地方：我会在街头的林荫下，看到满嘴咿呀侬侬的上海人大背心花裤衩地三个一堆、五个一摊在玩着有春夏秋冬的麻将牌，连小毛孩都不例外。当然了，最让我难忘的还是闸北的弄堂一片连着一片，巷子上方，黑压压的电线杆和陈旧的百叶窗纵横交错。偶尔，还会从只有两尺见方的框框里探出一个个大声吆喝的脑袋，从而知道那似鸟笼子一般小的空间里竟然住着人。那一瞬，我心里忽而庆幸起来，自己好赖还有一片可以看到蓝天白云、看到渭水悠悠的豁然之所，我拿着不多的票子，过着清淡的日子，是不是也可以自慰呢？

只是，冬天的江南是什么样子呢？是一水渺茫的烟雾铺就开了这一个苍凉的世界，还是一场轻轻薄薄的雪花笼着白墙灰瓦，罩着小桥人家的那份幽静和寂然？我迫切想知道。因为一直以来，世人习惯分别用“山寒水瘦”来形容冬天的北方和南方，我生在北方，长在北方，那份渗进骨头缝隙里的山寒早已司空见惯，南方的水瘦，是什么模样呢？真的很想过去看一看，却始终未及。此时，我在北方，窗外零下7度，该是这个冬天最冷的时候。小屋里有暖气，却依然能从窗户的缝隙里透进来一丝丝的清冷，我一袭大红的睡衣，把自己裹得像一团火似的逶迤在屏幕前，从朋友的文墨里一点点地捕捉江南的冬天，我的两只眼睛直入那个有着王者风范的城市——南京。

毋庸置疑，秦淮河、夫子庙，是古今文人道不尽诉不完的关乎诗歌、爱情、传奇和亡国之恨的地方，狭窄幽深的“乌衣巷”里，印记斑驳的老墙，头戴毡帽身穿马褂的旧时人，还有巷子里的黄酒香飘四溢，手工作坊里织布机的嘎吱作响，多么古朴的一幕幕，像水墨一般。

接下来，我还知道了，江南的冬天，多雨。到了夜晚，深重的湿气逼仄到夫子庙和秦淮河边空无一人，雨雾中的李香君故居在水上若隐若现，宛若一个多情的女子在低声吟唱，这样的一幕，难免使人滋生出一种莫名的疼惜来。

继续随朋友的视线游走。许是这一抹淡淡的薄凉不忍将江南的冬夜草草遮盖吧，终于，在一处暮色霭霭的角落里，我捕捉到这个尘世深处最为动人的一幕：贡院前的馄饨摊，简单得会让人忽略了它的存在，摊前的两位老人，将身体裹得严严实实，手脚却不停地忙碌着，小小的木头案板上，小巧精致的馄饨排成一行行，锅里翻滚着热腾腾的馄饨，两条窄长的木椅子，围着三三两两吃馄饨的年轻人。从朋友笔间知道，两位老人来这个城市好多年了，他们用9平方米的空间，守着一家五口的温暖和希望。

读到这里的时候，我感慨万般：不知江南的馄饨是否和北方一样，有着柔软的口感和绵长的鲜味？我却随着她游走的笔墨，落下了感动的泪水。

这个冬夜，隔着时空和距离，熏着墨香里的江南，我终于懂了，自己一直流连忘返的江南，不仅仅是那一抹荡漾着柔情的苍茫烟水，还有这一缕火旺火旺的烟火气息，将深冬的薄凉一点一点地驱散。

品人间真味

岁末，朋友们总要轮流请客。十几人一张大桌，围拢着很是热闹。吃火锅，吃炒菜，吃烧烤，杯起杯落，觥筹交错中，总离不开新年伊始，冬去春来，吐故纳新等诸多美好祝愿。《菜根谭》所谓“花看半开，酒饮微醺”的境界和意趣，即在眼前。

已过人生不惑了，见过的酒场面也不算少。一桌酒席，若来的都是知根知底的故交，情投意合，这酒自然就喝得欢畅；另外，有朋自远方来，或他乡遇知己，挑一安静地儿，对坐在一起，说说相互之间让对方一直惦记和牵挂的很多琐碎，诸如日子过得好不好，老人身体是否安泰，孩子学习怎么样，等等，说到各自心坎里，杯子里的酒愈发绵长和温暖，所谓故事都在酒里，心意若干，亦在酒里。最不喜和不熟悉的官人一起喝酒，很别扭，筷要他先动，话要他先说。满桌人须很恭敬地看着他，出口言大事，举杯一二三，着实让人疲惫。再者遇到自来熟的粗人，酒过三巡，菜过五味，撸胳膊挽袖子，一派大将风范，酒杯撴得啪啪山响，一览众山小的气派，实在令人乏味。更有酒后无德，酒醉撒泼，出言粗俗，只一次酒相，就再也不招人待见了。当然，还有随着新年到来的各种同学相聚，大学的、高中的、初中的、甚至小学的，也来凑热闹。酒至微醺，谈国事、家业、形势、物价、孩子、老人、汽车保养、取暖费、微信，更谈女人。场面热闹非凡，表情夸张，语言丰富，说到荤处，大家哄然一笑。

家有先生，亦喜欢喝酒，尤其是前几年，公务繁忙，应酬不断，一周七日，晚上多半在外用餐，一场又一场的酒局自然难免，回到家里，一身酒气，有点厌烦却无可奈何。时不时地，喝多了，拽着我和他一起坐在客厅里，一遍遍絮絮叨叨听他说着酒中乐事。比如一友张三，善酒，常喝到面赤，走路踉跄，其妻抱怨，他微笑着说，别人请客，自己不花钱，不喝白不喝！另一友李四，一日，酒馆的墙上挂一幅女人裸体画，三点用枯树叶遮挡，抽象得令人想象无数。酒毕，果然李四坐画下不走，问之，竟然说“等秋风吹散一地香”，一句话，博得众人掌声一片。又有一友，王五，酒醉，行至大街上，遇另一熟识的酒鬼，两个酒鬼互相望着天问：“天上的是太阳还是月亮？”然后两个人像两条藤蔓一样缠在一起，两条发硬的舌头胡乱卷了半天，也没说清到底是太阳还是月亮。

当然，喝酒与文人，也有一番写意的。记得周作人《谈酒》说：“黄酒比较的便宜一点，所以觉得时常可以买喝，其实别的酒也未尝不好。白干于我未免过凶一点，我喝了常怕口腔内要起泡，山西的汾酒与北京的莲花白虽然可喝少许，也总觉得不很和善。日本的清酒我颇喜欢，只是仿佛新酒模样，味道不很静……”他如此道来酒的种种美妙，于我一个没有去过远方的人，貌似有几分遥远和陌生，就像我曾经喝过几口的茅台、五粮液，窖香味太浓，后劲足，难以消受。倒是那大米酒，酒意寡淡，入口爽朗，如沐清风。

酒随人意，喝者相对坦荡，自在清透，此乃我对酒事的理解。故而，偶得空闲，我更愿意邀上好友，去街巷深处的小店，最好有一个黄色的布幌，在风里飘摇。小店里，木质的桌椅，木质的地板，给人很重的笃定稳妥。友人到齐，几盘素食下酒，比如凉拌山药、西芹腰果、酸菜炒粉、爆炒卷心菜，屋外的人一身寒气，屋内的人一团暖意。一番酣畅淋漓过后，推窗而望，大雪纷飞，梨花漫天，又是一年好锦时。友人微醺，大呼：“好酒！”

多年过去了，酒与我而言，谈不上喜好，最多也是工作需要和朋友聚会时应付一下场面而已。不过，蛮喜欢一些酒的名字，比如：剑南春、杜康、女儿红、竹叶青、梨花白、青花瓷等。多好的名字，像一个人，虽未曾谋面，心却早已近了！

毋庸置疑，在我的小城里，无论阳春白雪还是下里巴人，总要面对儿女大婚、居家乔迁、家眷高升等各种红白喜事，少不了邀亲朋好友摆上几桌丰盛的宴席欢庆一下，至于逢年过节时亲人、朋友、同学、同事间的相互走动和团圆聚餐更如家常便饭。酒桌上，除了美味菜肴、缤纷水果之外，定要开几瓶红彤彤的百年西凤讨个宾主尽欢。我曾很多次见证了这热闹喜庆的场面：高高的、嫣红的西凤酒放在桌子中央，似一团燃烧的烈焰，把祥和温暖、真诚美好的祝福尽情传送。席间，宾主之间觥筹交错，个个红光满面，那微醺的、妥帖的、美妙的回味，在唇齿间久久辗转。

我乃一女流之辈，于茶酒之事自然谈不到贪杯和沉溺。偶尔，会和小城里几个亲密的友人一起小坐，说说自己的读书和写作，或者面临的困惑迷茫，相互鼓励、相互支撑，把文字的梦想延续下去。有时候，也没什么主题，就是时间久了，相互惦念了，大家聚一聚，叙叙旧，唠唠家常，释放一下烦冗琐碎的日子里攀爬在身体和心底的浮躁和彷徨罢了。通常的情形大致如此：三五知己，于某个悠闲的黄昏，寻一安静的角落，最好是木质的桌子、椅子和盘子，一袭碎花布衣的服务生端来五六盘小菜，荤素及菜的品相搭配得恰到好处。然后，围坐一起，茶酒相伴，一口一口，抿着喝着，月亮出来了，星星满天，问星邀月，心清如水。最是那陈酿西凤入舌尖的曼妙回味，时而辣香甘洌，时而醇香柔和。众友人用近乎奢侈的消磨方式，沉浸在三两杯的酒香里，换得人生之清透，生活之娴雅，亦不失为身心惬意愉悦之事。有一回，碰上一细心友人，喝西凤六年时特意问服务生要了几个小白瓷杯，瓷质细腻似雪，酒满杯中，如水在天池，清澈见底，不要说喝，看看都醉几分呢。

曾有幸随单位去酒厂参观，印象很深的是那句“送客亭子头，蜂醉蝶不舞。三阳开国泰，美哉柳林酒”背后神奇的传说，然后就是映入眼帘的裴行俭的雕像。据介绍，唐代吏部侍郎裴行俭在护送波斯王子回国途中，行至郡雍县（现凤翔县）闻酒吟此诗。此后，柳林酒以“甘泉佳酿，清冽醇馥”的盛名被列为朝廷贡品。

记得那日，夏已过半。一行人徜徉在柳林镇上，柳叶青青，井水淙淙，酒香飘飘，一簇簇火红的美人蕉和大理菊在红砖青瓦的农舍之间零星散落着。这是一个神奇的小镇，相传周文王时,有凤凰“鸣于岐，翔于雍”时曾饮此水，故称饮凤渠，因渠西柳树成林而得名。西凤酒厂就位于镇子东大街，素有“开坛香十里，隔壁醉三家”的美誉，这美誉从唐贞观年间，就一直延续下来。之后，柳林镇酒坊遍地，路人闻香下马，以品“柳林陈酿”为人生一大乐事。

柳林人家的民居朴素简约，不管是高大楼房还是矮檐小院，照壁上倒贴着大红的福字，在太阳下散发出一种宁静与祥和，有村妇正在水龙头下洗衣裳。这水，一定的柳林的水了，它缓缓流动着，把阳春白雪，草民雅士的细碎时光和风情雅韵都淘尽了，只留下清亮明澈的西凤酒，在后人的唇齿间流芳百世，亦在中华的锦绣诗文中源远流长。

在酒厂转了一大圈，我留恋的，还是那片闲人免进的酒库。和其他车间相比，这里明显少了机器的轰鸣和云雾般的热蒸汽，少了灌装车间酒瓶之间碰撞时发出的嘈杂声响，一切都是寂静的。

酒库里到处都是酒海。名字很奇特吧，是装酒的容器，酿好的酒在灌装前，都要在这寂静的酒海里度过一段很长的时光。酒海是取深山密林中柔韧性好的青藤编成一个圆形的藤篓，内用豆腐等原料将内壁填平藤条的缝隙，干燥后，再用猪血、蜂蜡、鸡蛋清活制的涂液，把麻纸一层一层糊在大藤篓上，糊多少层，只有制酒海的工匠知道。然后，酒就静静躺在酒海里，和深山里的晨风仙露相融合，和花蜜精华相融化，和大自然的生命血气相依偎。也可以说，酒在大肚子的酒海里正进行一场修行，像练武之人每隔一段时间都要寻一安静的深谷绝尘修炼。这种修炼，接天地雨露，接自然灵气，其武功才可出神入化，不可一世；酒库又像古代美丽的女子于出阁前，被锁在闺房半年之久潜心学习女红、女德、女才，这样出嫁的时候，才会如美玉一般清雅高贵，风月无边。酒海也如此，在寂寞的光影里慢慢成熟，最终清澈透明，醇香甘润。

在柳林，若言酒之风雅，自然离不开东坡先生。他任职凤翔签书判官时，举酒于东湖之亭上，留下“花开美酒易不醉，来看南山冷翠微”的佳句盛赞柳林酒。从那以后，人们再也没有忘记这座历史文化名城里曾经有过的灿烂与辉煌；更不会忘记“西凤酒”“东湖柳”“姑娘手”这妇孺皆知、享誉三秦的凤翔三绝了。

想必东坡先生是幸运的。柳林之水孕育了国酒西凤，也孕育了先生“酒酣胸胆尚开张，鬓微霜，又何妨”的豪迈气度。千年后的今天，我依然能触摸到先生的诸多墨宝，它们被镂刻在这里，历经风雨洗礼仍遗存完好。这些烁烁生辉的文化遗迹，也为西凤酒平添了很多文脉神韵。之后，我每去一次东湖，都会遥想先生端坐于湖光的柳色之中，一支纤毫，数杯美酒，酒香与墨香，氤氲缠绕。那一瞬，酒在先生唇齿间回味缠绕，亦在先生锦绣诗文中流芳百世。而我，一边品酒香，一边熏墨香，意境高远，喜不自胜。不由感慨，这诗与酒，如阳光之于雨露，一旦相逢，便似览尽人间风月无数了。那一瞬，冒出一个念头，他日，你若来，我定邀你，静坐于柳林小镇，品几口醇香西凤，如何？

站成一棵树

这时节，几乎所有的草木都绿了，一棵棵、一丛丛在我身边枝繁叶茂起来。待阳光四起，若将疲惫的身体缩进这浅浅的绿影之中，一股子属于青草沁人心脾的香气会随着一丝一缕的风儿拂了人满身满眼，清新又妥帖的感觉。

今日又落雨了，是不大不小的雨。站在窗前远望，偌大的校园被一片苍茫的雨雾罩得严严实实，很有几分江南烟雨蒙蒙的模样。将头伸出窗子外面往楼下看，路两边的樱花树，前几日还缀满了粉嘟嘟的花儿，此时在一阵风、一片雨的拍打下，几乎全要凋谢了。每隔几步，都有一堆堆的落花蜷缩在草丛和台阶下，铺满了一地的嫣红。

我本一俗世女子，与众多人一样，自然欢喜在每一个季节里赏花之妖娆妩媚、花之姹紫嫣红，这残花满地的一幕，又怎会轻松自如地一笑而过呢？怅然叹息之下，只想用很深的目光和很细密的心思，注视它们、捕捉它们，留住它们在这个春天里最后的姿态。

在雨中，我闻到了别样的香气。那是几株油松上散发出来的松香味道，随着飘纷的雨丝四下散开。这味道很独特，像上锅热好的植物油，有草本的清宁的香味。挡不住其诱惑，我打着一把伞，来到松树下，伫立，凝望。在茂密的松针中，开着一指长的浅绿色花，高高低低参差不齐，绕着整个树身围城一圈宝塔的模样，可又像一尊尊菩萨，稳坐于莲中，安静得让人心生几分禅意出来。

这是我第一次很用心地打量一棵很普通的油松树，婆娑葱茏的枝头上，有去年未落尽的灰黑松果，干枯着，坚硬着，一瓣瓣裂开，似有人在用心雕刻一般。偶尔，还有几颗新长出来的松果，宛若幼小的菠萝，嫩生生的。这果子，大抵也会随着时间，一点点绽开，然后像花一样，一点点凋谢的吧？

原本，油松的枝干是黝黑的，树皮粗糙而干涩，像极了一张皱巴巴的老人脸。这副模样，我通常会想起岁月沧桑几个字。不过，春雨中的油松树和平常还是有些不大一样的。雨顺着它的枝干细细流淌，树干和枝叶都被滋润得湿润而油亮。我曾固执地认为，这植物属于大山，它需要山、山石。山里的温度，山里的雨，山里的阳光，山中的雾霭，都是它成长最适宜的温床。就像我曾看到最美的松，在华山，云为乳，石为母，那一幕很震撼。难怪有人赞叹，华山奇松不知土，这是真的。

只是，我想说的是，我眼前的这些油松，身居平川，根扎泥土，无山，无石，倒是那一缕别样的香味很是独特，带有很明显的木质油香，且这香里，透着一种阳刚，像男人身上的气味，经久不散。

雨依然在落。落在两边的苗圃和草丛里，一张张白色的卡片吸引了我。几步上前，哦，原是中医系的学生们给学子路上所有的植物都贴上了各自的标签。比如海棠、杜鹃、红枫、杜仲、紫薇、海桐、栾树、南天竹什么的。让我惊讶的是，这些树，我每天都从他们身边经过，发出的芽叶，开过的花朵，以及在一季又一季里铺就开来的那份绿肥红瘦，那么熟悉，那么亲切。我不止一次看到，它们站成一树碧绿，一树清凉，甚至一树风情，装点着这片美丽的校园，我却从来不知道，这些树的背后，竟然有那么多的药性，或者说，人的性情藏在其中。这真的是我始料未及的。比如这株白玉兰，祛风寒，通鼻窍；那几株南天竹，清热除湿，通经活络；旁边的紫薇，散瘀止血；草丛边一溜的海桐，味苦辛，性平，归肝、脾经；那两排高大的栾树，清肝明目，消肿……

我一时怔住了。在这之前，孤陋寡闻的我只懂得，草木皆有情，不曾想，这草木的药性，也这般内敛和睿智。忽而想起许冬林曾经写过的那篇《杜仲那么疼》，书里描写的是她在山中，遇见杜仲，如遇故人一般，继而滋生出那一串真性情的、带着温度和烟火的小字，柔软，细腻，如品一壶暖暖的下午茶，看着日头从花架子上缓缓掉下去。当时欢喜极了，一遍遍读，一遍遍回味，如我自己也遇见了，那个穿青衫布衣的济世男子一般呢。

不知油松有什么药性呢？带着这样的疑问，我跨过小叶女贞，朝着草丛边上那一株油松寻去。草丛的最尽头，依然站立着一棵油松，依然有一张白色的卡片挂在树上，卡片被塑封着，一滴滴清透的雨，从高处的枝头滚落在卡片上，继而又滚落低处枝头上绿莹莹的叶面上。

近身看，这张油松的卡片，几行很清秀的宋体小字。和其他树木不同的是，油松似乎全身上下都有药性。你看：

松节：味苦，性温；祛风燥湿，活络止痛。

松叶：味苦，性温；祛风活血，明目，安神，杀虫，止痒。

松球：味苦，性温；祛风散寒，润肠通便。

松花粉：味甘，性温；燥湿，收敛止血。

松香：味苦、甘，性温；祛风燥湿，排脓拔毒，生肌止痛。

多么神奇的油松！若不是亲眼所见，我是断然无法置信的。不知这一枝一叶，一花一果里，有着怎样“性温”的东西在里面？是不是也像一个人，至少是中年人，被光阴打磨后，豁达、温和、清宁？若是，仅与一株植物而言，这种秉性，又何其难得！

我再一次怔住了，恍惚之中，竟莫名生出一份向往：来生，一定要站成一棵树，最好是一棵油松。

毕业季

忽而七月了，空气中流动着草气花香，耳畔充盈着燕啼莺鸣，一草一木都在努力向上生长着、青翠着、浓郁着，诠释着生命的蓬勃与激情。

又到毕业季了，午后的校园不再宁静。即将毕业的13级莘莘学子像一只只燕子，散落在笃行路、体育馆或滨湖边的草坪上，你一堆我一摊，相拥在一起拍照留念，那些缤纷在绿草地和树荫下五颜六色的花伞里，掩着一张张率真和清纯的脸颊，也藏着同窗几载永远抹不去的友情和欢爱。

我走近他们，只是记录和还原他们的苦乐年华。

【1】

轻轻敲开326，八人间，比较拥挤，好在有阳台和卫生间，还算方便，而且，它朝阳，光线一直很好。此时，十月的暖阳，从外面照射进来，还有一缕风，从空荡荡的院子吹进来，很凉爽。

进到宿舍里，清一色的蓝格子床单和被套在床铺上整体划一，地面白净的瓷砖显然被清扫过，也拖过了，还算干净。只是，床头的衣服、床下的鞋子、墙角的桌子，以及洗漱间的台面上有些凌乱。黄的、红的、蓝的、花的、衣服、鞋子和洗脸毛巾等，像五彩旗，散发着属于青春独有的飞扬气息。

因为是例行检查日，学生早已提前把卫生打扫好了，只留下社长或值日生来应对系里的检查。326的社长，叫秦阳，来自安康秦巴山里的男孩，这个腼腆的男孩，我曾给他上过课，他是班上的学习委员，努力上进，不苟言笑，尽职尽责。我清晰记得，他一手漂亮的仿宋字，还有那线条匀称，投影准确，表达完美的零件图，让我觉得自己的精心备课没有被辜负。当然，我还记得他有好几次，因为作业收缴不齐，懊恼和着急的模样。

秦阳见我进来，急忙从床上起来，脸一红，先笑了。紧接着，把床铺用手拍打了几下，示意我坐下。

我环视了一周，发现他们宿舍墙壁上，新添了几幅字和画，字是隶书，“宁静致远”，还算规整，倒是那些画，实在不敢恭维。其中西墙上用粉笔画了一朵潋滟夺目的向日葵，饱满，硕大，粗粝。东墙上，则是用水彩笔涂满了一层层蓝色的波浪线，像涌动的潮水漫过，至于个人的床头墙上，一张青春美女的黑白速写，大大的眼睛，黑亮的长发，血红的嘴唇，很夸张。

秦阳有些小心翼翼地说：“老师，他们画的，我又挡不住。”

“画吧，只图自个个性，等毕业办手续的时候，后勤集团公寓管理中心要来检查的，弄不好，要从财产押金里罚款的。”

“罚就罚吧，人家有的是钱，才不在乎呢。”

我一时无语。问及他，八周课结束后，搞完毕业设计，顶岗实习打算去哪儿。他一时有些沉默，完了说，不想那么早工作，好多想学的东西还没学到呢！

紧接着，从秦阳嘴里知道，他的家在巴山深处，一眼望不到的山，山的那边，是湖北。父母在山上侍弄三四亩的茶园，茶的品质很好，毛尖、仙毫呀什么的，都能卖。他们还种药材，地黄、柴胡、天麻、绞股蓝等，一茬完了又一茬，地里总不空着，家里经济收入还算可以，父母说，只要他好好上学，供养他上学没一点问题。

“老师，我还有一个姐姐呢，在家里养蚕，种蘑菇、木耳，空闲了，学刺绣。”

说起姐姐，秦阳话总是很多。意思是他姐姐原本学习挺好的，就是镇上的学校太远了，有的女孩子在路上总被一些不怀好意的欺负，父母又不能每天接送，而且，他们那里山大沟深，女孩子多数念完初中就不再念了。起初，她姐姐也喜欢念书，可同龄的女孩子都不念了，没伴儿，一个人很孤独，索性也不去了。

“老师，我不想去厂里当工人，我想读大学，您不知道，要不是因为英语成绩差，我肯定也能进一本线呢。那会儿，我们山里教学资源少，英语老师更稀罕，读高中的时候，英语一直不及格，怎么努力，高考时还是吃了很大的亏，影响了总分，我又不想上三本，就奔咱这来了。您说，专升本，好考吗？”

我告诉他：“只要你有决心，好好努力，你的实力，应该没问题。”

他朝我挤了挤眼睛：“好的，没问题，我一定努力，老师，到时报名时别忘记告诉我一声。”

“嗯，好的，一定的。”

从326出来时，我特意瞅了瞅这个不到10平方米的空间，一抹清新的亮蓝，像极了这个孩子沉稳而内敛的性格。

【2】

快周末了，校园的笃行路总是很热闹。

我从行政楼办完事出来，大老远，看见双胞胎兄弟张平和张安手里拿着宣传海报，面带微笑，朝公共教育中心走去。

他们的微笑很干净，澄澈如水，同时又带着一份自信和洒脱。

毋庸置疑，这俩兄弟，任何时候，走在校园里，都是一道非常靓丽的风景。其中，张平在我们系，张安在电子系。张安我不太了解，倒是那张平却是我们系这一届学生里面最懂事、最有出息的男孩。三年来，他积极上进，刻苦努力，是系里唯一连续两年拿到国家奖学金的学生，而且，这孩子做事稳重干练，为人热忱大方，懂礼貌，体贴人，老师们都很喜欢他，在校园里，有很好的人缘。

最主要的是，这俩孩子身上有一股自立自强、宽厚仁爱的秉性，而且，他们特别能吃苦。我一直想，是不是陕北的黄土高坡，可以孕育出一个人的豁达和智慧来，不得而知。我只知道，他们的每一天都是忙忙碌碌，紧紧张张，除了努力完成学业之外，还充分利用课余时间自主创业。

起先，只是替别人送水、收发快递，楼上楼下、院内院外，像一只勤劳的蜜蜂，不，说得更形象一些，应该像一只陀螺，不停歇地转啊转的。其中有一回，张平将一桶水送到我的办公室时，满头大汗，我让他坐下歇歇，顺便聊了一阵。从他嘴里得知，每送一桶水，他可以拿到一元钱，这一元钱，并不是很好挣。比如说，有时候，明明是C区女生公寓六楼的某个宿舍打电话要水，当他扛着水桶，爬上六楼，敲开人家宿舍的门时，却被几个嘻嘻哈哈的女生告知，我们没有要水呀，你是不是弄错了？

他掏出手机，看看号码，问："是你们刚才打的电话？"

可是，还是没人吭声，上铺有两个女生还扮鬼脸，窃窃私语。

他耸耸肩膀，苦笑一下，没有就算了。然后，扛着水，下楼。刚下到一楼，那个宿舍的电话又来了："不好意思，你还是送上来，我们又要了。"

他只好又折返上楼了。

就是这样的，他们还坚持着，隐忍着，将所有的委屈吞到肚子里，继续送水、收发快递，兢兢业业，一丝不苟，终于赢得万名师生的认可和信任。之后，在院团委的鼎力帮助下，大三这一年，他们的双胞胎工作室正式成立。

校园是一个大舞台，也是一个大熔炉。张平和张安兄弟俩将自己扔进去，磨炼、摔打，也有跌得鼻青脸肿的时候。那是今年春天，他们购回来一批旅行单车，主要用于课余时间，同学们就近骑行悠闲。刚开始，蛮火的，尤其是周末，学生排队等着车子进校园，场面颇为红火。可随后，问题就来了，其中有一次，张平他们等了一天，也不见车子还回来，等意识到可能出问题了，才发现，借车的，根本不是学院学生，可能是校外的，捡了校内学生的证件来办理的，自然是车子和人一起失踪。还有一次，一个学生骑车出去玩，摔了一跤，腿骨折了，车子的大梁被摔坏了。那学生家里条件不好，看病的钱都拿不出，更别提赔偿车子维修费了，张平他们只能吃个哑巴亏了。

办法总比困难多。在系里老师的建议下，推行实名制、押金借车，同时，联系保险公司，在借车费用里加一元钱意外事件伤害保险，很快将风险降到最低。后来，兄弟俩又及时拓展业务，代购车票、旅游百事通、广告制作、庆典婚庆等，双胞胎工作室逐步走上良性发展的轨道。

面对即将到来的毕业季，作为双胞胎工作室的负责人张平很冷静，他的梦想和目标明确又现实，就是想在这里大干一场，将来有一天，能回报母校，回报社会。他们像两只羽翼丰满的雏鹰，稳稳当当地，向着心中美好的明天而去。

【3】

这一场贪欢与沉醉，尽管有诸多的热烈放纵和恣意疯狂，甚至我夹在他们中间，有明显的格格不入，但我觉得，还是可以理解的。从某种意义上，能被他们当朋友一样热忱邀请，当朋友一样毫无芥蒂地坦诚相待，也是幸福的吧，或者，我还应该再补充一句，年轻，真好！

新校园旁边最豪华的酒店，敦实的实木圆桌，雅致的荷花桌布，连地毯也是大朵艳丽的牡丹，在脚下铺开来。我被簇拥在酒桌的上座，看他们一张张滚烫的脸、一个个踉跄的脚步，还有那一声声扯着嗓门大喊大叫、大哭大笑的场面，心里再也不能平静。

忽而，想起我当年的毕业季。没有觥筹交错，没有莺歌燕舞，有的只是同窗四载的难舍难分和泪水涟涟，大多数同窗，会把心底的一份隐秘和酸甜洞藏起来，埋在心底，偶尔打开，自个儿偷偷晾晒一下，免得在记忆里潮水里发霉，仅此而已。我很清楚地记得，临走前几日，隔壁宿舍的同窗们，聚在楼下的乒乓球台子上，对酒当歌。那酒，也仅仅是几瓶啤酒，喝醉了其中一个，傻傻地笑，傻傻地哭，梨花带雨一般。我们都背地里说她，不正常，犯神经。毕业后，她真的疯掉了，成为大家的一块心结。从那以后，我对酒，有一种莫名的抵抗。

他们告诉我，这一桌饭800多，不带酒水，摆了四桌。我瞅了一下，桌子上，瓜子花生、水果香烟、红酒白酒加啤酒，还有盘子里的凉菜热菜，早已摆满。鸡鸭鱼、红烧肉，连大闸蟹也登场了，红是红，绿是绿，白是白，很是诱人。

心里咯噔一下，觉得有些奢侈。他们从我惊讶的目光里看出了一些，笑着说："老师，没事，人一生，能有几个毕业季呢，您甭管了，破费点，值！"

临别宴开始，男女主持闪亮登场。来自陕北的大个子田海涛，梨花头，白衬衣，黑衣裤，风度翩翩；女生李倩，一直是系里的金话筒，身材高挑，长发披肩，一身淡紫色的晚礼服，似出水的一朵芙蓉，清新淡雅。

呵呵，好个隆重的场面，还真像那么回事呢！

我得起身，举起杯，说些深情的、祝福的、不痛不痒的话，给他们。而且，于情于理，应景应情，都该如此。

掌声过后，觥筹交错开始了。他们收起了平日课堂上和校园里看到我时的那份矜持与小心，如笼中的鸟儿一般，彻底放开了。我的耳边，一声声的喧哗、一声声的呐喊、一声声的高歌，像潮水一样，一拨高过一拨。

这是他们的毕业季，看到了吧，就是这样的不遮不掩、没心没肺，就是这样的琳琅满目，铺张夸张。

只过了一会儿，显然有不胜酒力的，开始出现演讲的、絮叨的、喊叫的。

平日里爱咋呼的罗航，扶着桌子，拽着他的上铺说："你这个人呀，就知道晚上说梦话，吵得我睡不着，这下，都要走了，再不表白，就没机会了。"

他的上铺叫张飞飞，很腼腆，喜欢医学分院一个女孩，一直不敢表白，偶尔，在校园里碰上了，脸涨红，拔腿就溜，然后，远远地，偷偷看那个女孩。

张飞飞还未张口，上学有轿车开的高富帅李彦端起酒杯，趾高气扬："大伙听着，毕业后，随时来古城西安，俺家李记牛肉铺恭候各位，吃的喝的玩的，都算咱的，不见不散啊！"

据说他家的牛肉在古城的玉祥门卖得很火，有秘方，祖上传下来的，或许会在他身上传下去。不过，他当场表示，才不干呢，从早到晚的牛肉味道，受不了，他要自己开公司。他很会耍小聪明，不太旷课，不太闹事，喜欢带着女孩在校园里飙车，而且三天两头换，没个正经。我不大喜欢他，除了玩手机就是睡觉，功课一塌糊涂，来这里三年，纯粹的虚度光阴。可他家里有钱，衣食无忧，在拼爹拼娘的社会，李彦是幸运的。

说说仅有的三个女生吧。张婷，汉中女孩。赵蓉，家在周至。名字诗意的上官婉丽，来自我的家乡扶风。在班上，她们几乎被当作空气，这种现象在我们系很普遍。一千多名学生，总共只有三十多个女生，班级之间的各类活动，因为人数的问题，一直看不到女生的身影，她们被忽略，被边缘化，是不争的事实。

我坐到她们身边，她们围住我，轻声说着各自的打算。汉江的水，滋养人，张婷出落得眉清目秀，她说，想回家乡，那里山清水秀，民风纯良。而且，过年时，家里给她介绍了对象，订了婚，是比她高几届的高中学兄，在县委农工部工作。很快，她会和他结婚，过日子。

上官婉丽和赵蓉，别看平日里不大说话，可心里有主意。她们两个都不愿意回老家，想走出去，看一看，外面的世界，有多精彩。

这样的想法，和我当年何其相似？我也曾对自己说，背一副行囊，走一遭天涯，蹚一趟江湖。可最终，只在这半亩方塘里打转转。那会儿，计划分配，一个萝卜一个坑，几乎没人违抗分配。再说了，女儿身，不远游，父辈的训导，总要顾及。如今，人生的舞台多辽阔，多异彩纷呈，希望她们，走得远一些吧。

搁下笔，六月将尽，毕业季渐远。待九月授衣时，我又会迎来新的一茬学生。他们像一只只大雁，从四面八方落在这里，又从这里，起飞。

第二辑：故园情深

天地之间，雪是一种召唤

生在节气大雪的冬夜。婆说，在低矮的土屋里，她用大红的风雪袍接住从母亲身体里早早滚落下来的我。当时，我是那样的瘦弱和气息如丝，连在一旁接生的五婆也叹气，这么小，跟猫儿一般，咋喂养大呀，还不愁死人？

婆有些犹豫，她在担心，这么干冷的天，已经连续落了半个月雪了，连村子东头老四家刚下的一窝猪仔都被冻死了好几只，像我这个早产的碎女子，能活下来吗？甚至，婆和五婆低声商量着，实在不行，扔掉算了，等母亲缓过身子了，明年开春再怀一个。

母亲当然不愿意了，她很虚弱，却更执拗。最初的几日里，她除了从早到晚解开自己的衣裳，将我贴在她柔暖的怀中之外，还死命看护着我，生怕婆乘她睡着的时候，一只柴笼子草草塞了我，扔掉了事。那个时候，乡下这种情况司空见惯，比如有的女人，身体强壮，生孩子像下猪仔，一个接一个生，生得实在养不起了；有的人家，几代单传，须要一个顶门柱来延续香火，却总是不遂人心愿，接连生丫头片儿的；还有的，一生下来不是怪胎就是有一些先天残疾，家里穷，没钱医治等，凡是属于以上情况的，基本都会被裹个小棉袄，装在笼子里，乘着月色被扔在离家很远的大路两边，生了死了，任由天命。故而，母亲的担心不无道理，她坚信，只要有她的乳汁、她的爱，瘦小的我一定会从这个冰冷的世界里暖回来、活过来。

母亲说，接连几日，我婆一副愁眉苦脸的模样，进了房子一句话也不说。第一次当爹的父亲倒是蛮高兴的。他用了厚实的黄麻纸将窗户的漏风处塞得严严实实，连关堵炕洞的长方形木板也用破麻袋缠了一圈，并重新包了一层旧棉絮，这样烧炕后，我不会被烟呛着。

母亲开始坐月子，我被安放在热炕上，身上盖着大红的棉被。棉被上，印着大朵嫣红的牡丹，将我干瘪的小脸也衬得红润了些许。

那一年，雪好大，几乎一场接着一场，整个村子都罩在一片冰天雪地之中。好在，有了父亲和母亲憨厚淳朴的庇护，我一天天变得欢实和活泛起来，母亲脸上，堆积了半月之久的愁容渐渐散去。

她开始剪窗花了，剪两只喜鹊跃上枝头，模样卿卿我我。

她开始做小鞋了，绣两朵梅花绽开笑颜，针脚细细密密。

父亲说，我哭闹的时候，他只需清唱几声雪花飘飘，白面馍馍，我当下就不哭了。或者，他从外面进来，先喜滋滋地对母亲说一番地里的麦子盖了厚厚一层被子，大雪兆丰年，这些不愁了，今年的麦子肯定不错。然后，就把他的手放在被窝里使劲搓，使劲暖，暖热了，在我渐渐圆润的脸蛋上一边轻轻抚摸，一边说，妞儿，乖乖长吧，你看，雪停了，春天快来了，你的活命就出来啦！

母亲月子满了，我也挺过了身体和生命里最难熬的一段日子。那段日子，无数片晶莹洁白的雪花陪着幼小的我。我是混沌的，羸弱的，而我的天空之初，尘世之初，却是亮堂而清白的，多么美好。

从那以后，我就喜欢上了大雪，每每大雪日，若不见雪，心中总有几分不甘。有时甚至想象来一场雪，我蜷缩在某个角落，大一些的，听“夜深知雪重，时闻折竹声”；小一些的，听一听“柴门闻犬吠，风雪夜归人”，似乎那苍凉凝远的气息，会在不经意间，裹满人的身心。

大雪终究会来的，或洋洋洒洒，或浩浩荡荡，几番恣意后，落在瓦松，落在屋檐，落在原野，将空山清远、檐下炊烟、麦田沉睡的画面，一张一张呈现在世人面前。其是夜里的雪，爬满了乡间的篱笆墙，狗儿，猫儿，人儿，一切都静止了，只有雪，一寸一寸淹没了尘世的杂沓纷繁，大地一片安详静谧。

雪可以遮住很多东西，却遮藏不住庄户人的喜怒惆怅。这一幕，我一次次触摸，一次次感怀。曾经，落雪时，村头的平娃叔背着行囊要去省城的建筑工地上找活干，他的身后，一长串深深浅浅的脚印延伸至雪野的尽头，平娃叔的背影渐渐缩成一个小黑点。平娃婶儿站在村口，一双怅然的眼睛一直目送到那个黑影消失在雪窝深处，他家的大黄狗，一会儿撒着蹄子撵着越来越远的平娃叔，一会儿又折回来朝着平娃婶儿嗷嗷叫几声，雪地里，凌乱的蹄子印，来来回回，折折弯弯，一程又一程……

年关临近，雪地里的脚印一下子就多了，落雪的村庄亦开始骚动和欢腾起来。村子里，逛年集采购的、拆洗扫舍的、杀猪娶媳妇的，好生热闹。待腊月二十三前后，从村子里走出去的人陆续归来。你瞧，远远的，五伯家的大学生建宁哥一张白净的脸衬着白净的雪一步步走近了，他是村子里唯一考到北京城的大学生，回乡参加弟弟大婚。我清晰记得，建宁进村的一瞬，雪地里，噼里啪啦的鞭炮响起来，满地殷红，衬着五伯红光满面的脸，喜庆呢！

爱上文字后，更喜欢雪夜听雪，或在纸间觅雪，那隔着书页和水墨的雪，才是大雪最初的模样。真的，在一本书里听雪，有温暖垂爱，有诗情画意，更有世间风情，它们一朵一朵，一字一句，坐在书写者的怀里，缓缓说给自己与他人听。你听，雪小禅说，听雪的刹那，心里开出一朵清幽的莲花，也寂寞，也淡泊，而多数时候，这雪呀，它惊喜了一颗心，是清欢的……这样一番写意，在她带着禅意的纸上跳跃，无论如何，都是极其美妙而妥帖的。

雪听久了，人会诗意起来的，诗意到会像老树那样，让茅屋长成一朵圆润的蘑菇，给枯藤添几笔诗意的白描；亦会像那个张岱，独坐湖心亭，看雪，也听雪，听裹着寒风的雪，云水浩渺，天地清白，清白得连心似乎都要被掏空了，只有一湖，一人，一亭，淹没在风雪之中，不光我走不进去，连一片叶子，一粒尘埃，也钻不进去吧？即便这样，我仍旧想把自己耳朵拽长一些，再长一些，去细细聆听，直到我的世界，风烟俱静。

老屋，褪不去的时光

老庄子被拆得一点不剩时，是好多年前的春天。那个时候，我在异乡求学，父亲来信说，最寡欢的是爷爷。他的脸上写满了深深的疼惜。后来，父亲又说，新庄子盖好了，老庄子里大多数人都上了塬，住进敞亮的新瓦房了，可爷爷还是一趟趟地往老庄子跑。我终于知道，那些说不清楚的留恋和疼惜，已烙在他的骨骼里。

说起老庄子的整体搬迁，是很令人心酸的。那是因为新庄子是爷居住的老庄子里的邻居大爷、大婆两条人命和水鱼叔的两条腿换来的。

那一年，谷雨刚过，一场接一场的雨落得地里的庄稼和庄子里的人几乎都发了霉。一个大雨滂沱的夜里，大爷家的窑洞坍塌了，大爷老两口和他们的小儿水鱼叔被埋在里面。整整两天两夜后，全村人手忙脚乱把他们从土里刨出来时，大爷和大婆的五脏六腑都被压出来了，水鱼叔虽然存活下来，但两条腿被压断，只能坐轮椅了。听大人们说，等日子好些了，可以给水鱼叔安个假肢，行动能好一些。

水鱼叔三十出头，他是半夜里听到大婆和大爷的呻吟声披上衣服冲进去的，家里没有了壮丁劳力，年纪轻轻的水鱼婶子脸上总是写着一份忧伤和愁苦。在乡下，家家都有一本难念的经，她的命，她得认。

因了大爷和大婆的死，很快，县里、镇上的领导干部一茬一茬来探望和善后，几日后，老庄子搬迁的事情提到议事日程上来。经过全村人集体讨论，新庄子选在塬上一处平坦敞亮的地儿。麦收过后，家家户户陆续都开始拆房子。老庄子里，不是瓦块和砖头块跌落的声音，就是“轰”的一下，房梁倒塌的声音。

待我亲眼看到这些时，已是秋播时分，漫天的黄叶簌簌而落。老庄子里，房子拆掉了，参差不齐的残垣断壁在微凉的风中，硬邦邦戳在那里，乡亲们从西头开始，正一户户合力将它们推倒。风儿吹过，尘埃四起。不知怎的，我的心中像被挖掉一块什么似的，空落落的。可不是？再过一阵子，我若来这里，哪里还能寻到老庄子的影子?很快，这里将会夷为平地，会被乡亲们种上麦子，会碧浪翻滚。这种感觉愈来愈清晰。于是，我急促地，慌张地，像从家园里不小心走丢了的一条狗，东闻闻，西嗅嗅，费心费力找寻那些熟悉的记忆，熟悉的味道。

老庄子没有了，低矮陈旧的老屋自然也不存在了。就像一棵老树，在没有预料的某一天，突然被连根拔起，剩下空荡荡的树坑，等着我用回忆去慢慢填平。可老屋曾经有过的温暖与酸楚怎能掩埋呢？恍惚间，我又看见了老屋，斑驳的阳光照在褪了色的木窗格子上，洒下的清辉像凡·高随意而就勾勒出的油画。西墙上，一抹夕阳正缓缓落下，我趴在院子的石凳上，完成父辈凄苦一生的希望。石凳那么冰凉，书本那么沉厚，内容繁复而晦涩。

春天来了，母亲曾在老院子靠南墙的枣树下叠一家老小穿过的旧棉衣。那些旧衣服，有皂角刷过的痕迹，散发着被时光淘洗的味道。母亲低着眉，很仔细地用手抚平、折叠，就像折叠一沓又一沓的往事。她一件件轻轻地安放，怕惊扰什么似的。春天的风柔柔的，连洒进院子的阳光也是细碎而煦暖的。那阳光从枣树的枝头落下，落满了母亲半个身子。两只燕子站在枣树之间栓好的麻绳上，一群麻雀也来凑热闹，大大小小挤满稍微粗壮的枝干，叽叽喳喳欢唱不休。一个女孩蹲在院子里，双手托腮，不知道想着什么——那个女孩是我。

那时，弟弟和堂弟还小，像院子里跑着的猫儿、狗儿。他俩拿着开满梧桐花的枝条不停地疯闹着。墙脚下，一盆高大的梧桐树，花开了又谢。后来很多年，这株梧桐常常开在我的梦里，紫色花朵，清淡宜人。

很快，冬天又到了。院子里纷扬的枣花、柿子花、梧桐花，彻底隐去，却多了腌菜的味道。屋檐下几个酱色的大缸，还有几个敦实的坛子，开始一个个派上用场。首先，婆会挑日头晒得暖烘烘的时候，将缸子和坛子里里外外擦拭干净，晒干。然后，在霜降之前，给里面装满一家人吃的咸菜、炝菜。咸菜主要以红萝卜和白萝卜为主，炝菜则是雪里红、白菜或其他可以吃的绿色叶子，这些不起眼的乡村植物被洒上花椒、大料、盐、五香粉等，压在坛子里，可以让全家人度过清寒而贫瘠的漫长的冬天。直到现在，这陈旧古朴的物件，母亲一直保留着。每一年的冬天，她会和祖祖辈辈的农家人一样，尽心尽意地腌制一缸一坛的咸菜和炝菜，也腌制一坛坛叫作回忆的植物。夜深人静，她不停地反刍，令我心疼。

黄昏，风儿把门打开，父亲的影子被卷了进来。他去了河湾的坡地，那片地，得乘冬闲平整好，待第二年秋风后，洒上几垄菜籽或麦子。他肩膀上扛着一把铁锨、一把镢头，待卸了后，肩上落满尘土。满脸汗珠子的父亲，他什么也不说，沉默寡然，只是在土墙影里不停地擦拭和磨砺铁锨和镢头，动作老练。那一截土墙，深深地钻进地缝，越来越矮。

离开老庄子，我经常做梦。比如梦里隐约响过一阵车铃声，自行车的铃声。二八的，永久牌的，活像一个传家宝。父亲骑过，我和弟弟妹妹也骑过，够不着横梁，一只脚踩脚踏、一只脚从梁下斜塞进去也要骑。再远的路，都在两个锈迹斑斑的轮子上，一圈一圈抵达。梦里，还有那个白色的瓷脸盆，早在岁月里磕磕碰碰，那些疼惜和温暖是一块块漆的逃离。只是，盆底那个红色的斑驳喜字，却依然微笑着，伴着父亲和母亲越来越多的白发，和越来越重的负担和爱。

其实，梦得最多的是老院子。老院子又窄又长，雨季多的夏秋，无人打扰的墙脚处长满了细碎的苒苒草。有时候，还会长麦芽，很细嫩，淡绿。我每次清扫院子靠近时，总舍不得清除，仿若从那些小草上像能瞅见一碗米一碗水长大的自己一般。院子中央，一行弯弯曲曲的、匀称间隔的青砖缝隙里，也会长出深绿的青苔，勾勒出一块块砖的形状。阳光，月光，洒在上面；一场风，一场雨，一场雪，也落在上面。

当然了，还会梦见老屋的柴房。在院子南面向阳通风的一个角落里，几根不太粗的木头，牛毛毡和碎瓦片搭建而成，一点都不起眼，有一种苍老的、布满尘埃的气息。那四面透风的墙上，除了挂满农具之外，还挂着生锈了的铁环，轱辘轱辘地滚过我稚嫩的童年。这些家什是爷爷和父亲的宝贝，它们一件件从老屋搬到新庄子来了。新庄子的后院里也有一个柴棚，有新式的铁锨、锄头、簸箕、扫把、药罐子等。记得儿子会走路后有一次随我回新庄子，觉得稀罕和好奇，趁大人们不注意钻进去，这儿摸摸，那儿看看，竟然意外找到了一个木制的陀螺，安静地睡在几块砖头下面。很显然，那是我和弟弟曾经玩过的，可如今我早已成为一只尘世的陀螺，被欲望不停抽打着，团团转，怎么也停歇不下来。

柴房里，最醒目的是一把镰刀。父亲说，那镰刃还是爷爷活着的时候找东坡村有名的铁匠给打的，钢口结实又锋利。爷爷是割麦的好手，父亲也是。

我最喜欢看父亲在麦地里挥舞镰刀的姿势，也很想再一次躺在父亲捆好的麦捆上，仰望那晕黄的夕阳。若再给父亲一个世界，一个长满麦子的世界，他一定还是那个割麦的好手。想归想，如今，父亲已老去，在新庄子里，麦子成熟的时候，割麦机雄赳赳气昂昂地开进地头，父亲的镰刀也被高高挂在后院的墙头上，落了一层厚厚的尘土。有时，我会看见父亲走到后院里，抬起头，望着那些生了锈的犁铧、锄头、洋镐等旧式农具出神。或许，他老人家眼里，正在回味曾经住老屋的时候，和乡亲们一起敞开胸膛，挥汗开镰的场面。

折子戏

我的老家在关中道，父辈们对于秦腔里的折子戏情有独钟。我很小的时候，看戏，要到大队。大队院子的西北角有一方戏台子，方方正正，青砖灰瓦，飞檐雕壁，和村子里的陈年老屋相比，很有气势。戏台两边，立一木质柱子，如大老碗口一般粗。老一辈说是杉木的，即便上了一层红漆，但漆皮仍在一块一块地剥落，似风烛残年的老人。平日里，戏台杵在那里，安安静静，无人问津，风吹过，雨淋过，一层一层的灰尘和蜘蛛网密密麻麻缠绕着戏台四周，说不出的孤独和寂寞。但逢村里庙会或者旧历年的正月十五，道长、村主任，和村里有威望的老人聚在一起一撮合，村里立马就有戏唱了。

村主任媳妇我叫二娘，不出两日，准会带着手脚勤快的三婶、五婶就将戏台内外彻底清扫得干干净净。待开戏当日，一大早，周边四五个生产队的男男女女、老老幼幼蜂拥而至，被冷落了好久的戏台顿时变成另一种模样：眼见那暗红色的大幕布来来回回不停歇地一拉一合，戏台上灯光熠熠生辉，台下人头攒动。平日里，从早到晚背着日头在地里忙做的庄稼汉们眼见台上的角儿，披红挂绿，粉面桃腮，水袖轻扬，千种风情，万般柔媚，个个按捺不住内心的激动和兴奋，扯着嗓门喊叫、鼓掌，整个戏台上下简直要沸腾了。

所幸的是，我家就在大队隔壁，出了家门到戏台，用脚丈量只要百十来步。跟同龄伙伴相比，我占了近水楼台先得月的优势。但凡村子里唱戏的时候，年少的我急急跑到灶房，蹲在灶台边三两下扒拉完一碗饭，两只胳膊挽着几只马扎凳子，跑得屁颠屁颠地来到台前，就是为了占几个最能看清戏子容颜和身姿的好地盘，等爷爷奶奶大妈婶娘们来了，赏我几毛钱，买几袋糖果和麻豆之类的小吃。至于戏台之上那些演员嘴里冒出的调子长长短短、咿咿呀呀、懵懵懂懂，啥也听不懂，倒是台上敲锣打鼓，台下人仰马翻的热闹场面很是诱人。

慢慢大一点了，也会跟着大人，提着板凳，赶到几里甚至十几里以外的庙上或村庄看戏。到了夜晚，常常趴在爷爷奶奶的怀里睡个昏天黑地的，中间醒来，眯着眼瞅上一阵子。我很喜欢戏子身上那一件件绣着大朵牡丹和七彩珍禽的绫罗绸缎衣衫，闪烁出灼人的光芒，刺得我瞌睡全无。一次，坐在我前面的翠红姑姑和她的知青恋人高山叔叔大抵是被台上青年男女两双顾盼流转的眼睛里传递出的款款深情撩拨得怦然心动了，两只大手悄悄攥在一起。他俩亲昵的动作被我清晰地看见了，羞得我赶紧转过头去，连大气也不敢出。

等到十二三岁时，渐渐知道一些人间事了，也能大概听出一出折子戏的前因后果，紧锣密鼓不再觉得震耳了，生旦净末丑也能分辨一二。尤其是那角儿身披紫色罗衫，头顶凤冠霞帔，额前缀珠抖簪，满身绫罗绸缎，翩跹而来，竟然莫名地心生几分欢喜。当然了，男孩子喜欢台上的打斗场面，比如一阵锣鼓啸天中，几个扎靠背旗、头摆花翎的武生花面，耍着大刀，舞者双锤，威风凛凛，加上一群毛毛小兵连翻筋斗，好生热闹！

那时，我经常和伙伴们放学后下两架坡到偏远的沟底捉草和玩耍，时不时地，总会在沟沟壑壑中看到这样的情形：村里的狗剩叔一边放羊，一边割草，那些羊，像洁白的云朵稀稀疏疏撒落在蜿蜒的一道道梁上。日落西山，狗剩叔的背篓装满了青草，他才起身，手持鞭稍，往回赶羊。一阵阵脆响后，那烂熟的、伴了多少辈人的秦腔调子，像头顶掠过的西风，回荡在空空的沟壑之中。狗剩叔刚唱完，半坡的麦茬空地里，一直以娘娘腔自居的三爷扶着犁铧，很婉转地来了一句“秦香莲拦轿喊冤把驸马告”。那绵软幽怨的声音传到西边的玉米地里，正在锄草的二伯马上回应起来，他甩开膀子，挥着锄头，和一声“他杀妻灭嗣罪恶滔滔”。偶尔，也有不甘落后的大妈婶娘们，一段王宝钏婉转动听的《赶坡》跟着唱得是声情并茂，那感觉，简直要比灌二两“西凤”白干、吃几片长线辣子、抽几口大叶旱烟来得解乏、爽口、恣意和豪放。那一瞬，我终于懂得，在那贫瘠的年月里，乡亲们对折子戏的熟稔和喜欢除了发自内心的之外，大抵也是苦中作乐，或者在繁重的体力劳动中自我释放和调节吧？我可爱的父辈们，他们把日子的艰辛沉重、情感的喜怒悲哀，吼给头顶的蓝天白云，吼给脚下的苍茫大地。至今，我的耳边似乎还回响着后生卖水后花园、薛平贵拴马寒窑前、穆桂英祭桩大路边、周仁哭妻孤坟前那一声声昂扬浑厚的唱段和叫板……这一出出折子戏，活脱脱地描摹了父辈们大喜大悲的人生，仿佛八百里关中道上万千大众的生活，只在那或粗狂或婉转的唱腔中彰显而出。

如今，置身喧嚣的闹市，很难再找到当年看戏听戏的感觉了。即便听到，也是暑期回老家，吃罢晚饭，和父母坐在院子的葡萄架下，说着陈芝麻烂谷子的家谱旧事，享着粗茶淡饭的俗世浓情，或者只陪着二老安静坐着，看房前屋后那棵高大的梧桐树梢上，一轮圆月挂在天边，将整个村庄沉淀成淡淡的水墨。忽而的，隔着一条又一条村落，一声声秦腔、一段段折子戏或远或近，断断续续传进我的耳朵里来。不用说，肯定是村里谁家老人过世或者过世三年了请的戏班子。那些年，乡下人的日子不管过得好坏，丧事少不得都要唱戏的，戏大戏小，戏里戏外，都是对亲人最大的缅怀和敬挽。曾经唱过秦腔的母亲，更是对折子戏如数家珍，这时候，早已坐不住了，免不得要说教一番：大丫，听不出来吧？这一段是《三击掌》。说的是唐朝丞相王允在长安城内高搭彩楼，为三女儿宝钏招赘快婿。宝钏登楼选婿，将彩球抛赠薛平贵。王允愤怒，与宝钏断绝关系。被父剥去衣衫，赶出家门，父女击掌，誓不相见。后来，王宝钏十年寒窑之苦等来的却是薛平贵的忘恩负义；那一段是《二堂舍子》，正唱着刘彦昌舍亲子保养子去衙门定罪的忠义之事，可是千古绝唱呢！

母亲说这番话的时候，她的唇齿间笑意沉沉，她的脸庞溢出一种安详和平和。有那么一瞬间，她的眼底有一丝丝的恍惚。我盯着母亲愣神了半天，心里在想，她老人家的眼前，一定浮现出了当年那一座座陈旧的戏台上，一只只锣鼓喧天震耳的敲打；一些花旦凄凄切切的诉说；一些胡生千转百回的演绎，那一声声缠绵悱恻催人泪下的唱腔，一定倾尽了母亲对秦腔难以割舍的半生之缘。那时，我的母亲在县剧团，主唱胡生，《周仁回府》中的一段《悔路》唱得名扬四方。后来，由于剧团不景气，解散了，母亲也回到乡里了，这成了母亲此生难以言说的缺憾。过了几年，我唯一的妹妹天生丽质，嗓质又好，瞒着家里人和同学偷偷跑到县里考戏校，竟然考上了。当公社的大喇叭里念出妹妹的名字时，母亲是很纠结的，她深知这碗饭的艰辛和磨难，思量半天，最后还是让妹妹去了。于是，我也有了很多机会看那些台后一张张单薄纯真的小脸，在一番擦脂涂粉后，刹那间，一个欲语还羞的东阁小姐呈现在我面前。等红幔布缓缓拉开时，一曲一曲的人生风雨，一段一段的深情对白，从这些稚气脸蛋和嘴里表现出来，实在不是一件容易的事！

也有无意看到曲终人散的时候，随他们退到台后，看所有粉墨登场的角儿，洗去一脸的油彩，露出疲惫而苍白的面颊，三三两两坐在简陋的走廊上狼吞虎咽。饭盒里，也是一些我们平时很粗糙的素面菜食。那一刻，我有些纳闷：原来，刚刚还在台上熠熠生辉风光无限的角儿，台下却过着和我一样朴素简单的生活。他们如醉如痴地把自己埋没在别人的前尘旧事和爱恨情仇里，待谢了幕，卸了一身的云裳，不知会是怎样的感受，是惆怅还是落寞？我盯着他们看了许久，心绪难宁。那种感觉，像极了一个人，站在熙熙攘攘的渡口，目睹了所有的千帆过尽，忽而，繁华和喧嚣褪远，一切都寂静下来，像做了一场梦，梦醒了，折子戏还得演下去。

依稀记得，《断桥》边，听白娘子一袭素白丧服口口声声念郎君肝肠寸断；《三娘教子》里，看补丁两肩的三娘打坐织布机前说教令郎声泪俱下；又闻《花亭相会》里，粉黛佳人张梅英寒夜临窗，磨墨伴夫君读书情深意厚；再看《柜中缘》，更为一介布衣女子徐翠莲箱底救忠良之后的深明大义而感动……

写到这里，我想告诉你，这些散落在我身边、散落在旧村落里的折子戏，只数声牙板、几缕琴音，硬是活生生地，让人听出眼泪来。于是，台下的人们跟着唱一段，再一段，转眼间，人生过了一年，又一年。

远去的年画

进入腊月，年味渐浓，想起它的一些标志，鞭炮、对联、窗花、新衣裳，还有那些已经褪远了的年画，一张张如雪片一样，飘落在眼前。

读小学时，过了腊八，逢礼拜天，匆匆吃一口饭，踩着嘎吱嘎吱的雪，和伙伴们聚集到镇子里，逛年集，看年画。

年画一般都在书店和文具店外面，在一张帆布篷架子四周，排了细绳，绳上别着一幅幅年画，一字排开。每张年画上标着号码、价格。我矮小的身影，挤在和我一样仰脸看画的人群中间。画的价格是一角两角，还有五角一块的，最贵的要三块，已经是很贵的了。

年画有山水、草木、人物、古代故事、四大名著、民间传说等种类。我喜欢梅兰竹菊、岁寒三友，母亲喜欢杨柳青的那个胖小子，大耳有轮，眉清目秀，怀里鲤鱼丰腴喜人；弟弟则喜欢披绿袍，鬓须飘然，手握偃月刀的关公，千里走单骑；父亲自然喜欢《红灯记》里李铁梅高举红灯，唱道：我家的表叔数不清，没有大事不登门；而爷和婆，似乎更偏重财神宽大突出的额头、门神秦琼敬德的威武，还有武松打虎的英雄气概。

那些年月里，无论日子怎样，每家都要买几张年画，就像买来喜庆和幸福。其实，老屋的东墙都是满的。土炕上东墙放满了被垛，地下的东墙又摆放了木柜，木柜正上方一般还要悬挂一面镜子。一般年画都贴在靠西面或北面的土墙上，若太阳透过窗户缝隙，正好可以照见，令老屋蓬荜生辉。买年画时，心里要略知自家房子的高低，墙面的大致面积。买大了，有点喧宾夺主；买小了，又显小家子气。更难的是选择什么样的年画，是选热闹的，还是清雅的，随人心而定，但亮堂喜庆绝对是大主题。

腊月小年，是要扫尘土的。母亲把笤帚接上一根长长的木棍，头上系上毛巾，屋子和院落以及旮旯犄角都要彻底清扫，桌子板凳、盆盆罐罐都要擦拭一新。然后就是用四叔从学校拿回来的旧报纸糊墙、贴年画了。贴年画一般是父亲的事，母亲在远处指挥，往左往右，角低角高，年画要贴得周周正正，大大方方，就像一年的日子。年画贴毕，已是夕阳衔山，鸟儿归林，炊烟浩荡。一家老小环顾一周，顿觉老屋焕然一新，明亮润贴，喜庆无比，心也开了一扇窗。

在我家里，年画贴的最多的是《红灯记》《西游记》《西厢记》《岳飞传》等一些成幅的年画。贴好年画后，爷总要坐在炕上，眯起眼睛看一阵子，就像看见那些陈旧的故事，家国的坎坷，以及日子的美好，他的唇角泛起淡淡的微笑。

村里的六爷是公社书记，比我父亲只大几岁，自幼家底厚实，多读了几年书，算是村子里识文断字的文化人。打我记事起，他家墙上每年贴的年画，无论是大小、颜色，还是境界上，都比普通人家更气派，尤其是大屋子黝黑锃亮的木质柜子上方，一张大幅尺寸的《松鹤延年》，淡雅古朴，意蕴悠长。两侧有苍劲的对联：云鹤千年寿，苍松万古青。六爷很满意地对着栩栩如生的松鹤出神，好像看到自己多年的青云直上会一直延续下去。

年三十，早起要贴对联、福字的。破旧漆黑的门扇上贴秦琼和敬德、出入平安，猪圈上是肥猪满圈，鸡窝上是金鸡满架，粮仓垛上是五谷丰登，石磨上贴福字等。最不能少的是，家家户户门楣下都要挂大红灯笼。暮色四合时，那些灯笼在寒风里飘摇着，点燃农家人火一样的热情和希望。若站在高处远望整个村庄，会看见，云朵是天空的年画，村庄是尘世的年画，温和而安静。

如今，年画走远了，成了影影绰绰的背影，就像我们初来尘世的一些美好，再也找不到，不由心中泛起怅然几许。

高粱绿，高粱红

十六岁之前，我和我爹一起种过麦子、玉米、谷子、大豆，还有高粱等。其中谷子和高粱不是主要农作物，偶尔种些，一方面用来改善生活，另一方面源于平日里庄户人家用的物件总离不开它。后来，粮食不值钱，我爹也在地里胡乱种了，用他自己话说，眼下是市场做主，庄稼人就像风里的一株庄稼，左摆右晃，由不得自己，倒是土地，可以任由这些植物恣意繁衍和生存。

十六岁之后，我离开村庄，就再没有独自种过它们中任何一株了。昨夜，做了一个梦，梦见了村庄，梦见了田野上茁壮的庄稼，比如麦浪翻动着金黄的波浪，谷子谦逊地低着头，高粱似夕阳下燃烧的晚霞……醒来，窗外一弯新月如钩，睡意全没了。

说起高粱，最早认识它是在我祖母的菜园子里。初春，祖母说："种几垄甜秆吧。"她话刚撂下，就差小叔搬来凳子，站上去，从窑洞的墙壁上取下一个塑料袋子来，里面是褐色的高粱种子，颗粒饱满又匀称。一场雨后，父亲将它们种在我家的自留地里，没几日，高粱种子发芽了，两片幼叶钻出地面，并在雨一场、风一场里，迅速长高。

秋分过后，高粱即将成熟，青绿脆甜的长节秆更是诱人。我们小孩子趁大人不注意，悄悄钻进地里，用脚踩倒一些长势羸弱的细长秆，撕下包叶，一节节的甜秆挂着白霜，节骨上截断，用嘴咬住一头薄薄的硬皮，顺下一撕，翠绿的甜秆就得了。节秆粗如拇指，长有尺余，嚼到嘴里甜水四溢，很爽口的。

后来，识文断字了，认识了真正的高粱，知道它还叫蜀黍、桃黍、木稷等等。属一年生草本植物。株高3-4米，秸秆粗壮，直立，基部节上具有撑根。叶鞘无毛，稍有白粉，性喜温暖，抗旱耐涝。只要埋下种子，落地生根了，雨水多一点，年景寡一点，无所谓的，它们都安然地自己生长，就像我穷困潦倒的乡亲，卑微地活着，却在清苦中找出快乐来。

高粱成熟在九月。那是一片红的海洋，在秋风里涌动着，一层一层荡漾开去。像一幅泼了赭红的水彩，人站在这幅磅礴的画前，是感动的，甚至是震撼的。你看，穿着绿衣，戴着红帽子的高粱，站在一群黄豆和果树旁边，显得高大、伟岸、挺拔。特别是黄昏时分，夕阳西下，一片片殷红的高粱映衬在晚霞里，像大地上游弋的云朵，那是上苍送给人间最美的画卷。

我原本是知道的，高粱和乡下父辈们的日子息息相关。那些贫瘠的年月里，若是谁家地里不种上一二分高粱，日子都不知道如何过下去。就拿我家里来说吧，大多一日三餐都是粗粮为主，只有家里来了客人，母亲才焖高粱米饭，紫红的饭粒，粒粒晶莹，满屋饭香；也熬高粱米粥，放了碱，滑润可口；还有，我家炕上铺的是高粱秸秆席，光滑贴润，颜色本真；扫地的笤帚，是用高粱翎扎的；刷锅的炊帚是高粱糜子绑的；灶坑里燃的是高粱叶子和废弃的秸秆，连锅台上放的，都是高粱秆穿的盖帘。那些年月里，入夜，枕着用高粱籽壳装的枕头，似闻到了草木的香气，还有一朵朵阳光的味道，总能睡得很香呢！后来，弟弟出生了，他长到五六岁时，总要疯跑在高粱地里，捉蝈蝈，抓蜻蜓，逮知了，捉迷藏，打野兔，就像出了笼子的鸟儿，又高又密的高粱地，是他童年的乐园。饿了，就找高粱乌米吃，出了高粱地，满嘴都是黑乎乎的。他还缠着我母亲用高粱秸秆扎蝈蝈笼，扎成方的、圆的、三角的。掐一朵南瓜花或豆角花放进笼子里，挂在屋檐下，听着蝈蝈叫，不厌其烦。最有创意的是，几个脑袋瓜挤在一起，用高粱秸秆扎一把手枪，别在腰间，用树枝编个草帽，俨然就是小兵张嘎。他的童年，在最古朴的乡间，和最朴素的植物，耳鬓厮磨在一起。

高粱最大的用处是酿酒。我的家乡地处西北，种植高粱的面积很有限，酿酒自然无从谈起，倒是酿酒的场面，在影视剧里屡见不鲜。那一个个光着铜色膀子的汉子，挥舞着铁锨，汗流如雨；一滴滴甘醇的高粱酒醇厚绵长，甘洌清爽。而且朋友中，也有喜欢喝高粱酒的，言其烈而不颓，清而不淡，就像一位威风凛凛的将军，浓眉入鬓，剑光如雪。哦，这大抵就是高粱的灵魂吧，它孕育了北方男儿狂野不羁的性格，热烈奔放，善恶分明。

近些年，父亲早已不种高粱了，高粱离父亲的生活越来越远，我们一度都忽略了它的存在，唤醒我记忆的，还是莫言的《红高粱》，它赋予了高粱辽阔悲壮、宽厚仁爱的精神和含义。我依然记得，那浩荡茂密的青纱帐里，上演了荒蛮却刻骨的爱情，上演了军民同仇敌忾的抗日魂魄，让人唏嘘，令人垂泪。那一望无际的高粱地，是爱情缠绵的床笫，也是抗日厮杀的战场，爱情和打鬼子都是淋漓痛快的。最喜欢罗汉说的话：一株高粱也是一条顽强的生命，让一株株高粱自然地长大，它们是有度数的植物。

深秋的夜里，和东北朋友聊天，他说，正在去乡下，隔着车窗，看见一片枯黄低矮的植物，也唤作高粱。他用微信发给我，说是新品种，产量高，籽饱满，卖相好。我观之许久，觉得陌生和矮小，矮小到没有故事，没有风景，当然，更不是我童年和少年需要抬头仰视的那一片高粱了。

菊事悠悠

小暑，太阳像一团火球，不知疲倦地在头顶上挂着。风是热的，地是烫的，出门，只一小会儿，准保浑身上下里里外外几下就湿透了。

那日，燥热难耐，一家人驶向秦岭深处，去寻觅一份清凉。路过一片又一片的村庄时，又满眼都是这熟悉的花儿了，大红色的，一层一层，似菊瓣一样包裹着，颜色从花瓣由外向里越来越艳丽。阳光越炙热，它开得越灿烂。

少不更事时，常听母亲念叨，这花是外婆的最爱，却也是她的忧伤。起初，我不大懂得，待渐渐长大后，才知道母亲这样说，是有很多缘由的。

外婆的娘家在东坡的沟底，门前的小韦河流水常年不绝。外婆是家里唯一的女儿，上面有七个哥哥，自然深得太婆太爷和兄长们的宠爱。地里的农活很少做，多数时候只待在家里做些诸如纳鞋底、绣枕套、缝衣裳、扫院子的零碎活。等到了饭时，不用人指派，外婆很自觉地下到厨房给一家人做可口的饭菜，再加上她识得几个字，模样俊俏，嘴巴甜，谁见了都心疼和欢喜。

外婆还有一个喜好，喜欢养花。她娘家的院子里，一年四季都有花儿。尤其是夏天的大理菊，从窑洞的窗户下开始，一直顺着墙角平铺过去，一簇簇像燃烧的晚霞，大老远都能闻见香气呢!

后来，外婆嫁给外爷，离开她娘家沟底的几眼破窑洞，离开门前的小韦河，来到体面光鲜又热闹的镇上，同时，也离开了那一院子清香宜人的花儿。

起初，外婆有很多不习惯。首先是门口的汽车声、骡马声，以及赶集人的嘈杂声，不绝于耳；其次是每到夏天来临院子里光秃秃的青石板被晒得滚烫，房顶上落下的太阳明晃晃的，刺得人睁不开眼；最后就是住在镇子上的人家，院落不但拥挤逼仄，树荫也稀稀落落少得可怜，更别说花花草草了。偶尔，后院的猪粪、羊粪、鸡粪臭得熏人。打小在花草和溪水沐浴下的外婆哪里受得了?那一年的初冬，外婆乘着回娘家的间隙，剪了几株大理菊的枝杈带回来，插在外爷家前院门口仅有的一棵老槐树下，随意用一块塑料布罩起来。第二年的春天，几场雨后，枝杈发芽，生叶，出条，长得快极了，不久，便热热闹闹地开花了。

外婆对这几株大理菊很上心，打理得也甚为仔细，修剪施肥浇水一点都不马虎。大理菊不但长得快，连同根系蔓延也快，没有多久，槐树四周的空地上，便一簇簇生满了这种花树。起先是一条根系生出很多枝杈来，之后满地都是。盛夏时分，满院子的大理菊或嫣红，或粉白，或绚紫，开得沸沸扬扬，俨然一派生机勃勃的喜人景象。

不久，外婆怀孕了，因为是头一胎，比较受优待，下地少了一些。通常收拾完家里零碎活后，她就坐在院子的大理菊花丛旁做针线，听风声，看月亮，打发一段又一段长长的日子。

头胎生的是大姨，太婆虽然有些失落，但面子上还算过得去。可等生了二姨、三姨，太婆就没那么好说话了，只要看见外婆，脸马上就拉下来足有二尺长。月子前十天，太婆随手将一碗饭放在窗台上，隔着窗子，冷冷地喊一声，吃饭了。喊完，爱理不理，转身就走。十天过后，外婆吃一口饭，喝一口水，都得自己下厨房了。身体虚弱的外婆自知没能给老王家添个男丁，理亏，也不敢说什么，只好偷偷将泪水往肚子里吞咽

屋漏偏逢连阴雨。之后的几年里，外婆也不知道中了什么邪，又接连生了四姨和母亲，这下厄运来了。太婆自然很生气，开始对外婆指桑骂槐，嘴里出来的话要多难听有多难听，什么祖坟冒气了，娶了这么个扫把星，就算下一窝仔猪也能碰上个带把儿的。

生不出儿子，面对太婆的出口伤人和恶言脏语，外婆只有忍气吞声的份，哪里还敢顶嘴一句？那些日子，外婆吞下的泪水比汤饭还要多。每日里，公鸡刚打第一声鸣，太婆便在外婆的窗户外面

吆喝开骂，什么生不出儿子钻在男人被窝里不嫌丢人等。外婆吓得大气也不敢出，提起裤子就出了房门，开始扫院子、做饭、喂猪、洗尿布，一直忙到月亮躲进云层里，家家户户关门的咯吱声和满村子的狗叫声响起，外婆这才想起来，还没有给太婆提尿盆呢！又赶紧一路小跑到后院，把尿盆提到房门口，不敢进，也不敢走，先怯生生地问一声："娘，尿盆是提进去还是放在门口？"太婆隔着门吼："这么冷的天不提进来，你要冻死我老太婆呀，真是蠢猪一个！"

春天来了，草木苏醒了，老王家当然不能无后，这一点，太婆和外婆都非常清楚。母亲说，她只吃了外婆四个月清汤寡水的奶便开始被太婆塞进几根木头棍子用钉子钉成的木车子里喂白水泡馍了。接下来，太婆开始张罗着，要请田家湾庙里的神婆来家里驱驱晦气，好让外婆早些怀个儿子出来。

一日，一身土黄色长袍的神婆来了。四处烧香，四处叩拜，嘴里念念有词，满院子倒腾后，将缘由归于那一丛大理菊。在那一丛大理菊前转了好几圈，然后，眯着眼睛，神色平静地告诉太婆，这大理菊的血红色过于妖娆，会攀附在女人身上，不让男子的精气入体，所以，外婆才生不出来男孩。之后，太婆恶狠狠地将院子里所有的大理菊全砍掉了，一株都不留。第二年，外婆果真生了大舅，举家欢喜，太婆铁青的脸终于有了喜色。又过了两年，外婆又有了小舅。两个带把儿的顶门柱活蹦乱跳，这下子，不用说，外婆大可以抬起头，挺起胸膛做人了，母亲说，那阵子外婆像换了个人似的，脚步轻快了，身板挺直了，连说话声音也清脆悦耳。不过，偶尔，外婆清扫院子或坐在院子里歇脚时，会朝着院子里唯一的那棵枣树周围张望，枣树粗壮了，叶子更茂密了，周围光秃秃的，什么都没有。外婆眉间和唇角的怅然只一闪，便消失殆尽了。

此后的几十年里，外婆不提大理菊一字半句，直到她老人家入了黄土归了天。

可我一直在想，在外婆的世界里，一定会有一簇簇的大理菊，与繁盛的夏日，抵达她的魂魄，怒放至荼蘼。

遥望一株麻

那日，偶得空闲，随夫一起去山里，遇一株株麻，在路边、斜坡上、低洼处，疯了一般长着。我有很多年没有看到它们了，很是意外和惊喜，赶忙将车子靠在路边，细细端详：还是我童年见到的模样，笔直的、齐刷刷的，在风中摇曳。风从远方来，又到远方去，它们低低头，又抬抬头；阳光暖了，凉了，它们伸伸腰，又弯弯腰。

我对麻的初识源于很多秋天的谷物。比如说，高棵的玉米、高粱，矮棵的大豆、芸豆、谷子，它们都在大地上绿着，也都在大地上黄着，大地是它们的母亲。只是，秋天里，麻并不是主要农作物，村子里的人们只在果园的围墙边、塄坎上，或者下等田里种麻。

我祖母喜欢在自留地的地头种。通常是种在地里的玉米和豆子都快要拱出土了，祖母说："地头就种些麻吧，可以挡风，也可以挡路过的羊和牛，免得祸害庄稼。”于是我家自留地地头就长出了一棵棵叫麻的植物，没人去施肥，也没人去浇灌，甚至没人太去注意它们。它们自个儿生长，长成一堵墙，挡住了肆虐的风。再长长，密密匝匝挤在一起，像男人的肩膀，搂着那块地仰望阳光、沐浴月光，故而，那些年，我家自留地的玉米棒子颗粒饱满，长势喜人。

在我眼里，麻是很通人性的。比如我提着满满一笼子草经过村子里那片麻地的时候，看见红肚皮的鸟儿落在麻的秆上唱歌，麻怕鸟儿摔着，就把枝条低了低；还看见一只蝈蝈在麻的叶子间鸣叫，麻怕淘气的孩子捉了去，就用茂密的叶子遮了遮。

我走累了，坐在绿油油的麻地边歇息。透过麻斑驳的枝叶，看见村庄被很多树环绕，一只母鸡正领着一群小鸡在开满牵牛花的麦场上觅食，一条老黄狗卧在挂着玉米棒子的屋檐下打着瞌睡，淡蓝的炊烟正缓缓融入晴空。去年的对联暗淡在今年的门垛上，一缕打旋的风正从村东头刮向村西头，披着衣服扛着锄头的五伯正走在风的前头……

那个时候，我是很迷恋麻的味道。每次经过房前屋后一棵又一棵的麻，总会停驻下来，掠几片叶子在掌心里揉搓，味道又麻又香。后来我上小学了，在学校看见了麻，已经不是绿色的了，它变成了一根粗壮的麻绳，中间系块红绸子，两边站着很多同学，这是在拔河。他们一个个攥紧麻绳，麻绳是那么粗犷，攥在手里很踏实。同学们自然知道，只要紧紧攥住麻，充分利用麻的韧度和坚强，就赢了。我夹在中间，眼里盯着麻绳，似乎看见了田野上的麻，青青翠翠地长着，多像春天的我们。

深秋时，麻脱下盛装走进村子，走进农家院子，更走进了一眼井中。尤其是黄昏下，井台边很热闹，眼见那麻绳拽着水桶，一圈一圈打捞出一汪清澈、几声蛙鸣、或许还有一弯清月。月光下，妇女最多，一边洗衣裳，一边说笑，东家的，西家的，天上的，地上的，喋喋不休。待夜色弥漫，井台才安静下来，一撮撮马蹄莲和车前草从井台边的砖头缝隙里探出头，翠生生、水汪汪的，像农家少女抖落的心事。

在乡下，麻更多用来做纳鞋底的绳子。收秋后，麦子种上了，麻也成熟了，我爷将它们割回来，太阳下，白白的麻秆，直溜溜地靠在墙角。它们肯定和我一样，在看天上的流云，有时候是白的，有时候是灰的；也看远方的河流，有时候是宽的，有时候是窄的，像要把我的一些梦想带到远方。

我爷却不在意这些，他只顾将晾干的麻摊开在塑料布上，洒上水，等潮湿一些，从麻的枝干上捋下来的一层一层一根一根的麻膜，用手搓捻几下，将硬皮去掉，然后整整齐齐码好，捆成一扎一扎，挂在通风处。

转眼冬天到了，窗外鹅毛般的雪花悄无声息地落着，祖母坐在温热的土炕上，炕沿下，垂挂着一撮撮细细的麻，它们会被我祖母拧成一条条细细的麻绳，夜色长长，麻线长长。祖母那么认真，脸上一片安详。我看见苍老，那种苍老格外温暖，让人想起那么多来来去去平平淡淡的日子。

麻绳拧好了，祖母、母亲和婶子，坐在冬日的暖阳里纳鞋底。

菱形的、田字格的针脚落在厚实的鞋底上，细细密密，错落有致。那个时候，我只觉得，穿着祖母和母亲做的鞋子，走三里的土疙瘩路到镇上上学，风里雨里，尘里雾里，可以一步一步，去抵达心中的梦想。

时隔多年，虽然不穿布鞋了，但我总会记得，那些年，穿着布鞋，脚下和心里滋生出那种安妥感，犹如麻的沉稳、坚韧；麻的清香、柔顺，满满的，都是植物的气息，更是故乡醇厚的味道。就像此时，我坐在小城高悬的阳台上，遥望故乡，遥望一株麻。

葵花尘香

母亲喜欢种向日葵，她的这份喜好，从我幼年时就开始了。

记忆里，接连几年，父亲总在遭难。先是村里的打糠机将他右手的两个指头吞进去小半截。伤口愈合后，生产队里工分多的活自然和父亲无缘了。有一段时间，父亲只能在村里的菜地里干些轻松的零碎活，工分挣得少，家里分得的粮食也少，吃细面白馍的时候少得可怜，只有家里来客人才能跟着混几口，感觉真的像打牙祭。

第二年夏天，父亲平白无故又是咳嗽又是发烧，扛了两天，不见好转，被母亲吼着去大队医疗站看看。医疗站的医生我叫八爷，其实并不老，就是辈分高而已。他看着父亲满脸通红喘着粗气，身上还有小红斑，摸摸耳朵背后，再掰开上下眼皮，直截了当地说了一句，赶紧往县医院走吧，八成是出血热，去晚了，就来不及了。

母亲吓坏了，撒腿就往村委会跑。村主任赶忙让饲养室的四爷驾着马车送父亲去了县医院。由于抢救及时，加之父亲没有乱用感冒药，总算化险为夷。出院那天，第一眼看见的父亲，竟然是一副皮包骨头的样子，让人很容易联想到，若来一场风，都能把他刮倒。

这场大病之后，父亲身体太虚弱了，很长一段时间，他什么也做不了，只能在家里将养身体。家里、地里，里里外外都靠母亲一个人撑着。

生活的重担落在母亲身上，她像个男人一样撑着。那一年夏天，我觉得应该叫苦夏，火腾腾的太阳，苦巴巴的日子，可在我母亲脸上看不到悲观和愁苦。她像村里的牛和骡子一样，浑身有使不完的劲似的，干完地里活，又去沟壕里的砖瓦厂拉砖。很多时候，我坐在门道的横坎上，看鸟雀在清晨的薄雾里飞来飞去唱个不停，听蝉在桐花树的枝杈上叫得孜孜不倦，此起彼伏。黄昏时分，村里的小路上，老牛拉着爬犁归来，哑巴叔赶着吃饱的羊群归来，可母亲总不见回来。直到夜幕完全降下来了，四周黑得只有星星点点明明灭灭的灯火，母亲才一身尘土一身疲倦，迟迟而归。

几个月后，父亲的身体一日日好转。母亲依然在忙碌，她的脸上总是带着柔软的微笑，像向日葵开出的花儿一样，永远向着阳光。隔三差五地，她会为父亲抓几副中药调理一下身体，或者扯几尺花布为我和妹妹缝一件花衣裳、做一双花鞋子，艰难贫寒的日子，也有难得的笑声在小院里漾起来。

一日，满天繁星中，母亲从砖瓦厂回来了。一进门，表情兴奋又神秘，妹妹以为是母亲买水果糖给我们了，手舞足蹈。哪知她从上衣口袋里掏出一大把瓜子，用炕席下的塑料袋包裹得严严实实，并告诫我们不能偷吃，等明年种到院子里，就可以吃到更多的瓜子啦！

暮春里，细雨绵绵。母亲在前院墙角处，整理出一大片空地来，挖开小坑，撒下三两颗向日葵籽粒，覆土，清水浇灌。不出三五日，有嫩嫩的芽尖从土里钻出来，先是一片，接着两片、三片……一串风、一串雨后，叶子一片片多起来，向日葵细细的枝干一寸一寸往上长，母亲下地回来趁歇脚的档儿，坐在阳光柔和的垄上，看嫩绿的葵花叶上洒满金光，嘴里喃喃说，今年有瓜子吃了，到时候，吃不完的，兴许还能卖呢！

在母亲看来，葵花是带喜气的花，是心中的希望和梦想。母亲一个乡下女人，她的希望和梦想无外乎是一家人衣食无忧，小日子甜蜜丰盈。那个时候，年少懵懂的我断然不懂得这些，只看到盛夏来临，一排排粗壮的葵花秆散落在夏日的小院里，金黄的葵花高仰着脖子，向着太阳、向着蓝天白云，热烈绽放，那绚丽夺目的黄，妩媚了小院的陈旧和苍老。

后来，看到凡·高的《向日葵》。画中，大朵金黄的葵花，像一团燃烧的火焰在阳光下怒放。凡·高说，那是爱的最强光，在诸多失意彷徨的日子里，给他沉闷抑郁的心底注入最后的温暖。可母亲不知道凡·高，她只喜欢种葵花。尤其是缺吃少穿的岁月里，靠墙处那一垄垄葱郁的葵花，驱走了缠裹在母亲身上沉重的艰难困苦。每每下地回来，母亲总要在葵花前停留一会儿，松松土，拔拔草，或用手扶一把被风吹歪的枝干，满脸的深情与欢悦。那明丽温暖的色彩，给了母亲无穷的热情和力量，使她卸下满身的沉重，迈过苦难，向着明媚，铿锵行走。

炎炎七月，酷热难耐，母亲给地里的庄稼施了肥、锄了草、浇了水后，按说有一段比较清闲的时光了，可是母亲依然闲不下来，她得利用庄稼自个儿疯长不需打理的空当，开始穿针引线的居家生活。母亲需要做的活好多哦，父亲磨烂袖口的外套、弟弟短及脚踝的裤子，我和妹妹开学后做梦都想穿的新裤子的布料早已扯回来了，母亲却顾不上……那些日子，我亲眼看到，收拾完家里的零碎后，母亲坐在缝纫机前，低头垂眉，专注做活。她熟练地踩踏、压线、挑针，然后锁纽环、缝扣子，忙得不亦乐乎。缝缝补补的活做完后，又开始做一家人的鞋子，不用说，穿上新裤子、新鞋子的瞬间，我们的喜悦，母亲的微笑，成为小院里最难忘的一幕。

不知不觉，凉秋至，葵花开始结籽。饱满的籽，密密匝匝挤在一起。适逢日头好，葵花子很快从干瘪瘦小长到饱满欲裂。母亲喜滋滋地将它们割下来，拉到县城去卖，为了避免交摊位费，母亲走街串巷吆喝着卖，竟然全卖掉了。然后，用卖的钱，给我和妹妹每人买了新文具、新书包，给父亲买了营养品，路过农贸市场又进去买了鸡蛋、肉。那段日子，一家人围在一起，乐滋滋的，满脸像开了花。

待最后一茬向日葵收回家时，母亲没有卖，她在院子里铺了席子，将葵花子一颗一颗剥下来，拣干净，晾晒。阳光下，葵花的幽香，一再刺激着我们的味蕾，尤其是两岁多的弟弟，缠着母亲要吃炒葵花子。母亲摸着弟弟头说，傻儿子，其实，葵花子要彻底晒干，过些日子，瓤和籽出油后，炒了才好吃呢，等等吧，迟早会吃上的。弟弟倒也听话，抓了一把，出门找他的伙伴们玩去了。

在贫瘠日子里，母亲和我们的冬天，是难熬的，愁肠百结的。一冬之食待储，一冬之衣待添。母亲怎能不知？她和所有清贫人家一样，会想尽法子让我们的身子骨不会在严寒和霜冻中受半点委屈。比如，每隔两年，母亲总要在向阳的坡地里种上一茬棉花，除草、上肥、杀虫、剪枝、掰芽，丝毫不懈怠，故而，我们姊妹三人的冬天里，总有崭新的棉衣、棉裤、棉袜子、棉手套、棉围脖等，好让我们一个个安然抵御那一场场刺骨的寒风和漫天的大雪。不过，漫漫冬夜，最难忘、最温暖的，还是和母亲坐在热炕头上，吃她炒的葵花子。母亲的葵花子炒得很精细。她先将葵花子倒进锅里，用麦秆微火轻轻炒上好长时间，估摸着七分熟了，开始用桂皮、花椒、大料等调料拌上盐水，均匀撒进锅里，旺火一边烧一边用小扫把搅，直到满屋子的葵花香气弥散开来。我们围着母亲，嗑瓜子，说笑话，讲故事，日子就这般，从窗前，从一盏灯火里，轻轻滑过。

夜深了，一股凉风从门缝里挤进来，母亲起身，下了炕，拿开炕门，添了半笼子碾碎的麦秆。上炕的时候，她的视线落在细竹篾编织的小筛子里，一粒一粒的葵花籽，层层叠叠、亲密无间地挨在一起，像母亲细碎而繁复的日子，只听得她自言自语说：明年，咱还种向日葵吧。

冬至帖

小时候，只晓得冬至来时要吃饺子的，至于为何要吃，曾问过婆和母亲，她们也不知，但总是将那句“冬至饺子夏至面”当圣旨一般挂在嘴上念叨。直到上学了，自然常识老师讲到，这种习俗是为纪念“医圣”张仲景冬至舍药留下的。相传医圣张仲景从长沙辞官返乡时，正是冬季，他看到河南家乡的乡亲面黄肌瘦，饥寒交迫，不少人的耳朵都冻烂了，差弟子在南阳东关搭起医棚，支起大锅，把羊肉和驱寒药材放在锅里熬煮后捞出来切碎，包成耳朵样的“娇耳”，煮熟后连汤水一起分给来求药的人，冻伤的耳朵过了几日都好了。后来，人们学着医圣制作的“娇耳”，包成食物，称作“饺子”，除了不忘医圣之恩，更多是缅怀。

我依然记得母亲最早包饺子的情形。早饭后，她裹着臃肿的棉衣，头戴果绿的围巾，在厨房里忙碌着，案板上的白色瓷盆里，脆生生的萝卜丁，滑润润的粉条，软绵绵的豆腐块，红是红，绿是绿，白是白，馋得人直流口水。

最喜欢看母亲包饺子的姿态。一小团面疙瘩，一条很短的擀面杖，在母亲两只手里很是灵巧地来回碾一圈，那圆圆的、薄薄的饺子皮就匀称地平摊在案板上了，然后，母亲把一大勺调好的饺子馅塞满里面，捏紧，一只只圆鼓鼓的饺子整整齐齐地排列起来，像一弯清秀玉润的月牙。

饺子包完了，母亲给锅里添上水，返身坐在灶台下，拿出火柴轻轻一擦，点燃引火用的软麦秆放进灶膛的风口，填上玉米秆或其他柴草，用嘴巴吹几下，风箱来来回拉动中，红红的火苗噼里啪啦跳跃着，映得母亲满脸通红，一丝丝的炊烟穿过锅灶，顺着烟囱逸向空中，一股子萝卜饺子的清香从锅盖的缝隙里溢出来。

毫不夸张地说，吃到饺子的感觉是幸福而美好的。因为那个时候，乡下人的一日三餐总是清苦而节俭，平日里，只有麦收前后，舅婆送端午，亲戚串门或者旧历年时，母亲才会在厨房里花些心思和工夫，做一顿臊子面，烙几张煎饼，或者烹一锅烩菜，炒两盘肉菜，招待亲戚，顺便我们也能跟着打个牙祭，至于吃饺子，更是少得可怜，故而对冬至的饺子是充满向往和期待的，就算日子生活过得再苦，母亲总不忘在冬至时想法儿包上一顿饺子。“宁穷一年，不穷一节”，是从母亲嘴里说出来的。我深知，那一只只胖嘟嘟的饺子在锅里翻滚，活像母亲对贫瘠日子满怀的蓬勃希望。

在乡下，数九寒冬是从冬至开始的。这一天，白日最短，夜晚最长，北风最冽，把天空肃杀得昏昏沉沉，偶尔几只喜鹊在枝头和屋檐下叽叽喳喳叫着，不等人靠近，便呼啦一下，扑棱着翅膀飞走了。早饭后，我爷和三爷靠着南墙的玉米秆旁晒太阳，风一阵接着一阵吹，吹得脸蛋、耳朵和手生疼。他俩相互打趣地说，看着太阳出来了，咋这么冷，这风吹到脸上，像鬼扇耳光。晒了一会儿，抽了一杆旱烟，又朝地里走去，田野深处，也冷冰冰、空荡荡的，只有麦子和油菜紧紧搂抱着大地，不声不响地沉睡着……

冬至夜是安静的，也是温暖的。若是一个人在村子里行走，从一些人家窗户的缝隙里，准会传来唠嗑声、嬉闹声或者鼾声。最响亮的是巧儿家，她和我同岁，她家辈分高，我得唤她三姑。不用说，她两个姐姐正在给她织棉手套和袜子，花花绿绿的毛线，构成一朵梅花，连五个手指头都织出来，戴在手上舒适漂亮又暖和。不像我和大多数伙伴，只有母亲缝的棉布袖筒，写字时，手腕暖和了，手指头裸露在外，被冻肿后像发酵的面团，又疼又痒，只待夜晚，早早钻到热炕上，揉着搓着，头一歪，进入梦乡……

我爷当然睡不着了，他将我们拽醒来，一遍遍念叨关于冬至的话题，比如“一九二九不出手，三九四九冰上走，五九六九看河柳，七九八九燕归来”等等，好多呢，记不全了。成人后，时而想起，眼前总会浮现屋檐下的冰条、窗前的飞雪、饺子的馋香，以及缩在袖筒里通红的手，一瞬间，心莫名的温暖和怅然。

不知不觉，又一年冬至日，夜晚醒来，院子里，风吹起桐树上残存的几片叶子，哗啦啦响。推窗往外看，城市褪掉喧嚣的外衣，只有风飕飕地钻进来。不觉两手抱在胸前，仰起头，好大一团月，沉寂着，冷澈地悬在楼宇之间，使冬至夜愈发清宁安详。

暮春夜雨

昨夜，是伴着雨声躺下的，不曾想夜半又被雨声惊醒了，然后就睁大了双眼，听窗外淅淅沥沥的雨落个不停歇。听了一会儿，竟然被这绵绵的雨声撩拨得再也躺不住了，索性起来，倚窗而立，看外面的大街小巷、树木花丛，被一层轻纱似的雨幕罩着，偶尔一辆或两辆出租车疾驰而过，飞溅起朵朵细细的水花，似飞花碎玉般向四处散落……

居所几乎临街，靠北面的小屋里，窗户一年四季不曾关严实过，这清凉寂静的暮春夜，风儿带着雨丝和草木的清香无遮无挡地挤进来，一份久违的湿润和清新，拂得人满身满眼都是，惬意极了。

除此之外，暮春的夜晚，潇潇清雨无边落下，整座小城寂静得像个安然入睡的孩子。

大抵过于忙乱吧，很久没有一个人安静听雨了。我曾不止一次想着，也许会有那么一天，我会卸掉一身的烦冗，出尘而来，轻轻走进唐诗宋词里，触摸“夜雨剪春韭”和“好雨知时节，当春乃发生”的水墨画意，或者和诗人一样泼墨惋叹“晓看红湿处，花重锦官城”的夜里，究竟有多少嫣红的花儿被打落？想归想，多数时候，我什么也不是，仅有的也只是一窗一桌一盏茶、一灯一影一幽曲，独自享受和这一片暮春雨夜尽情厮磨的姿态。

暮春的夜雨，果真好听极了。你听，“沙沙沙”如丝如线的，一定是落在法国梧桐和柳树的枝杈上发出的；“滴滴答答”像鼓点一般敲打的，不用说，肯定是跌落在院子的几棵棕榈树宽大的叶子上了；若再细细聆听，还有“窸窸窣窣”轻轻的声音，如毛毛虫爬行一般，不用说，定然是草坪里一簇簇的小草正在雨中伸胳膊伸腿儿地欢唱呢！

暮春时分，院子里的月季和玫瑰开得荼蘼，这一夜如牛毛又如针尖的雨若落个不停，明儿起来，地上一定会有几瓣落红，这是必然的。雨来，风一定会来的，风儿和雨儿掺杂在一起，先凋谢的花儿会被吹落下来，和雨水沾在一起，被飞快的车子碾成花泥，眉间的怅然和疼惜，或多或少会有一些的。

落雨时，一个人，站在窗前，听一滴雨，轻叩半扇玻璃，溅起一小朵的水珠，那种感觉很美好。听久了，一种很温婉细腻的情怀和思绪，从身体里爬出来，再被拽得长长的，一直延伸到我生命的故乡。那是乡村的雨，清清淡淡，干干净净；雨声里，村子南边的半坡上一块块酣睡中的田地，被犁铧翻起的土坷，包括果园里青青的、毛茸茸的桃子、苹果和李子，都在雨水的湿润下，悄悄生长。麦田里，一些未被翻垦的硬土块，伸着懒腰，打着哈欠，舒展了全身的筋骨，一块块散落，一条条柔软，乡亲们喜笑颜开，又可以看到苗儿青青，树木葱葱……

记得小时候，暮春时分，落一场雨，母亲总是最开心的。那个时候，庄稼人有“小麦八十三场雨”之说，意思指小麦种子下到地里，只要在当年的八月、十月和来年的三月落一场淋透的雨，准保麦子丰收，粮仓累累。故而，这一场暮春的雨，对于刚刚起身和扬花的麦子，无疑是很重要的。记得一夜落雨后，第二天，母亲总要戴着斗笠，背着化肥袋子去那几块旱田里一把一把地施肥，母亲的动作娴熟而老练，她的两只手、两只脚和整个身体配合得极为协调，一下两下，一步两步，一倾两倾，似在跳一曲田园之舞。

偶尔，我也会帮着母亲洒，那白白的晶莹剔透的东西叫尿素，凑近跟前，会有一股刺鼻的酸味，但地里的苗儿却很欢喜的。母亲一边洒，一边说，不出几日，麦苗的根系被融化的尿素浸透后，定有另一番模样出来的。只是，动作笨拙的我，像小蛮牛一样胡乱使力气，导致浑身动作幅度很大，几次滑倒在地里，鞋子和衣服一会儿工夫就湿漉漉的了。回到家里，母亲看到我一双被雨水泡白的双脚，满眼疼惜。她用最快的速度，烧上一盆热水，让我赶紧脱掉鞋子把双脚塞进热乎乎的水里，嘴里自言自语道，今年雨水好，等麦子收了，给你买双雨鞋，对了，就买那双红色的，喜庆又好看。

那是我盼望已久的小雨鞋。有了它，我自然不用下雨的时候，把布鞋提到手里，赤着脚丫子在泥泞中走路了，一不留神就被深泥里的玻璃瓶碎渣刺破了脚，疼得龇牙咧嘴，滋味真不好受。

我一听就乐了，不停问母亲，真的吗，这次说话算数？

母亲笑了，那有啥不算数的，连同上次的三好学生一起奖励，成不？

几个月后，母亲果真去镇上供销社里为我买回来那双红色的雨鞋，我穿着它，心里别提有多美了。这一幕，已经过去很多年了，可那双红色的雨鞋，成为我生命里最温暖的回忆。

如今，身居喧嚣繁华的闹市，暮春时分，独坐瓦屋，临窗听雨，似乎是非常奢侈且遥远的事情了，就像这个暮春夜，我的小城在落雨，那一串串雨滴，如丝线一般地滑落。而我的身边，没有瓦屋，没有檐下，更没有那片生我养我的村庄。我能做的，也仅仅是摊开笔墨，于一张素净的纸上努力寻觅夜雨走过的芳林、润红的花丛、亲吻的草木……那一林清幽的绿韵，一丛沁心的草香，一树摇曳的青果，无不在为我描摹着属于北方暮春的色彩，我仿若又看到了，父亲的菜园子里，一畦畦菠菜、一行行韭菜、一圃圃小葱，绿汪汪的，在雨里可着劲往上蹿长，这爬满一地的谷物与父亲身下簇新的黄土糅合在一起，织就成一张碧绿的卷帘，如烟萌动。

布谷声声

芒种来到的时候，我正蜗居在繁华的小城，属于这个节气的诸多况味，只能靠回忆一点一点捡拾起来了。这种捡拾，有文人笔下“东风染尽三千顷，折鹭飞来无处停”的田园诗意，亦有父辈们经常挂在嘴边的那句“夜来南风起，小麦覆垄黄”的惊喜和陶然，当然，更少不了轱辘碾过的光亮的麦场里那些“芒种前后麦上场，男女老少昼夜忙”的温暖和心酸。

记忆里，芒种一到，田野里的麦穗如长成的大姑娘，饱满端庄，粒粒丰盈。放眼望去，一望无际的麦浪，像某个画家打翻了黄色的油彩瓶子，一块绿一块黄的，十分热烈奔放。爷爷坐不住了，他钻进后院的柴房，顺手从土墙上拿下闲置了一年的镰刀夹子，擦干净上面的尘土，然后朝着我喊，红红，到厨房给爷舀一马勺水，把磨石拿过来，爷要磨镰刀！

爷爷说完，仰起头，踮着脚，朝门楣的高台上乱摸一阵，摸出一个塑料袋子，从里面取出几片薄薄的镰刃，坐在地上“嚯嚯”地磨了起来。他一边蘸水精心磨刃，一边时不时地用大拇指来回刮刃口，试探磨的锋利程度。我坐在爷爷身边，专注看着他两只手扶着镰刃，身体很有节奏地顺着磨石来回晃动着。夕阳下，后院，土墙，柴棚，还有这一堆曾经和爷爷寸步不离的农具，构成了一幅静美的乡间水墨图。

芒种的天，火辣辣的，一缕麦子和果香的味道，弥漫在田野和村庄。村子里，房前屋后的空地上，毡片花、打碗花，一朵一朵，一节一节地开出粉红色的花朵，盈盈的，招人喜欢。我家院里北墙根儿的两棵杏树，满树的杏子也跟麦子一样，渐渐由青变黄，到处可见布谷鸟唱着“布谷布谷，算黄算割”，唱得喋喋不休。

我打小就喜欢麦子的味道，晚饭后，会跟着父亲穿到我家麦地里，父亲弯下腰，掐几支麦穗儿，放在手心里，两只手一边不停来回搓，嘴巴还要不停吹，几下过后，麦芒和麦壳就褪掉了，手心里，一小撮儿的麦粒，饱满的，圆圆的，黄澄澄的，瞅着都喜人。父亲眯着眼睛，把麦子放进嘴里，轻轻咀嚼，嘴边溢出白色的汁水出来，然后，自言自语道，嗯，再晒个五六天，就可以下镰了。那会儿，我不大喜欢搓发黄的麦穗，专挑殷实饱满又带一点绿色的麦穗碾搓，搓出来后，有淡淡的黏甜味道，很好吃的。等再晒两个日头后，麦子彻底黄了，哗啦啦的，在风中摇曳。放学路上，和伙伴们一起蹲在地边，用火烧烤麦穗儿，每每弄得两手都是黑的，连嘴巴上都长了黑胡子似的，伙伴们看看彼此的花猫脸，嬉闹成一团。

这一幕虽然过去很久了，但那一份别致的麦香和快乐，却一直让我回味。

麦子黄了，村里的男女老少自然闲不住了，他们天不亮就起来，随便吃上几口，带上水壶和干粮，直奔麦田而去。三夏大忙天的龙口夺食，谁不知道呢？打我记事起，就听见爷爷扯着嗓门用“芒种一到，三夏大忙，秀女下床”的谚语指派叔叔和姑姑们。爷爷的说法不是没有道理，这芒种天气，虽然多数骄阳似火，但还是会遇上阴雨连绵或突如其来的暴雨，得趁着日头好，赶紧将麦子割回来，摊开在麦场里，推着轱辘一圈一圈碾出来，然后及时晾晒，直到装进麦包里才算完事。而且，还得及时腾出茬口，把玉米、大豆、绿豆、红薯、辣椒、西红柿等种进地里。我清晰记得，广袤的田垄上，父亲、母亲和乡亲们一个个戴着草帽，握着镰刀，驾着车辕，忙得不亦乐乎，那古铜色的脊梁，在炎炎烈日下晃动着，一颗颗豆大的汗珠，顺着他们的脸颊和胸膛滚落在脚下的土地上。

父亲曾是割麦的好手。他一头扎进麦田，弓着腰，左手揽住一大撮麦子，右手挥着镰刀，一道亮光划过，麦子纷纷倒下，一束束整齐地躺在父亲身后。他的脚下，土黄色的蚂蚱满地蹦跶，偶尔，一两只灰野兔惊恐地窜出。很快，一捆麦子割出来了，父亲单膝跪在上面，将镰刀扎进麦捆的屁股，抽出一小束麦秆一分为二，麦穗对麦穗搭接，拧成一个圈，然后将麦子捆扎好。阳光下，金灿灿的麦捆整整齐齐的，像码好的书，诗意而丰满。待日上三竿时，麦田更是一片热气腾腾，父亲依然忙碌着，他敞开的衣襟、挥舞的镰刀，以及干裂的嘴唇，定格为麦田深处最为动人的一幕。

工作后，由于很多琐事，我很少在芒种时回乡下，偶尔回去发现，芒种时的村子里，明显少了儿时那份繁忙火热的紧张场面。很多人家都给一马平川的一等田里栽上了新品种的桃树和苹果树或者其他经济作物，风吹麦浪的辽阔景象早已不在。即便有种麦子的，也是东一块、西一块的，分布在旱地或者沟边，收割机开进去，几下就搞定了，曾经父辈们不离身的镰刀几乎被束之高阁，我的弟弟，以及村里的年轻人竟然不会使唤镰刀，他们对于自己脚下的黄土地那种发自内心的敬畏和精心侍弄程度淡了很多。这一点，父辈们总有些黯然和隐忧，却也深感无奈。

寒露小记

在北方，寒露来的时候，气候转凉，秋意渐浓，白云红叶，蝉噤荷残，露凝而白，这些自然现象都会接踵而至。而且，这个节气总让文人墨客们免不了滋生出宋玉悲秋的墨香心绪，诸如白居易《池上》实写寥落的秋景：袅袅凉风动，凄凄寒露零。兰衰花始白，荷破叶犹青；诸如孟郊在送别朋友的时候见秋意阑珊，也情不自禁动了归心：秋桐故叶下，寒露新雁飞。远游起重恨，送人念先归……很显然，诗词中的寒露俨然成为世间万生万物衰败的标志。

其实，在我的小城里，寒露来临，正是秋色斑斓时。你瞧，梧桐树的叶子纷纷散落，挺拔的银杏树上了水似的亮黄，静静的渭水渗着一股子清凉的味道生生不息；至于檐墙下、青石边、矮坡上、山窝处、沟壑间，一团团一簇簇的爬山虎，密密匝匝、枝枝蔓蔓地缠绕着，抖落一片又一片殷红的心事；午间，在阳光下行走，随意抬头，即可看见在辽阔的天幕上，排排大雁黑压压地掠过头顶，向着心中那一方温暖的港湾悠悠而去，我在它们时而清晰时而模糊、时而昂首向前时而俯首停驻的迂回辗转里，读懂了一种叫作回眸的情愫。

寒露的乡下，秋水寒而山色冷，雁南飞而菊花黄。这种景致，有油画的热烈和烂漫，亦有素描的朴素与简约。尤其是那一簇簇黄的、紫的、细碎的菊花，远远近近散落在乡野之间；灰麻雀耐不住寂寞，躲在茂密的叶丛里啾唧；偶尔一只蝴蝶，被湿漉漉的露珠打湿了翅膀，躲在耐寒的花蕊里，做着清秋的美梦；田野里，玉米、大豆等庄稼被收割了，深褐色的土地像勤劳质朴、沉默寡言的父辈们敞开的胸怀，寂静温和。那一条条一块块骨骼、经脉、血管、肌肉，裸露着，起伏着，一任岁月将苍凉和荒芜的印痕烙在上面。

父亲的麦子种到地里了，落了一场雨后，淡淡的，隐隐的绿，似春潮一般一望无际地铺开来。早饭后，太阳出来了，父亲嘴里叼根烟，去地里转悠了，他蹲在地头，两只手轻轻捋一捋新出的苗，脸上乐呵呵的。

家门对面的三婆腿脚有问题，很少出门，她一闲下来，就埋头坐在院子的南墙下一边晒太阳，一边剥玉米，黄澄澄的玉米粒，在阳光下泛着清亮的光，若晒几个好日头，新磨的玉米面做成搅团，劲道润滑，清甜可口。三婆院子里的秋豆角，天越凉却长得越欢实，一只只豆荚结在花叶之间，紫的、绿的，交相辉映。木耳菜也开始打籽儿了，一颗颗漆黑的种子挤在叶柄窝儿，亮晶晶的，像麻雀的小黑眼珠，用手一揪，“扑哧”一声爆开，指尖儿上便沾满了黏稠的黑紫色，擦也擦不掉。

“寒露柿红皮，摘下去赶集”，如今，生活富裕起来的乡下人自然不用去赶集了，倒是那一只只挂满枝头的，像灯笼一样火红的水晶柿子，总给人很多念想和回味。依然记得那些年，寒露过后，将柿子摘下来，整整齐齐摆在窗台上，等软了吃。水柿子，剪掉把儿，洒些酒，捂在塑料袋子里两天两夜后，打开，随便咬开一个，甜到五脏六腑。还有一些形状不好、歪瓜裂枣的或带伤疤的，我婆舍不得扔掉，她会削成片，摊在草席上晒干，待漫天落雪的冬天，上学兜里抓一把，甜丝丝的，会忘记饥饿和寒冷。

当然了，还有很多寒露农谚是年少时父辈们教给我的。比如“寒露上午忙麦茬，下午摘棉花”，比如“寒露不刨葱，必定心里空”，再比如“寒露不摘棉，霜打莫怨天”……多少年了，父辈们一边念叨着，一边跟着节令忙活着。风往北吹，燕往南飞，他们顾不上黯然，也生不出惆怅。与他们而言，节气更迭是自然的，不可替代的，恰如这寒露，萧瑟枯萎也好，温和沉寂也罢，终会和他们脚下串串足迹一起，被尘土覆盖而已。

写下上面一段文的时候，寒露刚过，正是黄昏，微雨，瑟风，一城的阴冷。我使劲向窗外张望，想拨开苍茫的白雾，看一眼寒露中的乡下。或许，黄昏里，我的父亲正走过菜地，一行行整齐的菠菜芽儿，像针一样从土里钻出来，他的影子掩在沉沉的暮色里，夹裹着一股清冷的寒气，渐渐落下。

第三辑：山南水北

塔尔寺，一个人的安静时光

【1】

来西宁之前，我对塔尔寺的印象既清晰又模糊。清晰的是，很早就知道建于明嘉靖年间，是藏传佛教格鲁派（黄教）创始人宗喀巴的诞生地，格鲁派六大寺院之一，酥油花、堆绣、壁画是其艺术三绝；模糊的是，毕竟一直从未亲临其中，那些脍炙人口的美谈和神圣感，就像镜中花，水中月一般的遥远与渴望。

很庆幸的是，这次青海行，让我终于可以将自己的身体和灵魂向其靠近，又靠近。

未及门前，忽然落雨了。漫天的寒风夹杂着细雨迎面而来，不一会儿，眼前的塔尔寺便罩在一片蔼蔼和苍茫之中，空气中到处弥散的清冷不由使人打了几个寒战，但这一切，丝毫没有阻挡寺院门前的人潮，我几乎是在前后游客的摩肩接踵中被拥进来的。进去一看，偌大的寺院，人头攒动，喧嚣攘攘，而我属于独行客，心中不免有一点怅然，选择了一处稍微安静些的人流紧随其后。

路过如来八塔时，一位三十出头的当地导游吸引了我，她头戴蓝色的藏帽，身穿红色的藏服，肩上披着洁白的哈达，耳朵上、脖子上、手腕上缀满了藏银首饰，环佩叮当的样子很好看，尤其是她的脸红扑扑的，肤色也略显粗糙，大抵是被高原凛冽的风吹的吧？她正在用生硬的西宁普通话给游客介绍着如来八塔的由来。由于人多嘈杂，我没记住八座白塔的名字，但我清晰地听见了，这座赞颂释迦牟尼一生八大功德的宝塔，白灰抹面，素白明净，底座青砖砌成，古朴淡雅，还有经文、佛龛、梵文等将白塔描摹得神秘而幽远。听到这里，没有理由的，从内心深处升起一份敬仰来，连穿行的脚步也轻了起来。而我身边的游客，争先恐后在塔前竞相留影，我掏出手机晃了很多次，终还是未能定格住这厚重大气的一瞬，有些遗憾。

行至其主殿大金瓦殿前，游人密集得让人几乎透不过气来。殿前有几根粗壮的廊柱被五彩羊毛编织的藏毯包裹着，跨过高高的门槛进去，抬眼便见上方高高悬挂着乾隆皇帝御赐的金匾“梵教法幢”四个字硕然生辉，而眼前那些镀金的云头、滴水的莲花瓣、金刚套兽和铜铃以及屋顶的“火焰掌口”，也处处显出精致和厚重的气息来。大殿顶部是红白相间的大银塔，四面缠着数不清的白色哈达，塔上的盒龛里，宗喀巴大师微笑着俯瞰着长跪不起的人们。据说，在塔内，由宗喀巴肚脐滴血而生的那棵菩提树，依然还在生长着，殿外的百年菩提便是它古老枝丫的衍生，真是神奇呢！

由于是主殿，在其间逗留的时间较长，殿里光线昏暗，千百盏酥油灯闪烁着淡红的焰火，每一颗焰苗都投下斑驳的影子，恍惚迷离，幻若梦境。灰尘味、羊膻味、酥油味、经书味，还有各类法器味、喇嘛身上的体液味，统统混杂在一起。那种独特的气息和味道，好像从时间深处走来，不停地侵蚀着我的肌肤和灵魂。大殿空阔、寂静，佛就在浑浊、迷离、神秘幽深的气味中穿行。我甚至感觉到，自己成了佛的一部分，与佛的呼吸和心跳一起……

从殿里出来，门廊间整齐地摆放着巨大的经筒，黄铜制成的经筒，不断被人转动，发出“咣啷啷，咣啷啷”的声响。据说，转一次经筒就等于诵读了一遍经文，就等于接受了一次佛祖的亲吻和抚摸，不管你有多么深重的罪孽，都可以通过转动经筒借以救赎，使心灵抵达澄澈明净的境界。

大殿二楼，是一圈回廊，只有两步宽的样子，从窗户望进去，幽暗的光线，应该是酥油不灭的灯火。侧耳细听，帷幔里，那晃动的灯影里，传来喇嘛们低低的诵经声，而我眼前高高供着的35尊鎏金铜佛像，似在平视脚下一拨又一拨的游客，又似在无声指点着另一种江山，这江山，只与佛有关。

在大金瓦殿门口，几个藏族大嫂，带着身边五六岁的孩子，正把双手举到头顶后，全身伏倒在地上，旁若无人地叩拜着。台阶下，隔着几步远，是一棵生长了四百年的菩提树，树干粗壮，树冠庞大，树皮粗糙，连裸露的树根都是盘根交错在一起，似乎轻言诉说着这所寺院久远绵长的沧桑岁月史。

盯着这棵树，我一时怔住了，不知那裸露在地面的菩提根，干瘪得令人心疼，又何以给这么大的老树撑起一片婆娑和苍翠？当我在心中一遍遍问自己的时候，起风了，很冷的风，还飘雨了，很细密的雨。可眼前的菩提树，依然安静地挺立着，任风吹雨打。它和大金瓦殿里诵经的喇嘛和跪拜的信徒一样，姿态肃穆，目光虔诚，一年年站在这里，守护着这一方圣洁和安宁。

【2】

至大经堂时，雨依旧在落。大经堂，一座规模宏大的讲经堂，据说鼎盛时可容纳数几千人念佛诵经，在整个西北地区都是首屈一指的。堂内珍藏了许多佛教典籍和历史、文学、哲学、医药、立法等方面的学术专著。这里每年四月举行的佛事活动“四大法会”更是热闹非凡，游客如织。

正是旅游旺季，殿内拥挤不堪。我挤在人与人的缝隙里，一步步往前挪着，两只耳朵灌满了男女导游此起彼伏的讲解声；两只眼睛不停来回努力张望，想把这大殿的宏伟壮观和肃穆庄严收入眼底，拥在怀中。

殿内供奉着太多的佛像罗汉，主要以泥塑或铜铸为主，虽已历经多年风霜，斑驳陈旧，但仍清晰可辨，一座座大大小小的佛像都有生动的表情、精致的线条，并且造型优美，超然神圣。

对于那些年代久远的佛像，除了心存敬畏之外，意念依旧很模糊，倒是班禅十世大师和蔼沉静的仪态让我倍感亲切和崇拜，尤其是他从西藏到青海的传经途中，摸遍了五万人的头，满足了五万人的心愿，何等的胸襟、气度和豁然。

刚进大经堂时，一阵浓烈的膻味熏得我很不习惯，渐渐的，随着导游细致的讲解，我的身体也融在这一片佛经无限宽厚之中了。甚至，那一刻，我与佛之间，有了极为亲近的感觉。我的脚步紧紧尾随导游，听他娓娓道来这博大的佛学世界里，究竟曾容纳了世人多少的悲欢离合？而我的眼睛、耳朵还有心窝深处，更为深刻地感受到了，当今的高原人正是以这般最浓重最真诚的铺设，来珍藏和怀念佛以及佛经的博大精深，大经堂，真是可窥一斑。

身处大经堂，不得不说塔尔寺三绝了。其一酥油花是藏民族独有的雕塑艺术，大达数米的亭台楼阁、菩萨金刚，小到三五厘米的花鸟虫鱼，情态逼真，栩栩如生。可这酥油花虽然美丽，却也有另一个令人不寒而栗的名字，“残忍花”。因为喇嘛们为了制作出精美的酥油花，要让自己的手时刻处于极低的温度中，往往一幅酥油花雕塑完成后，很多喇嘛的手基本上都废掉了，想来真的很残忍。

塔尔寺的壁画，也叫唐卡，似乎随处可见。不论是镶嵌在高大殿堂的墙壁，还是画在僧人的佛堂，以及门、梁、柱甚至藻井之上，每一幅都用笔精细，着色艳丽，体现了非常浓郁的藏族和印度艺术风格，若盯着这些活色生香的唐卡久了，会和藏民一样，内心升腾起一股子对美好生活的期盼。

堆绣，是塔尔寺独有的一种地方民族手工艺品，是将各种绸缎剪成所需的形状，塞以羊毛或棉花之类的填充物，再精心绣在布幔上的。这些堆绣，从姿态到动作，高低起伏，立体感和真实感很强，栩栩如生，令人叹为观止。据说塔尔寺每年农历四月、六月的大法会上所晒的“大佛”就是寺院里的喇嘛们堆绣而成，长十余丈，宽六七丈，从山顶一直伸展到山腰，数万信徒和游客瞻仰膜拜，甚是壮观！

从大经堂正门出来，门口两侧的长廊里聚集了许多虔诚的拜佛之人，身着脏兮兮的藏袍，皮肤粗糙，满脸几分黝黑几分古铜色，老幼妇孺皆有之。其叩拜的动作让我震惊，甚至瞠目。虽然，这些姿态曾经在影视镜头和图片里看到过，但是，当他们如此清晰地在我眼前浮现时，我还是感动得泪眼婆娑。我很想拍下那虔诚而执着的身影，却又怕亵渎神灵，只用眼睛把他们的身影摄入了心里。

【3】

雨停了，太阳出来了，塔尔寺的上空，瓦蓝瓦蓝的，一团团棉花似的白云飘浮着。寺院里，那些高高扬起的幡旗、红白相间的墙面，流金溢彩的屋顶，都无一例外地色彩明艳起来。阳光懒懒照着，风儿轻轻地吹着，更让寺院呈现出几分澄明清透、幽静旷远的意蕴来。

我一个人坐在台阶上，还在细细回味刚才酥油灯昏暗的火光里跪拜的一个个身影。他们来自天南海北，我无法肯定他们中间有多少人会成为信徒或者已经是这里的信徒，但我清晰地看见，在那一刻，他们的身体和灵魂正在向着佛靠近，或许，这一次次的跪拜会使他们内心的愿望、挣扎、躁动乃至罪恶，渐渐平宁、释然，甚至解脱。你瞧，他们双手合十举过头顶，然后放在胸前，双膝跪下，手撑地面，向前伸直双手，整个人匍匐下来……如此反复，周而复始。

此时，台阶下，一群游人围着导游，导游嘴里说出长廊里的信徒们想实现心中一个愿望就要拜十万次，我听到了，也震撼了。

“十万！”这是个多么巨大的数字，可我在他们脸上看不到一丝痛苦和厌烦的表情。他们完全沉浸在自己的世界里，对身边纷纷拍照的游客视若无睹，好像告诉我们这些俗人，你等欣赏风景，我自潜心向佛。比如此时，我很明显感到，我杂沓的脚步和他们内心的清宁之间就像两条平行线，永远不会有交集。

这一幕，怎不让人感慨万分呢？

我不记得是怎样离开的，但我记得，我是听着他们轻轻的念经声和手与石板摩擦的刷刷声，我还记得，那一瞬，平日里堆积心头的那烦冗和浮躁忽而沉寂下来。是哦，那一刻，也许我和他们一样，心是很纯净的，如同婴儿的眼神，映出一地清澈来。

最后说说这里的喇嘛。从进寺院第一眼，我的视线里不断有喇嘛出现，最老的七八十岁，最小的五六岁，他们和别的地方不大一样，似乎很悠闲，也很随意。或行走，或端坐，或聚集一起闲聊，或独自背着经文箱子穿梭于经院之间，却大都面色平和，安之若素。其中，在经院门口时，见一个五六岁的小喇嘛，从我身旁经过，红色的长长的喇嘛服一直拖到脚后跟，我担心他被绊倒了，赶了两步想上前提醒，那小喇嘛，可能以为我要给他拍照，用长袖子捂住脸面，撒腿跑了。我看着他的影子，没入一条长长的、有菩提树的枝蔓缠绕的阶梯，愣是回不过神来。这么小的孩子，何以将自己幼小的身体和灵魂皈依在清净的佛门，又何以在梵音袅袅中寻求内心的安宁，塔尔寺的外面，从门缝渗进来的那份繁华、喧嚣和纷扰，不知对于他们，是怎样一种诱惑，又是怎样一种释然？

近三个钟头过去了，该告别塔尔寺了，不知怎的，心中竟有了几分留恋。我一边往出走，一边竭尽感官之能细细捕捉，想努力把这偌大的寺院变成一张一张的底片，贮存在我的大脑里。走着走着，忽然想起，好像从进来后就一直没有听到寺院的钟声，不免有些怅然。这是我来寺院前就想好的，有那么一口锈迹斑斑的老钟，一声一声响起来，钟声里，我安静站着，回味一种被善念和从容洗涤过的高原岁月，也是幸事一桩呢！

我的双脚已迈出寺院门了，可我的思绪还在一片恍惚中，仿若从那一盏盏昏暗的酥油灯里，渗出一种生生世世的信仰，在游丝般的灯火中，永不熄灭。

一路向西

一直以来，高原于我，仿若一个缥缈而又神秘的传说。癸巳年的夏天，我终于可以跨过山重水复，去抵达高原，抵达青海湖，抵达心中那片曾经圣洁的角落。

【1】

水井坊应该算西宁比较繁华的地段吧，由于昨晚一直在下雨，一大早，街上行人很少。偶尔有，也大都是和我一样旅行的人。他们裹着鲜艳的户外服，背着厚厚的旅行包匆匆穿行。

因为要赶路，早点很简单，鸡蛋、咸菜和稀饭外加几杯酸奶。尤其是酸奶，绵软玉白的牦牛奶表面沁了一层黄油，喝着奶香味自然要醇厚得多。

车子出了水井坊，人流和车辆渐渐多了起来。我们是先去塔尔寺的，下午两点从景区撤退，走湟中至贵德二级公路转行青海湖方向。公路平坦宽敞，不到半小时，便至收费站，从路边的标志牌上看，已经进入拉鸡山，开始出现盘山公路。不过，和八百里关中道不同的是，在这条路上，很少见到参天大树和绿树成荫，有的也是一簇簇冬青、一棵棵长得很慢的瓦松和密密麻麻铺了一地的青草和野花，细碎而美丽。

或许，和许多喜欢旅行的人一样，我也更愿意用自己一双眼睛看尽旅途中的一山一水、一草一木、一人一物，它们带给我的怡情和雅兴也是触手可及。

可能是还未真正进入高原地带，这一带的民居和风情和陕西并没有太大区别。房子也是白墙青瓦，所不同的是，屋顶刷成红色，屋檐翘得老高，檐角插满了彩色的旗子，迎风飘扬。还有这里的百姓，回民多，受伊斯兰教影响，男子多戴白色的无檐小圆帽，女子头缠“戴斯达尔”盖头，即使炎热的夏日也依旧。

坐在副驾驶座上，一边陪老公说话，一边把两只眼睛睁得老大，看着窗外一闪而过的田野和村庄。田野里，应该是即将成熟的麦子，亮黄黄一片；村子里，高高的门槛上，偶尔有眯着眼睛晒太阳的老人，穿着宽大的衣服，怀里揣着孙儿，哼着听不懂的调子，唱得孙儿的嘴巴咧开，咿呀笑。那老调和笑声传出老远，连正落在高高的电线杆上歇脚的飞鸟也不时回头张望。

【2】

开始飘雨丝了，一会儿飘，一会儿停的。大约一个小时，到了海拔3980多米的垭口。顺着车窗望出去，垭口山顶有一俄博，据说是藏传佛教中祭祀山神，祈求路途平安的土堆。土堆周围，撒了很多花花绿绿的碎纸片，叫“绿马”，一种祈求路途平安的纸质咒符。

过了垭口，车子开始下坡，雨大了起来，噼里啪啦拍打着车窗。不觉在心里想，如此大的雨，那些在梦里向往了很久的绝美胜景会不会受影响呢?

正在纳闷，车子随着山势转过一个大弯，意外出现了：山的这边，竟然一滴雨都没有落，湛蓝的天空下飘着白云朵朵，苍翠逶迤、横亘绵延的祁连山脉，像一位英俊慈祥的父亲，将渐渐跌入我眼眸间的这片大草原紧紧拥在怀中。

对于这片山脉，我很早就在教科书里看到了。这里有神圣的雪山、美丽的草原，还有风景秀丽的卓尔山和牛心山恰似一对情深义重的情侣，共同护佑着祁连的山山水水。想必，人间仙境何处寻，祁连山下好风光，大抵也是这个季节里才有的吧。

这样想的时候，心里为之一喜。可不是，我的眼前，山势起伏逐渐减小，视线也越来越开阔。两边低矮的山坡上，漫天铺开绿莹莹的草甸子远得一眼望不到头。其间，偶尔有黑色和白色的牦牛正摇着尾巴怡然自得地踱步。隔着车窗，我能看见，那黑牦牛的肩部耸起，腹部垂挂着厚厚的毛。车的右侧，被青草遮挡得若有若无的小河，很窄小，河水清清浅浅，细细流淌着，想必是祁连山的冰雪融化流下来的，只是不知道它的名字。

一看时间，接近五点，而阳光正好。满眼望去，青山、青草、白云、白羊、白牦牛、黑牦牛、白帐篷，构成一个祥和静谧的水墨世界。

停了车子，扑入其中，想去陶醉一下。脚下的浓绿，似硕大的毡毯，缀满五颜六色的花团伸向远而又远的天际。那些细碎的花儿，一团一团一簇一簇平铺着，一寸一寸绵延出一眼望不到头的花海，如闺阁少女的锦花帐，五颜六色，绚丽多彩。草甸之间，是一座座牧民居住的帐篷，似白云，似星星，随意散落在草原上。天蓝得刺眼，云白得倾目，从天际处漫卷着、游弋着，斑斓夺目的美。

哦，美丽的大草原，我来了。

【3】

如果说，昆仑山险峻，祁连山秀美，那日月山肯定是最神奇的山。

未及它身边的时候，我是不大懂得这句话的含义，等我把自己一副身躯、一双眼睛和一对耳朵，交付于它时，我深深懂了。那一瞬，感动、仰慕、叹息几种感觉交杂在一起，令人思绪万千。

日月山是变化莫测的。比如车子刚到这里时，先前还晴朗明媚的天忽而变了，乌云翻滚，大风忽起，紧接着，漫天的雨幕压了过来。可仅仅过了几分钟，天突然放晴，阳光高照，碧空如洗。抬头看，洁白的云朵，湛蓝的天宇，像婴儿纯洁的眼睛。

停车，上山。身边有导游，也领着七八个游客一起随行，正好可以蹭个免费讲解。只听她操着很是生硬的普通话说道：一条界破青山色，云开世外三千地，这里是农耕文明和草原文明的分界线。此山东侧，阡陌纵横，鸡犬相闻，林木苍翠，一派迷人的田园风光；山之西侧，山峦起伏，莽原辽阔，牛羊成群，是风吹草低见牛羊的无边牧场……

至于她嘴里的这些叙述，一路走来，已是非常清晰明了了。于我而言，除了向往和新奇眼眸间这些丰富多彩、厚重深沉、张力无限的河湟文化外，还有就是留在日月山上那些美丽动人的传说和故事了。

曾经，从日月山以东进入青藏高原或者从丝绸之路辅道出使西域、屯边戍疆的人们，在羌笛悠远、春风不度的莽原上跋涉，他们亦步亦趋、频频回首，把眷恋留在日月山上，堆砌成日月山数不胜数的乡愁诗篇。美丽的文成公主，何尝不是呢?

两千年前，这个大唐的美丽天使，以柔弱的身躯肩负起和亲的使命，携带着盛唐的繁荣与文明，坐在锦罗彩缎的香车上，经过了几个月的漫漫苦行。当她一路颠簸辗转来到日月山时，望着眼前茫茫草原和一身尘埃的自己，公主落泪了。她不由转身回望，遥远的长安城，即便望穿秋水，也看之不见。此后，她要一个人面对所有的日子，是刀光剑影，还是风花雪月，一切都是未知的。想到这里，她拿出临走时母亲送的宝镜。母亲说，想家了，镜子里可以看到想念的人，父母手足，如同亲见。深明大义的女子，为了斩断对故乡，对亲人的无限眷恋与思念，更为了大唐的安宁与稳定，毅然将那面可以看见亲人的宝镜摔碎在日月山上，从此走上一条没有回头的路。

后来，据说她思乡的泪滴在这里变成了一条河，但又不想让亲人看到，就祈求上天让河水倒流，居然灵验了，河水一路往西流去。这条河的名字，叫倒淌河。它就在我的脚下，只是，河里的水很小很细，是否还是当年公主的一滴眼泪，我不知道。但我看见，那尊冰冷的回望石，在苍茫的雨幕里，孤独站立。

【4】

日月山上有很多做生意的藏民，若是随便多看几眼，便会被紧紧围住，兜售其箱子里有好东西。未等我开口，就迫不及待地打开，用很是神秘的口吻说："大姐来看看，这玉佩、手镯，还有藏刀和羚羊角都是真货。"

我一看，这些带着藏族浓郁特色的饰品，色彩极其艳丽，造型也颇为夸张，甚至有一种非常明显的粗粝之美。

我看上了一条用五彩绳穿起来的昆仑石项链和血红的玛瑙手镯，项链上穿了几颗如豌豆大小的藏银，上面镂刻了一些麒麟图案，自觉很是喜欢。随意戴了一下，终究觉得，这些藏饰，戴在我眼前的藏民身上，看着那么顺眼和舒服，而挂在自己脖子或手腕上，却有几分不伦不类的感觉。

哦，原来，美的存在是相对的，尤其是藏饰。你看，特殊的地域，特殊的装束，还有这几张被阳光和高原的风镂刻了一道道沟壑的黑红面庞，都是藏族饰物美的根基，只有它们相互映衬，方可成就这一份属于高原人独有的沧桑美和异域美。

登上日月山山顶，雨小了，那风却更猛了，一层层紧紧缠住人，似要把人硬生生扯走。我身着苹果绿的防晒衣，紫色的中长裤，依然没能阻挡得了丝丝凉意，忍不住打了几个哆嗦。几步之外，几位藏民嫂子和大叔，神情安详而平静。他们身旁，白色的牦牛安静相随，我朝他们一看，那一张张粗糙黧黑的脸和一双粗糙黧黑的大手朝着我，露出期盼的眼神，拍照一张十元，也不贵，顺便拍了几张。

日月亭的山坡上，不同方向都有用乱石堆砌起来的玛尼堆，是藏民祭祀和祷告的地方，中间插满了一根根粗木杆，用很多细绳子从木杆的顶部呈放射状向四周垂下，每根绳子上挂着由红蓝绿白黄组成的小旗子，这就是经幡。那经幡，布上印着经文，风吹幡动，犹如替百姓昼夜不停地念经。

哦，原来如此，我看不懂经文，但我知道那幡布上写了什么。

一定是祈祷佛祖保佑藏民不再受战乱的侵扰，不再受恶霸的蹂躏，不再受贫困的煎熬……

这样一份朴素的愿望，在经幡上飘摇了多少年，只有冉冉而过的岁月和世世代代蜗居这里的藏民知道。如今，那色彩鲜艳的经幡在风中潇洒舞动，一派生机勃勃，似在告知我，在这里，只要佛在心中，就会有风调雨顺，就会有牛肥羊壮，就会有百姓的安居乐业……

这却是真的。

【5】

车子过了倒淌河，已是黄昏时分，然而高原却一片明媚。天更蓝，云更白，像水洗了一般的明澈和干净。如茵的绿草犹如柔美的锦缎，铺开在绵延起伏的山峦上。漫山遍野的经幡迎风招展，轻轻诉说着远古的文明与神秘的传说。

车窗前面，是一条平坦笔直的“天路”无限延伸。

继续西行，不一会儿，一片辽阔幽蓝的水域直面而来。车里的我们一下子兴奋起来，齐声叫喊：看，青海湖！青海湖到了！

哦，美丽的青海湖，它是那般神秘而宁静地躺在高原之上，清澈而深邃。

正值七月底，赶上大片的油菜花开成漫天的花海，极像粗心的画家在绿色的画布上打翻了大瓶金黄色的颜料，猝不及防地就把这么一幅绝美的诗情画意呈现给我们。

一时间，我真有些恍惚，紧跟着，就剩一份贪婪了，贪婪地张开臂膀，贪婪地将这一切拥在怀中。蔚蓝的天，蔚蓝的湖，水天一色。而此时的草原，被夏日繁盛的葱茏所浸染，更被这温软的湖水所滋润。

因为未及主景区，一路不停有游客停下来拍照骑马，我们也加入其中。很快，油菜花田里的欢笑声，马背上的尖叫声，一声又一声，声声悦耳。

走走停停的，天色渐渐暗了，我们在距离主景区17公里处安歇下来。好客的高原百姓早已将蒙古包打扫干净，晒过的被子上还有阳光和青草的味道，很是喜欢。

店主竟是汉中新乡人，见是陕西老乡入住，又意外又高兴，两口子手脚麻利地为我们打来洗脸水，清扫车上的灰尘，待小憩片刻，又问我们是否去湖边玩耍，他给免费带路。

黄昏的青海湖是什么样子呢，湖水浪打浪，潮起又潮落，我又如何拒绝得了诱惑呢？自然欣然同意。

通往湖边的路是藏民自己修的，蜿蜒狭窄，由于刚下过雨，有些湿滑。田埂一边长满了开着花的青草和齐膝的骆驼刺，一边的油菜花田里，一只只蜜蜂和蝴蝶婷婷起舞。偶尔几处面积大的洼地里，是长疯了的青稞。穗头硕大，穗缨绵长像秀发，似马鬃，颀长柔韧的身姿在轻风里婆娑起舞。放眼望去，丰收在望，撩人心怀。

行半小时即到湖边。因为不属于风景区，四周很安静，只有潮水一波一波涌动而来，哗哗响。我迫不及待地赤脚走进湖中，任凭一层层浪花拍打。那一刻，我相信，我的呼吸和它的呼吸融为一体了，那种感觉，真的很幸福。

君可见，黄昏下的青海湖，美得欲辩已忘言。绿幽幽的湖水在缓缓的波浪下，绸缎一样，一层层铺向远方。我没入水岸之中，听风穿梭而过的声响，看鸟的翅膀“嚓”的一下，划过水面，溅起浪花朵朵，然后再划过天空的痕迹。

那一刻，我的心是安静的、忘我的，眼前这一片浩渺的烟水苍茫，让我觉得自己是那么渺小！

一直玩到天黑了，热情的陕西老乡走来，远远的，一声声唤归。我们一同吃了晚餐，喝了香喷喷的酥油茶，一夜静眠。

【6】

晨起，又落雨了，告别陕西老乡，向着青海湖主景区二郎剑出发了。

高原的天真是奇妙，不一会儿，太阳竟出来了，二郎剑景区里游人如织。景区小路上，格桑花正开得繁盛而热闹。这格桑花，细小的身子，炫目的花瓣，绽放在海拔四千米的蓝天下，藏人敬仰它们，唤它们格桑梅朵，是和扎西德勒一样的祝福。

不由得多看了几眼，把这美丽的格桑花贮存在记忆里。

沿着堤岸漫步，蓝天下的青海湖更是让我震撼。它像一颗美丽的蓝宝石镶嵌在高原上，蓝得清新，蓝得纯净，也蓝得静谧，仿佛我曾经只在梦中见到那一份圣洁的不容亵渎的美。我想，这大抵就是青海湖的魅力吧。赞叹之余，不觉问自己，不知是什么力量如此伟大和神奇，造就了这一片开阔幽深的蓝色之湖，也成全了我心中陡然升起的蓝色之恋?

徜徉湖边，对着这浩瀚缥缈的蓝色之湖，完全可以做到心无杂念的。我尽可能地打开全身器官，让这一寸一寸的蓝色湖水一丝一丝渗进我的肌肤和骨缝，甚至灵魂。

在这里，天空似乎距离人很近，近得仿佛随意伸出手去，就可以握住满满一大把蓝色的绸缎似的。我试着做了一个动作,却什么也没抓住，但又觉得回味千般。沉思良久，豁然开朗：哦，原来，美丽的青海湖早已将我的身体和灵魂一并裹入怀中，在这一汪的幽蓝之中，我一颗染了尘烟，带了浮躁的心，被沉落进去，又洁净无尘地打捞出来，多么幸福！我终于相信，这世间，所有的一见钟情并不都是轻浮的。人哦，往往在某种机缘巧合下，突然遇见自己梦寐以求的美好事物，怎能不一见生情呢?那一瞬，二郎剑的传说并不重要，它断与不断，在于不在，西海都在，青海湖都在。

要走了，我的脚步不忍从那条幽静婉约的木长廊上挪开。我的身后，苍茫的天宇，洁白的云朵，还有幽蓝的青海湖，早已衣襟相连，唇齿相依，我亦无法，将它们分清。

大院古韵

来王家大院之前，我是断然不懂得那历经百年沧桑后堆积起来的雄浑厚重与细腻妙曼相并存的晋商文化，犹如我第一次读余秋雨先生那篇《抱愧山西》一样，即便书里蘸满笔墨地诉说一份文人的情怀和垂暮，但我总有一份恍惚，那份恍惚源于身体上的隔阂。故而秋雨先生字里行间弥散而出的辉煌与鼎盛，只在我眼前，如云雾一般，缥缈而来，又缥缈而去。

灵石县，是晋中盆地最南端的一个县，我在华夏版图上几乎找不到它的影子。而我们一行九人，却在这个长假的早上，一路辗转，从介休赶赴这里，想捕捉五千年华夏历史在这里留下的辉煌和沧桑。

一路并不顺利，山西的老百姓也在紧张的秋收之中，从介休至灵石出了高速后，并不是我想象的宽敞平坦的旅游专线。相反，我们自驾的两辆车像蜗牛一般横亘在不知名的村镇小路上。偶尔，还要躲开路上晾晒的黄豆和玉米秆，甚至一段段正在修葺的路疙里疙瘩的，车过处，尘土飞扬。但这些，丝毫没有阻止我们探寻王家大院的热情。

终于快到了，远远的，我看到了一个庞大的建筑群，层层叠叠，攀爬和伫立在静升镇一个面朝南、可以沐浴日出红霞的黄土山坡上。

静升村，很典型的晋西民居风格，土墙灰瓦，无论从哪个方向看，都和山西其他村落一样，朴素和平常。很巧合的是，这个村子的名字，竟然和我名字里的一个字一样，如此看来，我不远千里到此，大抵也算是生命中注定的吧？

其实，关于王家大院，来之前，我是问过度娘的。原来，自明清以来，在山西大地上，出现了一些白手起家，小本经营的商人，他们闯关东、走西口，后来逐渐发展壮大，家境殷实，富甲一方，继而购筑房产，扩建门户，于是在三晋大地上出现了许多大大小小、风格各异的庄院，成为晋商们显耀财富，繁衍家族的代表作。这些大院虽经百年风雨洗礼，却仍在向世人彰显着晋商们昔日的辉煌，形成了独特的“大院文化”。

我脚下的王家大院，便是其中一座。

十一黄金周，游人很多。门口不大的空地几乎被塞满了，人们三个一堆五个一群地拥在门口合影留念。我的眼睛落在高高的门楼上悬挂的两只大红灯笼上。灯笼四周，两个显眼夺目的特大隶书“王府”，似乎竭力炫耀着这里曾经的繁华和热闹，只是风吹日晒，那灯笼有些褪色，倒是门前两个傲然的石狮，一左一右，守护着当年的王氏家族。

随着人流跨过高高的门槛，进到院子里，不由惊呆了：整座大院就像一幅古朴隽永的卷轴画，一幅幅徐徐在我面前打开。几步之外，导游甜美的讲解声传过来：“王家大院从始祖实际开始历经了五六代人，建筑布局合理，沿两个中轴线展开，前院后庭，东西对称，千门万户，曲径通幽，各家各院，既自成一院，又有门户相通，充分体现了一个大家族的气势与和睦。”紧接着，导游又说，“这静升的王氏家族，历经元、明、清三朝，由农及商，人丁渐旺，后读书入仕，‘以商贾兴，以官宦显’，成为当地一大望族，威震三晋。”

安静前行，这座城堡式的深宅大院，呈现出许多相对独立的四合院。这个时候，家家户户的大门敞开，游人可以随意徜徉其中闲庭信步。院子中央，都有天井，里面种植了冬青、芭蕉、月季，绿的叶，红的花，还有墙壁上随意垂下的藤蔓，郁郁葱葱，生机盎然。恍然间，仿若昔日的主人还在这里呼吸和生活，一应物件，原汁原味。

我走过的古镇老宅不太多，大多都填满了浓厚的商业气息，那种人仰马翻的叫卖声、喧闹声让人心生厌烦又无可奈何。而在王家大院却很安静，偶尔，几声小孩子的嬉闹声，反而给宁静肃穆的庭院增添了几分灵动和烟火。据说，为了保护开发这座历史陈迹，灵石县政府曾经在整理修复王家大院时，搬迁了大院内二百多户人家，使这座“大杂院”得以重新恢复原貌，也恢复了王府里弥散而出的幽深宁静的气息。

在这里，随意抬头，便可瞧见精致的砖、木以及石雕，称其为“三雕艺术”。这三雕艺术，布满了王家大院每一座瓦屋、窗轩、屏风、照壁、门墩、门楣以及高墙之上。我一间间穿行其中，慢下脚步，也慢下思绪，一点点触摸和体会它们给这座大院锦上添花的风韵。仔细看，这些雕刻别具一格，活灵活现，加之构思巧妙，寓意深刻，寄托了主人对家族人丁兴旺、事业繁盛的美好愿望，也为大院增添了特征鲜明的文化气息。我对雕刻艺术及手法不大懂，仅从形式和内容上，就足以感受到，这些鲜明的民俗文化与儒释道思想融为一体，外观浑厚大气，内核却纤细繁密，成为王家大院的最大亮点。尤其经过能工巧匠之手精心雕刻出来的珍禽异兽、历史典故、传说风物、文字书法，抑或门楣上的吉祥纹饰，瞬间让冰冷僵硬的一砖一瓦、一椽一檩，热闹和灵动起来。原来，这官宦人家也和平常百姓一样，祈求家和万事兴，祈求子嗣安康太平。这种美好的寄托，渗进他们的衣食住行之中，真可谓尺木皆入画，片瓦皆添韵，寸石皆生情。与此同时，主人的情趣、志趣，或者说儒雅之风，亦在这里相互映衬，成为后人敬仰的典范。

王家大院的铺排是极其讲究的。如：红门堡居中为“龙”，高家崖居东为“凤”，西堡子居西为“虎”，三者横卧高坡，一线排开，态势威壮，盛气十足。东南堡为“龟”，下南堡为“麟”，则有辟邪示祥，富有稳家固业传世之喻义。而且，整座院子里，凡庭堂必有楹联，凡门户皆有匾额，长短不一。长一点的如“仁者寿智者乐谈笑宦途看世事，日生辉月生情运行天道陈流年”，显示出官宦人家的富足和贵气。短一点的，相对多一些。如“敦厚”“凝瑞”“学勤”“清芬”“珠媚玉辉”等匾额，虽字数寥寥，却意境悠远，令人回味无穷。你瞧，我身后，三三两两的游人，几乎都仰着脖子，盯着牌匾和楹联，很专注的模样。我想，他们和我一样，除了仔细辨认字体以外，还似乎在仔细咀嚼这些牌匾和楹联背后，属于王家祖孙几代延续下来的宏伟大志、淳朴家风，以及他们豁达平和的处世姿态。

看到“绣楼”的瞬间，我的心在那一刻柔软了。我的眼前浮现出一个个淡施脂粉的小女子，正打坐窗前一针一线绣着时光，想来是多么幸福的事。可当我踏上通往绣楼的石阶时，听到身边的导游正在给她的旅行团大声讲着，这十三个台阶，原来是有说法的：十三盘头十四嫁！导游话刚落，下面已是唏嘘声一片了。十三四岁，正是一个女孩蓓蕾未及绽放的年龄！在今天，这些活泼天真、清纯无邪的丫头们穿着花衣裳，跳着皮筋，玩着沙包，无忧无虑享受来自四面八方如潮水一般的爱，那银铃般的笑声一定会洒满校园、街巷和乡村的小庭院。而那个时候，无论宦官人家，还是布衣百姓，女孩到了十三四岁，家人都不约而同地张罗忙活，说媒提亲、打理嫁妆。待媒妁之事落定，女孩得把自己锁在阁楼里，等待深闺出阁的那一天。王家大院的绣楼，亦不例外。百年后的今天，我站在绣楼之下，心里却五味杂陈，大院的女孩，就像一角幽兰，寂寞芬芳地开着。

不知不觉，我已站在王家大院的最高处。中秋前后，这里的风，散淡而随意，阳光灿烂且不灼热。放眼望去，错落有致、鳞次栉比的一千多间院落一览无余，在煦暖的阳光和蓝天白云映衬下，整座王家大院更显出错落有致、波澜壮阔的美！

沿着台阶，一路向下，一眼瞥见卧龙道。横卧的长街是龙身，延伸的小巷是龙爪，那被风雨洗得发白的河漂石像极了龙的鳞片。院子中央，一棵粗壮的老槐树，被人们唤作龙尾，而靠近墙角的那口井，定然是龙的眼睛了。两眼水井中的水，一苦一甜。这是传说，无从考证。不过，无论甘甜，还是苦涩，我想，它在告诉世人一个简单的道理，这高墙深院里，所有人的日子，莫不像这两眼水井，或者苦尽甘来，或者亦苦亦甜，都是时光的味道。

在这既雄伟壮观又古朴优雅的“华夏第一宅”里，我的脚步从木雕生动的门内走过，从造型古雅的窗前走过，从缀满图饰的墙边走过，也从悬挂的大红灯笼下走过。其实，我只是想极力捕捉这一座座院子里，住着怎样的人，有着怎样的故事。在这里，每一个朝阳升起和暮色四合的时候，会有怎样热烈而旺盛的烟火气息？而近三个小时过去了，我更多感受到的是，这里一砖一瓦、一石一木、一雕一刻，都堆积着王家人深深的黄土情结和文化传承。比如王谦受、王谦和兄弟俩日出而作、日落而息的勤勉之初，再比如其善良豁达、勤俭持家的口碑……这些品德终被“天道酬勤”所眷顾，他们的“铜板”变银票，“豆腐担”变“票号”，窑洞变城堡。而这些滚滚而来的钱财，终归化作古风和雅韵，丝丝缕缕渗进大院的每一个角落。此时，当我一遍遍仰望和我隔着久远年代的亭台楼阁，一遍遍抚摸身边精雕细刻的窗棂廊柱时，心里却在不断感叹，一个人的灵魂是文化的，居所如何不文化？

平遥夜，夜平遥

母亲大抵是十年前去平遥的。她归来时给我带了一对殷红的桃木手镯。母亲说，是在一条很长很长的明清老街买的，精雕细琢有花样繁复的纹路，摸起来很明晰的木质感，闻起来有一股淡淡的桃花香气。

这对手镯陪我很久了。每每看到，总有几分向往：他日，若得空，定要去那个古色古香的地方走一走。

这一天来得很自然，一如我的想象。我渐渐靠近它时，清风朗月，暮色四合。它像一位慈祥的老人睡在这里，身裹一层层的灰砖青瓦。那灰砖青瓦，粗粝苍老，落满尘埃；偶尔，一撮青苔或杂草会从砖瓦的缝隙里钻出来，土里土气的。这大概是所有古城共同的皮肤吧？

其实，来平遥之前，我是做过功课的。这个有着2700多年历史的古城，被后人称为是盘踞在中国北方黄土地上的一座前年“龟城”。它的城垣重门雄伟壮观，恢宏大气；它的市井街巷店肆林立人声鼎沸；还有它的怀抱里，一处又一处的寺观庙堂、亭台楼阁、琉璃筒瓦、鸱吻脊饰，都历经沧桑而古韵宛然……总之，纸上的平遥，成了一种深度诱惑，引诱我不远千里，在深而又深的暮色里，一身尘、一身倦地赶赴这里，与它相拥。

我几乎是急不可待地奔向其中的。不过，这种亢奋和热情，只几秒钟，就被我掩饰住了。可不是？自己脚下这座经过漫漫岁月浸泡而出的千年古城，是带有一定温度的。就像人的体温，老了，自然镂刻了时光和岁月深处一份或深或浅的印记。是要轻轻走、慢慢看、细细品的，急不得、躁不得呢！我不停地告诫自己：你的两只脚已踩在千年的青砖上，怎可轻易轻浮和张狂？

中秋刚过，平遥的夜空和我的小城一样，也有一弯明月当空照耀，给人几许寂静和平宁。城内灯火阑珊，人潮涌动。黑色凝重的门楣上，一溜的大红灯笼一盏挤着一盏点燃了，像要点燃这座千年老城似的。夜幕渐深，从一家家店铺、票号、酒吧、食府里透出的绚丽灯火，暖融融的，愣是将漫天的月色和星星撵得悄悄躲了起来。灯火深处，一间又一间旧得不识本来面目的古老瓦屋、门楣、窗棂，盯着多看几眼，会有一种恍若隔世的感觉。我想，无论是谁，初来乍到时，游离于身心之间的陌生和孤独感，都会在这灯火里一点一点褪远和消失的。

平遥夜，一家挨一家的酒吧绝对是主角。酒吧里，一桌一椅、一窗一轩，都是古旧的样式，古旧的颜色。几朵镂空的牡丹千年不变地开在窗棂之上，几只喜鹊和心愿一起，被雕刻在院子的砖墙或照壁上，属于旧时光的印记，在这里一一可见。

颇为惊奇的是，这些古旧的家具上，却摆放着现代精美的瓷器和玻璃器皿，里面盛满了浓香可口的咖啡和酒水。置身其中，古老陈旧与现代时尚的气息，杂沓交织，相互缠绕，这大抵算是平遥古城一处独特景致吧？

与酒吧，骨子里不太亲近，却也不会刻意排斥。在我的小城，每每经过，总是淡看几眼，从容离开。而在平遥的夜晚，不知怎么了，当我的视线落在“樱花屋酒吧”，落在“柔软时光”，再落在“在此等候”前时，竟然挪不动步子了。那里面，透着几多神秘、几多暧昧，还有几多温暖。我试着将脚步往近处靠了一点，想看一看里面坐着一群怎样的男男女女，有着怎样妙曼的邂逅？靠了两步，又停下了，觉得自己好无趣。这世上的情事，天涯也好，咫尺也罢，只要两个相爱相惜的人，在一段如水的时光里，让两颗滚烫的心，渐渐柔软和温润，何尝不是一件美好的事情？

正欲将迈出的一只脚抽回来，忽而听得里面传来了一阵熟悉的歌声：

多么熟悉的声音
陪我多少年风和雨

从来不需要想起

永远也不会忘记……

嗯，这声音，低低地、柔柔地、暖暖地响起来，听得出山高水长的一往情深。

在这里，虽然是夜晚，每家店铺都开门迎接远道的客人，想看什么买什么都会如愿以偿的。我瞅着一家“往事如烟”的小店，门口放了两张桌子，属于原木，散发着一缕清漆的味道。桌子两旁，各放置了两条长椅，铺着布衣垫子，在昏暗的灯光下，渲染出一份幽幽古意。忍不住停下脚步，仔细打量起来。店铺很独特，两扇大门紧闭，只从一边开出一条很逼仄的过道出来。最引人注目的是，敦实的、漆黑的大门上，挂满了古典味道浓郁的裙装，热烈奔放至大红大绿，素雅清淡至黑白简约。我第一眼看到时，眼前一阵恍惚，仿若这灯影之中，一扇古朴的门，吱呀几声响动，里面走出一位清秀女子，端着针线箩筐去串门。箩筐里，没绣完的手帕、荷包或者鞋垫，安静躺着。荷叶田田，荷花婷婷；或者也会走出一婀娜小媳，拎着水桶去城口的井边摇着轱辘打水……

如此令我心动的店铺，怎可轻易错过？顺着逼仄的通道拐进店铺里，那褪色的画梁、雕花的窗棂、剥落的漆皮，向我清晰地诉说着陈旧与遥远。仰着脖子看，四面的墙上，挂满了手工蜡染的布衣长裙、家织围巾、宽脚长裤等，五颜六色，令人眼花缭乱。墙角的空地上，随意摆放两个木质衣柜，亦是平平展展地铺着一件件短衫和长裙，或染着大朵的牡丹，或绣着艳丽的孔雀蓝。即便平放着，那细密的针脚、精巧的盘扣、纤细的腰身，都会使人莫名滋生出很多怀想来。一瞬间，我竟有一份冲动，想穿上那件斜襟盘扣的、印着清荷的衣裙，再穿上一双绣花鞋。那绣花鞋，定是心仪了很久的丝缎鞋面，柔软鞋底，用五彩丝线绣着喜欢的清瘦梅花、戏水鸳鸯，或者雀鸣枝头什么的。这副模样，像不像旧时女子呢？

因为是夜间，平遥县最大的票号“日昇昌”大门紧闭。我只能站在门外，尽情想象2700年前，这门里面的每一个日出日落里，演绎了怎样一场场车水马龙的繁忙景象？那风声、雨声、叫卖声、脚步声，还有柜台前噼里啪啦的算盘声，又迎来送往了多少出出进进、身着长袍马褂的平遥子民及天涯票客？如今，平遥古城里日出依旧，日落依旧，日昇昌除了几分安静和孤独，还带有几分骚动。这骚动源于如我一样前来探寻的游客，总想隔着这一块砖、一片瓦、一扇门、一堵墙的缝隙，寻找当年山西汉子走西口的沉重与收获，总想听几声从大漠深处走近的一串又一串的驼铃声声。更想知道，那个泱泱大国的票号、镖局，如何在这里落地生根，传承繁衍，又如何没落到消失？

抬头看天，平遥的夜空依然是漆黑的，包括高耸的城墙、敦厚的青砖，以及高高翘起的飞檐，都是黑压压一片。城外，一圈又一圈的灯影忽明忽暗。灯影里，一层又一层黑褐色的砖块时隐时现，仿若在向我诉说着古城的苍老。怎能不苍老呢？2700多年，从西周宣王的壮志到明洪武的德政，从明清的休养生息到“文革”的风雨，有多少蹉跎的往事在这里轮番上演，然后慢慢遗失？如今，历史沉睡了，而时间却醒着。淳厚善良的平遥子嗣，倾尽满满当当的心意和情感，偎依在这残存的古城墙、古街巷里，一一复原千年前这里存在的繁华喧嚣和古朴幽深。他们一片片捡拾，一块块织补，力求没有缝隙，没有漏洞。而我，心怀敬畏，心存感念，淹没在这里，寻觅和捕捉意念里那份古韵盎然，想来也是幸运的。

夜已深，游人依然来来往往，如同白昼。这个时候，走来一位大叔，头戴红翎，肩上扛一杆刺枪，一身清朝打更人的装扮。他一手提着铜锣，一手拎着铜槌，轻轻敲两下，一串干净清脆的铜质声音即散开。只听得他嘴里慢条斯理地喊道：已是二更，小心烛火。不时，有游客要拉着他拍照，大叔丝毫不回避，也不厚此薄彼，一一应允。我清晰记得，他每每入镜时，那苍老的、布满褶皱的脸，镂刻着深深的温和与清宁，令我感动难忘。

五爷庙香火

我是一身尘、一身倦地到达五台山的。

十月刚过，这里的风带着明显的清寒。我的身边不时有身着各色羽绒服的游人匆匆走过，黄的、红的、蓝的、绿的，明艳热烈，给神灵盘踞的五台山染了更多俗世的颜色。

和众多出行的人一样，来之前，依然要问度娘的。只是，纸上的五台虽然钟灵毓秀，墨迹馨香，但终究不够鲜活，甚至有几分机械与生硬。正如此时，我站在这里，看五台的日出，缓缓升起；听五台的钟声，轻轻敲响；再伸出手去，捏一把五台的秋风，从指缝里溜掉的，定然是一缕浓浓的檀香味，可清尘明目，更可心旷神怡，这样一番鲜活的礼遇，又岂是几张纸墨能够一语道破的？

双脚踩过一条小河，它的名字叫清水河。河水很细，清澈见底，石头、沙砾、水草等一一可见。河的两边，寺院众多如星罗棋布一般散落着。加之我们昨夜歇脚的这一片，正是台怀镇有名的杨林街，商家店铺鳞次栉比，游人摩肩接踵，一片繁荣景象。桥上亦是，大清早便你来我往，很是热闹。

正好碰上农历九月初一，五爷庙的香火尤为旺盛。据说，在这里求签是非常灵验的，几乎求什么得什么。求签最为浓重的仪式就是“烧头香”，即一天中的第一炉香。故而，每到初一和十五，天南海北的香客便纷沓而至，香火缭绕，几乎要把五爷庙掀翻了，所以自然要去看一看的。

一行人步行至五爷庙前的小广场，说人山人海一点都不为过。无奈退至一边，静候人流散去。不远处，白塔耸立，天空湛蓝，白云悠悠，衬着被水淘洗过的天空，明澈干净，像婴儿纯净的双眼。

秋风依然在吹，吹皱了一池蜿蜒的秋水，荡起一圈一圈的涟漪。有女子在拍照。她长发披肩，面色玉润，手掌指向远处的白塔，唇角泛起恬静温和的微笑。这时，门口一鼎特大的铁质香炉旁早已围了满满一圈人，手里高高举着一把香，一位身穿长袍青衫的道人正在耐心指点一些轻施粉黛、衣着入时的都市帅哥靓女上香。只见那道人面目平和，慢条斯理地叮嘱：施主，敬香，虔诚自不必说，动作更需周正。那点燃的香要过头顶，正对大殿，默许心愿，不可出声，然后，拜上三拜，左转再右转，重复上述过程，双眼平视前方，凝神屏气，不可游离，最后背对正殿，面对香炉，将香插好后，退半步，合掌肃立，口中默念——愿此香化云，直达五爷所，恳求大慈悲，施与众生乐，即可。

呵呵，不错，好了，施主可以离去了。

这一套动作下来，竟然使我旁边几个年轻的香客拍拍胸膛，长长地舒了一口气。他们彼此评议着各自的动作，觉得还满意，会心一笑，进了寺院的门。看着他们的背影跨过高高的门槛，我却一时怔在那里，不停地问自己：这般美好青葱的年纪里，不知藏着怎样一番欢乐与忧愁，让他们暂且抛下激情和骚动，来此求佛求愿，那看似一本正经的神情过后，佛会在他们心中吗？我自个疑虑的同时，想着是否也跟着上一炷香。可看看几步之外的大香炉竟然被里三层外三层围了个严严实实，炉内火光冲天，烟雾缭绕，一股子灼热的、呛人的气息四处弥散，现场被踩了脚的，插了队的，碰了肩的，叫嚣一片。几个穿着保安制服的人，高高举着喇叭，嘶哑着，嗓门不停歇地喊着，维持秩序不遗余力。这样可怕又夸张的敬香场面，我几时曾见过？自知挤不过人潮，再次退却一旁。

不过，我最终还是被人流推搡着，拥进五爷庙里了，其中却不如我想象的雄伟和壮观。其中，坐东朝南的叫文殊殿，里面供奉了文殊、普贤和观音三位菩萨，分别骑着绿毛狮子、大白象和神兽，应该各有所指吧。相比而言，我比较喜欢文殊菩萨。其面部温和的微笑里，藏着淡泊，也藏着智慧。当我和他四目交替时，似乎看见他两袖轻拂明台，拈指一笑，在向世人告诫：芸芸众生，所有孜孜不倦的盈盈名利，最终都会成云中富贵、纸上功名。其实，想想又何尝不是？茫茫尘世里，即便你浑身缠满不堪重负的疼痛和愁苦，到头来也不过是一场过眼浮云。于我一个俗得掉渣的女子说，何不将一颗心慢下来，姿态平和些、欲望少一些，一些平日里莫名滋生的烦恼和纠结或许会减少很多。

不知我这般的释怀，文殊可否听见了？

薄雾淡去，晨光四起，五爷庙的拥挤更严重了。先是正殿的台阶往下，排着长蛇一样的队伍。队伍之外，也密密麻麻站满了各色人，有香客胳膊上搭着厚厚的棉大衣或羊毛披肩，肯定是为了求到五爷第一签，凌晨四五点就来到这里排队的，倦怠和虔诚同时写在脸上。而那个时候，我正躺在有暖气的宾馆里做着香甜的梦。

太阳出来了，寺院里，几棵粗壮高大的松柏罩在一片瓦蓝的天宇之中，显出寺院的古老和沧桑。我夹在人缝里，踮着脚，仰着脖子，朝里面使劲张望，想看看五爷生得何模样，又是怎样普度众生？可我什么也没看见。只好退出来，站在一棵松柏树下，张望和寻觅寺院内与五爷有关的一切蛛丝马迹。

毋庸置疑，在这里，五爷是盖世无双，神通广大的，使得难以数计的游客从四面八方来烧香拜佛、听禅祷告、许愿还愿。他们中有求五爷保佑平安的，有求子求孙求升学的，求官运亨通财源广进的，还有求长生不老的，五花八门，应有尽有。据说，只要心诚，五爷一般会让香客们夙愿成真，很灵的，单凭殿外四周挂满了大大小小还愿的铜匾就足以说明这一点。

唱大戏是来五爷庙的香客还愿的主要方式，也是当年五爷的最爱。在五台，一万菩萨绕清凉，五爷也算其中之一，他竟然喜欢看戏，这一点，颇令我诧异。我原本想着，五爷乃超尘脱世之神，该静若莲蓬，该性情寡淡的，不曾想，他也喜欢红尘烟火，不知曾有怎样的尘缘未了？

我正恍惚，身边导游操一口浓浓的山西普通话说，五爷留在这里的故事很多，诸如搬家台怀，救驾乾隆，托梦送子等传为佳话。更重要的是，其作为本土化、贫民化、俗世化的民间俗神，深得人心，也是五台山重要的一道文化脉络。后世百姓为求其欢心，恩赐及时雨，以降丰年，都要在每年的六月大会时，打开殿门，高唱大戏，流传至今。

她一边说着，一边用手指向正唱大戏的戏台，就在五爷庙对面，唱着我听不懂的地方戏。台上，戏子浓浓的妆，就着青灯黄卷。台下，观众热烈的掌声，和着香火缭绕。戏里戏外，前世今生，在我眼前交错蔓延。

我记不清是怎样离开五爷庙的，但我记得，台阶下面，一个戴眼镜的清秀书生，深深跪在那里，长跪不起；记得朝南的墙角，一个老和尚晒着太阳看经书，我从他旁边走过去，又走过来，他均不抬头；记得五爷庙的背面有一面墙，没排上队的香客们，双臂、面部、胸部，紧紧地贴在墙上，在向五爷祷告。太阳照着他们的背影，暖暖地，向我传递出一抹柔和的光亮。

朝圣大螺顶

来到大螺顶时，恰逢正午时分，阳光烁烁。

从山下仰望，只见巍巍的半山腰间耸起一座寺院，影影绰绰可见寺院的山门和牌楼缠绕在一片葱郁的树木之中。此山形如大螺，山顶常有云雾缭绕，盛夏时分，草木萋萋，呈一片黛青色，故称为大螺顶，又称黛螺顶。因山顶的寺院里供奉着东西南北中各台上的五位文殊菩萨，若游客苦于受时间或精力限制而无法完成一一参拜时，自然首选这个景点。我亦如此。

趟过清凉河清清的河水，走过一段缓慢的上坡路之后，便到一条陡峭笔直的长台阶前了。台阶，由1080级砖块和青石铺就而成。我家胖小子平日里一马平川地走习惯了，看到眼前的漫长台阶，一脸的畏惧，并打了退堂鼓，表示要坐在山下等我们。当我指着前面几步之外正撅着屁股使劲攀爬的五六岁小男孩给他看时，他脸红了，再不作声，悄悄跟上了。

通往大螺顶的台阶上，一群又一群的男女老幼上上下下络绎不绝。几乎所有人都有一个相同的动作，那就是每跨三四个台阶，都要停下来喘几口气，再仰着头朝上看几眼，然后咬着牙上。当看到山顶一片露出琉璃檐角和青砖灰瓦的寺院越来越近，个个喜上眉梢，仿若藏在心底里一些亟待完成的念想和愿望也越来越近了。

越往上走，台阶越陡。其中有那么一小段，近似于垂直的天梯，可无论满头银发的八旬老妪，还是英俊洒脱的年少书生，都丝毫没有畏惧和退却的念头。相反，他们相随我左右或者前后，很平静、很执着地，一个台阶一个台阶艰难地往上攀登。累了，靠着铁索歇一会儿，或找一处拐角的空地席地而坐，打开包，取出水壶或者水瓶，咕噜咕噜喝上几口，擦擦额头的汗滴，继续攀爬。

攀爬是大多数登大螺顶的游客共同的方式，可我身边，有一部分人是跪拜上山的。首先是三三两两身披朱红色或黄色袈裟的僧人，据说是从西藏、蒙古不远万里来五台山朝拜的。他们的动作令我感动和震惊，你瞧，他们神态肃穆，双膝跪地，双手合十，从头顶划过胸前做叩拜状，两眼微微闭上，嘴里念念有词，待到一处稍微宽敞的平台时，动作从跪拜变成了匍匐。此时，正午的太阳正炙热，满台阶上的游人，各个满脸通红，气喘吁吁。可那僧人，布衣、芒鞋上沾满了尘土，脊背上湿了一大块，睫毛上也挂满了汗珠，前额上已磕出了斑斑的殷红血痕……

看到这一幕时，泪水瞬间模糊了我的双眼。我不知道他从何处而来，用了多长时间，走了多远，要翻过多少座山，趟过多少条河，但我一定知道，这一路，天空的流云、林间的落花，以及尘世的繁华与喧嚣，都在一寸一寸诱惑和侵蚀他的肢体和思想。但他承受住了，忍住了孤独，吞下了寂寞，甚至走到瘦骨嶙峋才到这里的。1080个台阶，他们须伏倒于尘埃之中，匍匐又匍匐，去一步一步抵达心灵的圣坛，多么执着的信仰！那一瞬，我有一种冲动，去走进他们的世界，触摸一下那一个个平和的眼神背后藏匿的厚重与沧桑；亦想感知一下，从他们衣襟的缝隙里一丝一缕散出来的淡然世外的那份清宁。可最后，我整个人像被抽空了一般，怔在原地无法动弹，无法思想，无法感怀。我忽然明白，他们的世界我是进不去的，但他们内心的安妥和幸福，我却懂了。

大螺顶的台阶上，还有很多特别的乞讨者。他们没有一个人伸出双手，做出可怜巴巴的模样去讨要布施，而是提着竹笼，里面装着空矿泉水瓶子、烟头、落叶等杂物。还有的，拿着笤帚，端着簸箕，很专注地清扫着台阶上的石子、尘土，以及无法捡拾的小垃圾，连牢牢粘在地上的口香糖、吐的痰也不放过。这样勤勉的姿态自然使路过的游客不好意思轻易走过，大家都会很自觉地从衣服口袋里掏出五角、一元，或者更多的钱币给他们。我想，这除了一份怜悯之外，更多是敬重和赞许。

导游说，大螺顶的1080个台阶是可以治愈俗世烦恼和愁苦的。不知道灵验不？我正纳闷，一个身影闯入我的视线里：那是一个三十多岁的男子，很胖，上身穿橘红的运动T恤，下身一条黑色长裤，也是双膝跪地，久久不起来。男子前面，一个穿藏袍的女人，许是走了很远的路，粗粝黝黑的脸上布满了疲惫和苍凉。只见她正双手合十，举过头顶，再滑落胸前，再跪地匍匐，如此重复，一丝不苟。男子后面，却是一位年轻的母亲，领着五六岁的小男孩，一直将头深深地埋在每一个台阶前，小家伙屁股一撅一撅地随着母亲一起跪拜。再往上走，这样的一幕很多，比如我所看到的，那个缠着裹腿的阳光少年、戴着眼镜的青春少女、白发苍苍的瘸腿老伯……这一幕幕，牵动了我心底最柔软的那根弦。我不知道，他们的生活里有过怎样的痛苦、磨难和困惑，那虔诚的眸子里，许是藏着久病的亲人、失恋的痛苦、事业的失败、突来的灾难，抑或一个支离破碎的家，都不重要了。重要的是，他们将在这里，觅一份释怀，求一份解脱，诉一份美好的祝愿，这就够了。

终于到大螺顶了。放眼望去，远处的南台、中台和北台掩在悠悠青山之中，与寺院背靠着的东台绵连在一起，像一道翠绿的天然大屏障，围护着台怀腹地的寺庙建筑群。再俯瞰我脚下的台怀，殿宇鳞次，楼阁挺立，佛塔对峙。阳光下，殿宇顶上的琉璃瓦鎏金四射，红色的围墙一道又一道，好一派宏大的佛国风光。

大螺顶的寺院里有四座殿：天王殿、旗檀殿、五方文殊殿、大雄宝殿。正殿自然是五方文殊殿了。它涵盖了东台顶的聪明、孺童文殊，西台顶的狮子吼文殊，南台顶的智慧文殊、北台顶的无垢文殊，里面早已人满为患拥挤不堪了。我的双脚站在寺院里，不知道该朝哪里去？整座寺院里，除了几座雕梁画栋的殿宇，几棵苍翠婆娑的青松是寂然安静的，剩下的，就是各色喧嚣杂沓的人群了。最让我动心的是，从殿堂里传出钟一声、鼓一声、磬一声、钹一声，还有那些和尚的诵经声，声声入耳。那一瞬，我忽而懂得，大螺顶的喧嚣和杂沓是宏观上的，其实，每个人的内心早已在这香火袅袅和梵音缭绕中沉静下来。如那安详打坐的僧人，一律平静地诵经击鱼；又如那专注跪拜的香客，一律双手合十，双眼微闭，很虔诚地向佛无言地诉说着什么。他们面前的香炉里，被点燃的香，浅蓝的烟，笔直的，缓缓地升起来，一同升起来的，该是他们所有的祈祷和愿望吧？

所幸的是，我也进得文殊殿了，用有些笨拙的手，燃起三炷香，高高举着，深深叩头三下，起身朝红色的布施箱子里塞了几张十元的钞票，再轻轻退了出去。

其实，我还想去看看东台的。据说五台的第一声诵经声是从东台发出的。比如安静的清晨，一口钟响起来，佛经吟唱声响起来，会让世间多少颗烦冗杂乱的心沉静下来？想想都令人心动。除此之外，我还想去西台走走的。朋友告诉我，西台是清寂的，苦寒的，没有东台的辉煌，北台的气势和中台的秀丽，西台只有清修的僧人，清贫如洗的禅食堂，陈旧破烂的禅房，以及最高处耸立的白塔。只要有风，那一片片经幡就会在静空下飘舞翻飞，人站在那里，不知是风在动，幡在动，还是自己的心在动。想来多么幽静哦！只是，苦于行程安排紧张，黄昏时分，我们一行人又匆匆撤了。我清晰记得，离开五台时，太行山上，一群一群的牛羊安详地吃着草，而我等俗人，又要没入滚滚的烟尘之中了。

漫读中山街

好久没有逛老街了。说真的，有时候并不是刻意想要去买点什么，只是想卸下箍在身上一周以来的烦冗和琐碎，最好是脚穿一双平底鞋，不施粉黛，素面朝天，随意走走，看一看街头涌动如潮的车流和人流，熏一熏各种混杂在一起的尘埃味道，仅此而已。

老街在中山路，小城的时光有多长，它的存在就有多久。不过，和繁华的经二路相比，老街显然陈旧了很多，尤其是近几年，逛老街的人越来越少，少得让老街在不知不觉中生出几分萧条和沉寂。

一个暮春的黄昏，和蕊儿在新街上逛了三个小时，人困脚乏时，忽而想到了老街。当即跟蕊儿说，咱去老街吃点小吃吧？

十五分钟后，我们就置身老街的最西头了，那家以前经常去的“素食居”还在。我很喜欢这个名字，透着清淡和素净的味道。“素食居”是一所露天庭院，靠着四面青砖灰瓦的墙角都有一排排长方形的原木餐桌，用编织精巧的竹席隔开。庭院中间建有假山和溪流，围着一摊溪水栽满了竹子，一年四季葱郁一片。若是酷热的盛夏，食客既可以坐在院子的石桌、石凳上一边吃着农家小菜谈笑风生，一边听着悠扬的笛声，赏院中红莲。

这里的女服务生也很独特。头戴蓝色碎花的帕巾，两条麻花辫子顺着耳根垂下来，辫梢头系两条红头绳，脚上一双黑色的方口绒布鞋，像极了一位村姑。最显眼的是腰上的围裙，是农家土染土织的棉布裁剪而成，一朵朵细碎的花儿点缀其中，围裙下摆处绣有一朵干枝梅，怎么看都有一股子乡间女子清新朴素的气息弥散开来。

庭院里，灰色粗大的廊柱绕城一圈。红、青、灰三种颜色交错套出来的木格子窗户横看竖看都简约而古朴，尤其是那喜鹊登梅、百鸟朝凤的大红剪纸窗花掩在其上，更透着一股子乡间独有的活泛和亲切出来。门两边的青松该有些年头了，葱茏而挺拔，风儿吹过，一阵松子的清香悄悄漫过。仰头看，高高的屋檐下，爬满了绿色的青藤，枝枝蔓蔓缠绕着，垂挂成一道翠生生的绿帘子，而我眼前的屋顶，四角翘起的飞檐在空旷中透着青黑或者瓦灰色，淡定的，绝对是闲适的。这也是我每次来去之后，都感觉无法用一支秃笔能够描述出来的一份意境和清韵。

我喜欢这样灰色的、安静的老房子，它们在时光深处安然寂静着，将所有的繁华、喧嚣装进自己的躯体里。这个时候，吃什么都不重要了，两盘小菜，几碟素食，仅此意境，就足以让所有人在它的幽静里，安歇下来。

出了“素食居”不远就是老街的商铺了。来小城二十多年了，小城一天天繁华着、延伸着、扩大着，这条带着小城太多历史烙印的老街，虽然显得有些陈旧和冷清，但它依然在小城人的生活里诉说着难以割舍的情愫。

因为是周末，老街上的人比平时多了一些。人们或沿着街边悠闲散步，或低着头匆匆穿行，既各自独立又相互应景，形成老街上最为动人的一幕。比如此时，我就站在老街一角，随意抬头，即可看见小城最早的百货大楼和解放商场，门庭有些冷落，商品有些低廉，早已没有了当年的红火场面。可它依然不卑不亢地伫立在这里，兀自站成一条风景，记录着小城的过去。而我，就是它怀中的一粒尘埃，和它一起呼吸。再往前走几步，便是装修统一、古色古香的店面，或字，或画，或土陶，或器皿，都仿若在诉说着这个小城几百年以前，甚至更久远的故事和时光。我忍不住频频回头，四处张望，尽情触摸那些笔墨纸砚里渗出来的书香和优雅，任它们一点点地将我淹没。

正被老街的墨迹馨香熏染得古意盎然，百年老字号“凤鸣春”的羊肉汤鲜味扑鼻而来。哦，真是名不虚传。隔着玻璃窗便能瞅见门庭若市，生意火爆。“凤鸣春”，门脸不大，厅堂里却天天坐满了好食的客人。老店主坐在高高的柜台上，多半个身子被柜台上的大肚弥勒佛挡住了，只露出两只眼睛，忙碌着，眉开眼笑。食客们也毫不吝啬，来柜台结账，一边掏着腰包，一边聊着汤味鲜浓，肉炖得很烂，醇香厚道之类的赞美之词。旁边没有吃完的食客，围着桌子谈笑风生，一片觥筹交错的热闹。

待走到老街中央时，瞥一眼，看到玉器和饰品店一家挨着一家。因为职业的缘故，佩戴饰品的时候不是很多，但骨子里却有一种女人与生俱来的喜好，故而常常流连忘返于那些小巧玲珑的饰品店，随意看几眼，也是养眼养心呢！这不，眼前的7° 银匠，掩在陈旧和幽静之间，流淌着淡淡的雅意，使人不由得迈开步子走进其中。

记得小时候家里很穷，我却体弱多病。奶奶说，吃的药比喝的奶粉还要多，三岁多了长得竟然跟猫一般大，真揪心！后来，母亲花了好几个月在砖厂干活的心血为我打了一对银镯子，上面刻有平安符，说是辟邪。母亲和奶奶叮嘱我，玩的时候一定要小心，千万别弄坏了或者搞丢了。镯子戴在我手上，佩环叮当，引来同伴羡慕的眼神。只是，那个时候，我是断然体会不到母亲和奶奶一番心意的，只记得那些贫瘠的日子里，我和伙伴们一起玩耍，当我伸出胳膊抓石子或者摇跳绳的时候，银镯子在阳光下使劲摇晃着，闪烁出一道五彩亮光。那种亮光变成一种温暖，从胳膊开始蔓延至我的全身。奇怪得很，从那以后，我的身体渐渐好起来，母亲和奶奶的脸上终于有了微笑。

如今，细细想来，许是大人们的爱和这些饰品紧紧融在一起，贴近我的肌肤，渗进我的心坎，还她们一份慰藉吧。

怀着这样一份难以言说的情愫徜徉在店里，触摸那些带着岁月温度的银镯子，我的手握住的，该是我生命里，最温暖的一段流年吧？

老街上，最动人的就是坐落在南门口快二十年的“哑巴瓜子”店了。最早的时候，两个哑巴老人，一口平底锅，一张简陋的桌子上放着几只矿泉水瓶子，里面装满了炒瓜子用的作料，可那瓜子炒出来就是别有风味，常常隔着一条马路都能闻到瓜子纯纯的香味。后来，“哑巴瓜子”远近出名，味道由原来的几种炒到十几种，再后来，要排队买“哑巴瓜子”了。它成了小城几乎妇孺皆知的一道茶食。而和蔼可亲的哑巴老两口，已经不在人世了，他的后世儿女，将“哑巴瓜子”传承下来，生意越来越好，店面越来越大，忒大的广告牌上，两个淳朴的、永远不会开口说话的老人，用熟悉的微笑望着南来北往的人们。我也一样，每次走到这里，都要带些回去，空闲了和家人坐在沙发上一边聊天，一边嗑瓜子。瓜子的清香就像人间的烟火，让人世俗地快乐。

信步老街，欣喜的是，偶尔还能见到有不太多的青石交错其中。这青石，多是秦岭山里的，长的、方的、圆的、扁的，大小不均，形状不一，它们一块块随意拼凑在一起，双脚踏上去，是安稳的，坚实的。

骨子里，对青石板有种难以割舍的情愫，大多时候，见到它，也是在江南窄窄的雨巷里，那一声声跫音回响着，让风儿灌进来，雨儿落进来，然后，巷子里的故事就多起来了。而我的小城这爬满青石板的老街里，巷子不深，不见打着油纸伞的婀娜女子，亦不见白墙灰瓦上随意散落的湿润青苔，可我还是喜欢时不时地脱开俗务之身，来这里消磨一段时光。记得有一回，孩子问我，老街上到处是逼仄和陈旧的角落，有什么可闲逛的？我轻轻一笑，不语。他哪里懂得，随着时光褪远，老街会和世人一样更苍老、更没落。我所眷顾的，只是弥留在那里的一缕气息，它们会在不涉喧闹、不生浮尘的空间和角落里，愈来愈让人安静。

问道金台观

七月流火。连日来，我的小城像燃烧的火炉一般，空气里到处弥散着炙热难耐的气息，无奈之下，人们或上山，或下水，去寻觅一份清凉。

一日黄昏，和家人驱车去北坡纳凉。行至半山腰，看着眼前修葺一新的、颇为气派雄伟的金台观建筑群，忽而想再进去看一看。记得，十几年前上去过两次。那个时候，道观的院子有几分荒凉和寂寞，大门两边的黑色油漆剥落得一块一块，甚至三丰洞和药王洞里的窗户上都挂满了尘土和蜘蛛网。而今，十年过去了，里面会是什么模样呢？一股子强烈的探寻欲望，让我迫不及待地将双脚迈入其中。

因为快到关门的点了，这里空荡荡的，十分安静，静得只有我自己的脚步。我的身后，是一条长长的台阶，一半往上延伸至山门，一半往坡下延伸至闹市区。坡下面，三三两两的游人，正向上走来。他们每爬几个台阶，都会不约而同抬起头朝上看，仿若心中藏着的一些美好愿望也近了似的。

从停车场来到山门。山门为四柱七檐，大红的柱子，雕梁画栋的檐口，屹立着，颇有几分皇家大院的气势，顺着大门右拐，一条青石铺就的台阶便横亘在我眼前。我喜欢走在青石上的感觉。一直以来，总觉得那浓郁的青灰色里，有着石头的稳重、浑厚和沧桑。走多了，总有一丝的神情恍惚，恍惚那些属于历史长河里的浮光印记，会一点一点涌上我的心头。而且，这种恍惚感自然而然会使我将自己的身体和脚步都放得很轻、很慢。

拾阶而上，台阶两侧是簇新的汉白玉雕栏扶手，和台阶一起，依山就势，直上云端。我一边弓着身子往上走，一边仰头看着眼前这一条折折弯弯、干干净净的白色护栏，衬着尚有几分瓦蓝的天，忽觉心底亮堂堂的，初来时浑身爬满的燥热和烦乱的心绪也一点一点散去。不由想起了那首“不为依陈宝，浮云自往来。三峰留玉洞，一杖下金台。海岳归何处？君王召不回。无生本无地，人世漫徘徊”的千年箴言诗。随着我的脚步辗转之间，这一抹铿锵的吟咏声由远及近，尤为清晰。它们和白云蓝天一起，和空旷遥远一起，穿越时光，一声一声传了过来，声声入耳。

很快至正门。门前的广场上，站立着一棵七百年的老槐树，枝干粗壮，树皮深裂，枝叶却翠生生的，婆娑成荫。站在缀满红绸带的老槐树下，我的神情依然恍惚。可不是？十年光阴，会让很多东西随着风烟散去。比如我脚下的太极广场，十年前只是一小块空地，且由杂乱的大小砖块铺成，其中几块还是破碎的，时不时地会磕绊着路人；当年的山门也是陈旧和破败，门口只有一位穿着破旧长衫的道人，早晚领着一只小花猫，与青灯为伴。可今天，这里彻底变了，变得簇新敞亮，气势磅礴，然独独不变的，是这棵老槐，安静站在这里，守候着这座千年道观曾经的辉煌和沉寂，或者说，还有今日的喧闹和冷清。

由于山门快关闭了，门口的师傅建议我先上钟鼓楼看看时，我委婉谢过，直接走向道观腹地和心脏。其实，我很想从那里，再捕捉一次当年的张三丰何以有一种坐看浮云、心游万方的姿态，又是如何在这里修炼内心、悟道的？我的双脚从左边的“卧霞”阁高高的门槛上迈进去的。门口一对石狮，仰头蹲坐，气势威武，仿若告诫我或者后人：清净之地，不得放纵，不得傲慢，不得喧哗……

道观的院子里空间并不大，却古朴幽静，结构紧凑。在这里，安静坐落着几处道教古迹，有三师殿、三官殿、玉皇殿、吕祖洞、八卦亭、圣母洞、三丰洞、药王洞、朝阳洞等。已是黄昏时分，那一亭、一阁、一殿、一洞，掩在即将升腾的一抹烟霞里，有几分神秘，也有几分安详。我安静地徜徉其中，除了尽情触摸这里一秆秆青竹的翠绿盎然、一棵棵古柏的苍翠挺拔之外，更重要的是感受这里留存的那份仙风道骨之气。这种气息，于我而言，是陌生的，却也是妥帖的。

一阵风吹过，三官殿前的香炉里，一缕青烟散淡飘过，似在将三丰老先生的道教学说，一丝一缕地随风渗出来。而我的身旁，紧挨着正殿的台阶两侧分别立一碑，左边为《金台古观碑》，右边为《张三丰遗迹记碑》，碑文已模糊不堪，但我懂得，这上面，一定是三丰老先生，无时无刻不在向后世诉说那份存在于道教之中的、最为深厚和宽泛的精神内核。

身居金台观，不得不说三丰洞了。三丰洞为黄土窑洞式的寝祠，洞内有供台、塑像等，又称“张三丰传道洞”，相传当年张真人就是在这里讲经传道。未及跟前，庙外廊亭上的一副楹联将我深深吸引住了：其中上联是“寻有德之人，人人得度”，下联为“种无根之树，树树皆空”。这楹联，显然是在谆谆告诫每一个凡夫俗子，活在这个世上，须一心向善，日子方可得安泰和丰盈。否则，到头来，什么都是空的。此外，廊亭边上各有一碑，定然是有“笔走龙蛇”之美誉的“瓜皮书”了。我不懂书法，但却深知这瓜皮书蕴含的无穷深意。相传有一年的暑天，张三丰和观内的道士在玉米田里锄草，汗如雨滴。几个乡民牵驮骡由陵塬下来到城里卖西瓜。走到道士们锄地边的树下休息。道士们挑了几个西瓜解渴。乡亲中有认识张三丰的，看到张三丰用吃过的瓜皮在地上描画，就将家织的一匹白布从驮筐上取下，求三丰写字，没有笔墨，张三丰让人将支在地边烧水的铁锅扣在地上，顺手拿起瓜皮，沾着锅黑，在布上挥洒狂书。片刻，一首唐诗写成。诗曰：

仙境闲寻采药翁，草堂留话此宵同；
若看山下云深处，直是人间路不通。
泉引藕花来洞口，月将松影过溪东；

求名心在闲难遂，明日马蹄尘土中。

此时，又一次看到这瓜皮书了，它被后人刻在石碣上，与此同时，真人心胸之豁达和意志之高远的气节，也镂刻在我和小城市民的心中了。随之，进三丰洞，仰头可见真人鹤发童颜端坐高台，边有道童侍奉，下有体态健壮，相貌威猛的金刚护卫。不知为何，我的视线总落在真人一双明澈、安详而又睿智的眸子里。一瞬间，不由浮想联翩，仿若千年前那个盛大的大经堂又出现在我眼前了。我清晰地看到：晨钟下，真人一手捧着经书，一手指向膝下道徒，嘴里念念有词：人能修正身心，则真精真神聚其中，大才大德出其中。到了日落黄昏时，真人又坐在自己亲手栽下的槐树下，树下围满了众多的道徒。他用同样祥和的口吻谆谆告诫世人：无论贵贱贤愚，老衰少壮，只要素行阴德，仁慈悲悯，忠孝信诚，全于人道，离仙道自然不远了。这一句句箴言，虽然过去很久了，可当我站在这里的时候，我清晰地感觉到，那一串串声音，离我那么近。

从三丰洞出来，旁边的药王洞、财神洞、观音洞、姜嫄洞，门上都已上了一把大铜锁，院子里更安静了，无论是卧云栖霞的玉皇阁，还是香烟袅袅的吕祖洞，都罩在一片霞光万丈之中，几个长须冉冉、束发于顶的道人从我眼前缓缓走过，他们身穿道袍，布衣绑腿，双眼满是温和与宁静，仿若这世间的纷繁与他们无关似的。

是最后站在钟鼓楼上的，此楼是为近几年新建成的。左边是钟楼，右边为鼓楼，中间用长廊连接，仰头看，雕梁画栋，黄瓦朱楹，飞檐斗拱，宛若鎏金四射的天宫，颇为壮观。站在中间的长廊上，迎面可见鼓楼的正上方一栩栩如生的仙鹤正扑棱着翅膀，它的下面，一张巨幅的八卦图似祥云缠绕，好一幅“松鹤延年”和“八卦纵横”，它们相互映衬，折射出金台观的悠远和清韵，更折射出这里道法的博大与精深！

夕阳西下，我在高处，凝神回望美丽的山城宝鸡，竟有一种身居九天看人间盛景无数的豪迈情怀。远远望去，绵延的秦岭似一道绿色的天然屏障环绕着美丽的小城宝鸡。俯身，蜿蜒而来的渭水，正用她母性的宽厚和温和，一日一日滋润着小城的繁华、和谐与秀美。这种感觉，真实而美好。

邂逅黄柏塬

因为各种琐事和牵绊，去黄柏塬走走的念想竟然一直搁浅至今。还好，甲午之秋，受市文联组织的“到群众中去”文艺志愿者下乡活动之邀，终于让我有了一次和它尽情亲昵的机会，乃至于回来都好几日了，我依然沉浸在那一片山水明净、奇峰怪石、树木参天的秀美风景之中，仿若做了一个和香格里拉有关的梦，不愿醒来。其实，黄柏塬原本就是秦岭深处的香格里拉呢！

【1】

那日，在行政广场举行过授旗仪式之后，我们乘坐的大巴车开始缓缓驶向太白。半个钟头后，繁华喧嚣的小城已在我的身后越来越远。不一会儿，山路开始蜿蜒，山势开始陡峭，巍峨绵延的秦岭山脉葱茏的姿态，在我眼前满满地铺开来。

一直以来，我是很喜欢走秦岭的，走得不厌其烦。尤其是炎炎盛夏，身处被水泥和钢筋紧箍起来的两居室燥热难耐时，总会拖家带口驱车至秦岭纳凉，我喜欢那里的山风习习和绿水悠悠。置身其中，深深呼吸和沐浴着山涧里到处弥散的草香、花香以及挡也挡不住的清凉气息，感觉好极了。

时值浅秋，这里的天蓝蓝的，云淡淡的，蜿蜒迂回的盘山公路紧贴着万仞群山。路的一边，一条蜿蜒的小溪缓缓流淌着，空旷的山谷因了这叮当悦耳的水声有了几分灵气。白花花的水咕咕响着，明澈，干净，清甜，仅仅多看几眼，都会使人身心皆欢喜呢！还有，我喜欢看车窗外的一簇簇在薄凉的风中恣意怒放的野雏菊和打碗花。它们是秋天最漫长的主角，那红的、黄的、紫的花儿开在纤细羸弱的枝干或藤蔓上，虽然有些卑微、细碎和素净，可它们却懂得内敛和沉稳、朴素和寂静。你瞧，在这漫山遍野中，就是这花儿，远离尘世纷扰，不使人云集而观，虽比不得仪态万千的清荷，可它们兀自将根扎在这里，热热闹闹，旁若无人地开着，点缀着山里的世界。

越往山里边走，一棵棵树、一株株草、一藤藤蔓，从岩下爬上去，又从崖顶垂下来，枝枝蔓蔓的，硬是把裸露苍白的山石织就成一片葱茏的绿帘子。远处，斑驳的树影，黝黑的枝丫，像一幅幅美丽的水墨画。近处，三三两两简陋的农舍坐落在沟壑山洼之间，可见悠然自得的山鸡觅食、牛羊漫步、山民晒太阳，一切有生命的东西都在这里很自然地融合在一起，透射着岁月的恬静与安详。

【2】

去核桃坪，那里有一片原始森林。

之前，听同事说这里的原始森林极其茂密和旺盛，走在木质的羊肠小道上，浓荫遮天蔽日，很清凉，又很幽静呢！

只是，从太白县通往核桃坪的路并不好走，说九曲十八弯一点都不为过。等我慢慢靠近这里时，映入眼帘的是成片的核桃树、栗子树，还有不多的茱萸树，随意散落在河谷坝子间，无比茁壮地生长着。

核桃坪的农舍很简单，白墙黑瓦，大多数人家是用木栅栏围成一个庭院。房前屋后，依然是种着很多核桃树，最粗的要两只胳膊才能环抱。眼下，是核桃即将成熟的季节，满树翠绿的，圆乎乎的核桃迎风而舞，田间菜畦碧绿，地头渠水环绕，垄埂折折弯弯。偶尔，会从那些简陋的农舍里传来几声母鸡下蛋的咯咯声，鸡儿一叫，连墙角蹲着的几只羊，也开始跟着“咩——咩——咩——”，软软地叫了起来。这声音，和着风，应着水，在胥水河四十里的川道上空飘荡。这样一番场景，很容易使人想起陶渊明的诗句“暧暧远人村，依依墟里烟。狗吠深巷中，鸡鸣桑树颠”的曼妙意境。

终于，成片的原始森林阻挡了我们前行的路，我们也开始了对这片原始森林的探寻。要说的是，核桃坪的树很有特点，它们几乎是切着山长着的，山有多高，树就有多高。而且，这些树大多生长在岩缝或石头窝里，不管粗的、细的、高的、矮的，似受了某种神圣的使命驱赶，棵棵挺着身子，笔直向上生长着，仿若极力在向我诠释这没有泥土孕育的植物也有旺盛和不屈的生命。这样的树，在核桃坪的原始森林里有很多很多。它们站在这里，像极了父辈艰苦跋涉的一生，经历的是沧桑，留下的却是丰盈，怎能不让人感动呢?

再向上走，还有更为惊奇的发现。在我面前，时不时地会看到一棵老树，长着长着，从中间分两枝出来，无斜杈，无旁枝，如桅杆一样直上云霄，人称“和合二仙”。我盯着看了很久，仙气没看出来，心中倒是生出一抹温暖来，这并蒂的根，独立的杆，多像两个血脉相连，各自繁衍，却永远同心的兄弟，在尘埃深处相伴相依。随后，看到那一棵一根三干，更是粗壮林立，高大挺拔，称作“桃园三结义”，好友们纷纷结伴在其下留影，以期深厚的交情似它们一样，源远流长。

在核桃坪，最神奇的莫过于那棵百年奇松了。其曲枝遒劲，势若盘龙，被称作“松大爷”。据说这里的乡民，一旦婚事一波三折或者难尽人意时，只需来这里虔诚地叩拜几下，一线相牵，古树为媒，即可成一段美好姻缘。起初，有些疑惑，但当我看见在树下，那黝黑粗壮的枝干，缠绕在一起，牵绊在一起，我有几分懂了。

沿着木质栈道一路上行，左右两侧的松树、桦树密不透风，隐天蔽日，像是走进了天然氧吧，令人浑身上下舒畅而惬意。

在这里，人与树木，树木与自然，和谐生长着。尤其是当地的老百姓，对核桃坪漫山遍野的原始大森林有一种难以诠释的热爱和敬畏。一路上，我们会不时看到三三两两的护林人，戴一顶红帽子，一根粗木棍当拐杖，从一片林子出来，又钻进另一片林子，他们祖祖辈辈生活在这里，守护着这片林子，如同守护着自己身体之外一道天然屏障。看着那满身的尘土，满脸的沉静，我在想，他们守护的，或许是一直以来攀爬在心底的庇护神。这一点，我从山上一些长相比较奇特的树木上看出来了。你瞧，我眼前的这一棵树，粗如从前碾麦子的轱辘，它长在很大的一块石头上，树根紧紧地抓附着大石，裸露出来的几条根脉，突兀着，朝四面平铺在石头上，树与石相惜相容。老百姓亲切地叫它“木石缘”，像是要告诉子嗣，在大自然面前，在天地、草木和人之前，所有的遇见都是缘分。我与它这般的相遇，是不是也是一份缘？

四十分钟后，开始下山。风声渐起，松涛阵阵。我的四周，这些历经百年、千年的老树古藤，依然从容地站在这里，安静诉说着人与自然无法剥离的亲昵。

【3】

大箭沟，如藏在我心中，久未寻得的清秀女子，我终于徜徉在它的怀抱里了。那日，我一路走，一路看。看着那些清澈的水、裸露的石，水清清，石涟涟。从来写字俗得掉渣渣的我，忍不住在微信里诗意地写下一句：原来，这里的山石和清泉，永远是一对深情相拥的情人。

我陶醉了。醉在这植被丰茂的山岭里、千姿百态的古藤树中，醉在这三叠瀑布的神奇和炫彩中，更醉在那些一声又一声的清脆鸟鸣中，醉得不知深浅，不知归路。

还是先说说那里的水吧，它们依着山势，沿着隐没在林荫深处的木栈道逆流而上。我仰着头，看不到源头在哪里，但它们在我面前呈现出来的碧绿清澈和迥异姿态却深深吸引住了我，让我不由得感叹，大自然的曼妙和风情。尤其是在这里，我所一直钟情的绵延秦岭，就是一道道屏风，那些一条条从山谷中跌落而下的水，被左阻右挡后，自高高低低的岩隙中咕咕流出来。这些水，一会儿似小家碧玉，婉转叮当；一会儿似成年男子，沉稳安静；一会儿又似青春热血的小伙，激荡蓬勃。相比之下，我还是喜欢将自己的脚步停驻在那些细细的，绵柔的水边，看他们汇集在一块块五彩斑斓，犹如整块石砌的河床上，形成大大小小的湖面。宽阔处，水面平静，映着岸上的青山翠木，无数条鲑鱼自由游弋着；稍窄处，浪花飞溅，犹如轻纱，真是令人心旷神怡。

再说说这里的石头吧。它们就像一阵乱斧劈成的，大小不一，形态各异，却在这水的深情缠绕中，呈现出绚丽多姿的水之韵。

我一直固执地认为，秦岭的山石，就像北方汉子，永远掩饰不了一种最原始的粗犷和坚毅，生硬和古板。而在这幽深翠绿的大箭沟里，我分明看到了石头的清秀与圆润、柔情与安闲。你瞧，那些石头，颜色多样如青白、红黄、灰黑。姿态更是纷繁多样，仔细看，有的安闲横卧于水底，有的缀满了翠生生的藤条和枝蔓，更多的，顺着蜿蜒的河道随意攀爬着、裸露着，一直延伸向上。

在这里，水和石就像两个永远的情人，很深情地拥抱在一起，一路百转千回，一路佩环叮当。浸在其中，仿若走进了一幅瑰丽多彩的山水中，怎能不酣畅淋漓呢？你瞧，我的身边，男女老幼，或于贵妃潭和七彩石前摆着各种妩媚的姿态留下倩影，或成群结伴戏耍于太上老君的水帘洞下笑声轻扬。这种闲适欢乐的场景，总让我感动。

【4】

夜晚的黄柏塬是安静的，静得只有风声、水声和树木摇曳的呼呼声，偶尔，几声虫鸣，几声狗叫，回响在空旷幽深的山谷中。

歇息在农庄。农庄里有一座长亭，外墙石头砌了三十厘米左右，剩下的篱笆围城里，盛开着牵牛花、丝瓜、打碗花，碧绿的叶子和藤蔓密密麻麻地缠绕在一起，空气里弥散着花香、草香和久违的泥土气息。我们坐在亭子里，亭子顶上罩满了柴草，有草庐听风的意境。我喜欢这种意境，多少回，我都在憧憬，三五知己，围庐夜话，该是多么美！

清晨，应该是画眉婉转清丽的歌声轻轻唤醒了我，隔窗望去，整座小镇罩在一层薄薄的云雾之中。我急忙起来，顾不上洗把脸，一个人走出歇脚的农庄。

晨光熹微中，这古老幽静的镇子也正慢慢地苏醒过来，由于昨日疲于赶路和逛风景，只匆匆从镇子穿梭而过，不曾留意，原来这座小镇，四面环山，绿影婆娑，苍翠欲滴，竟然似身处在一片茂密的天然氧吧。

镇子上很安静。一座座很整齐的、极具岭南民居风格的瓦舍将我的眼球紧紧吸引住了。那些“人”字形农舍，从屋檐到房子四周，自上而下裹了一层层粗细匀称的原木，远远望去，几分古朴幽静的感觉油然而生。镇子最里面，偶尔也有白墙灰瓦的老屋子，随意散落着，更为简洁和土气。让我意外的是，这些老屋子，高矮不一，参差不齐，很容易使人回到一种久远的时光深处，仿若这些时光里，没有纷争，没有尘嚣，没有杂沓。这些房子和乡民，各自平静而寡淡地生活着，既不过分疏离，也不过分腻歪。

我从一家大门紧闭的老房子前经过，门前几个圆木桶，里面种了一丛丛叫不上名字的花儿。那花儿的叶子淡淡的绿，花茎生得纤细柔弱，却高高托住几片散散的、洁白素净的花瓣。我从来没见过这种花，自觉惊奇。这时，门开了，出来一位年迈的大叔，他用和蔼的口气告诉我，这花的名字叫“玉簪”。

看我依然纳闷，就笑着说，玉是玉石的玉，簪，就是你们女人头上插的簪。

哦，我终是懂了，深深笑了。

渐渐的，镇子上柴门吱呀吱呀陆续开了，脚步声，说话声，鸡鸣狗叫声，此起彼伏，一些人家的烟囱里开始冒起了炊烟，蓝蓝的，向着远山幽幽而去。据说，到了夕阳西下，乡民们锄禾归来，坐在各自的屋檐下，生一盆柴火，熏几串腊肉，煮一罐猪蹄，酿一坛玉米酒，那些山里的晨曦和黄昏，就这般过去了。只是，我未曾亲见，只是向往和回味。

深秋，走进一座山的怀抱

我是在一个黄昏时走进常羊山的。

黄昏的常羊山异常安静，静得只有夕阳婆娑的影子，把整个山头照得一片火红的霞光。偶尔，几只野兔子或者松鼠，“噌”地从眼前蹿出来，又“倏”地一下钻进路边的草丛之中，留下窸窸窣窣的脚步声。偶尔，一排从头顶飞过的大雁，黑压压地朝着南方飞去，它们时而迂回辗转，时而俯首回冲，拉出一串串长长的、略带怅然的声调，似在留恋这块北方的土地。除此之外，这座逶迤在繁华小城西南角的小山，无喧嚣，无纷扰。这种幽静和安然，正好让我的躯体和灵魂，可以一点点地，向这位华夏始祖的脉搏和气息靠近。

小城的九月，秋意正浓。葱茏和碧绿了一个夏天的叶子开始枯黄，我的车子行驶在蜿蜒而上的山路上，一阵阵清凉的风从车窗外渗进来，夹杂着泥土和草香的味道扑鼻而来。进入半山腰后，山路两边错落有致的民居渐渐少了，树木多了，风也大了，一缕斜阳从茂盛的钻天杨的枝叶间钻出来，洒落在我们身上，闪烁出一片又一片的霞光，亮黄黄的衬人眼。

大约十来分钟后，进了炎帝陵的山门。门口，一块巨大的石碑上刻着三个大字“炎帝陵”，红色的石刻苍劲有力。而且，这种鲜艳的红，在秋色斜阳的映衬下分外清凉，盯着多看几眼，会使人突然升起莫名的热情和向往来。

或是打小生在农村，长在农村的缘故吧，那些贫瘠的年月里，上历史课，是无奈，看历史书，更是奢望，对于曾经了无兴趣的历史，我总有太多的空白。这种空白，使我面对日落长河里先人留存下来的一切浮光印记时，时常有一种难以言说的窘迫和惭愧，常羊山何尝不如此呢？故而，在来之前，我是细细问了度娘的：

炎帝，其祖身号炎帝，世号神农，生天蒙峪，沐浴于九龙泉，长于姜水，采药于天台山。他创耒耜，耕绩而作陶；尝百草，和药以济世；设日市，开贸易之先河；削桐制琴，练丝结弦，教化百姓懂礼仪，为后世所称道，被尊奉为农业之神、医药之神、太阳之神，与黄帝伏羲氏并称为中华民族的人文始祖。

这是我在度娘上得到的信息，大部分是和炎帝有关的一段段传世功德。它们在千年的历史烽烟里沉淀下来，被后人堆积成黑色的方块字，一代代传颂，一代代铭记。可是，有谁知道，曾经的炎帝经历了怎样的艰辛和坎坷？那些和老百姓息息相关的农耕医术，一谷一粟、一衣一靴，浸透了炎帝多少仁爱和豁达之心？这来自内心深处的真切感受，自然是度娘无法告诉我的。而我，却一再纠缠在其中，一份由衷的敬仰、膜拜和怀念之心，让我来到这里，寻觅和捕捉炎帝的思想，还有灵魂。

穿过一片林荫小道，迎面而来的，是一条长长的台阶，越往高处，风声越大。这风声，正好衬托出了常羊山的安静。放眼望去，不远处的常羊山更像一位慈祥的老父亲。他的怀里，沉睡着几千年前的那个七月初七，为了医治乡民的瘟疫来此采药，误食了断肠草而永远倒在常羊山的炎帝。若干年后，我隔着岁月和时空，用自己的身体和脚步，细细触摸和丈量那段绵长而深情的传说故事。

陵园的门敞开着，几乎空无一人，幽静极了。这正是我所想要的一份意境，可以独自尽情触摸炎帝曾经的身影，聆听其曾经的心声，故而我的脚步是轻盈的，目光是崇敬的。在幽深敞亮的庭院里，偶一抬头，撞见一群灰鸽子扑棱着翅膀，正从眼前悠然飞过，顺着他们的影子看过去，其中的两三只，正落在高高翘起的飞檐上，动也不动。檐角处，一撮撮青苔在灰色的青瓦上安静生了根，手指粗的根茎上，碧绿肥硕的叶子正茂盛地生长着，似在诉说那些和炎帝一起，背着日头行走采药的久远往事。

我的脚步开始慢下来，也轻了下来，甚至那一瞬间，我忽然冒出一个奇怪的念头，这满山的夕阳和秋风里，一定藏着炎帝瘦长而沉稳的背影。

来到炎帝大殿，两边高大的红色廊柱上是历代墨客所吟的赞美之联，一条条长短不一的红色幔布挂满了雕刻精细的窗棂。幔布有新的，亦有旧的。新与旧缠绕在一起，留给后人一份永远不会消退的记忆。偶有山间的凉风吹过，红色的幔布轻轻拍打着落满尘土的窗棂。不知怎的，我的视线总是久久地落在这幔布和窗棂上，总觉得那上面一定落满了炎帝的仁爱之篇，它们层层叠叠堆积在一起，被日光沐浴，风雨洗涤，成为一种斑驳、一种永恒！

最显眼的是陵园里到处可见的参天古柏，婆娑青翠，郁郁苍苍。很显然，已经有些年头了。其粗壮的枝干努力朝着蓝天和白云伸展着，深褐色的树皮被昨天和今天的风和尘碾成一圈圈坚硬而干涩的裂纹。这是岁月镂刻在它们身上的印记，或许也是炎帝身体里某些东西在冥冥之中传递给它们，让它们心甘情愿地将根扎在这里，一任繁华的云烟绕过，一任岁月的沧桑漫过。尔后，站成这种虔诚的姿态，守护着炎帝的魂魄。那一树坚挺的姿态仿若要告诉后人，一山之外，苍凉何惧，寂寞何惧。

陵园分前后两部分，前庭院飞檐斗拱，木雕精细，巧夺天工。南北遥遥相对的钟亭、鼓亭此时很安静地坐落着。它们会在淡淡的晨雾漫过时，晨钟脆响，迎来新的一天、新的希望；也必然在日暮四合时，暮鼓重鸣，送走人们一天的尘埃和怅惘。我在钟亭的木椅子上坐了很久，遥想当年的钟声里，大地上有多少炎黄子嗣来来往往，耕读传家，仁义礼教，济世救贫，不辞劳苦？我在一遍遍叩问自己的同时，又不由自主绕着鼓亭转了一圈又一圈。我将一双手，轻轻拍着厚重的石鼓，心里却在一遍遍感慨，这晨钟暮鼓，莫不是炎帝生活里的一对兄弟或一双姐妹，他们和炎帝一起，在尘世里不离不弃，相扶相依，鞭打着人间的丑陋和罪恶，也敲响着人间的美好和安逸，这是一定的！

前庭的院子里，一座座石桥、回廊比邻而居。桥下，有溪水缓缓地流动，清清浅浅；石阶和回廊上，一条条精雕细琢的蛟龙在舞动，整个前庭院被一种雄伟和大气包裹着，待细细品过之后，却又很清晰地感到一丝丝的古老气息弥散开来。你看，我的眼前，掉了漆皮的大门、磨得油光的青石、落满灰尘的匾额，无不诉说着这里曾经有一位炎帝，姜姓首领。“其母一日游华山，见神龙而孕，生于蒙峪，长于姜水，有圣德，以火德王，故号炎帝，世号神农。炎帝少而聪颖，三日能言，五日会走，三年知嫁嫱之事……”这些句子，被铺排在一张巨大的长方形板子上，前来参拜的人们仰起脖子，安静靠近板子，嘴里轻轻吟咏着这些永远不曾老去的传说和故事。

信步至后庭院的主殿，更是让人心潮澎湃。宽大敞亮的主殿高17米，供奉着5米高的炎帝坐像。仰着脖子看上去，炎帝高高在上，两只手顺着肩膀摊开，平放在膝盖上，左手的一把谷穗一直延伸到右手上，谷穗黄澄澄的，颗粒饱满。让我感动的是，炎帝面带微笑，颔首平视大地。他的目光里，炭火一般的温热，充分体现了平和谦逊，爱民若子的秉性和胸襟。殿内四壁上，赤红的大笔彩绘出先祖的丰功伟绩，比如制耒耜，种五谷，治麻为布，民着衣裳；比如作五弦琴，以乐百姓；比如削木为弓，以威天下；再比如作陶器，改善生活等。这些关乎着百姓衣食住行，安健康生和乐享生活的点点滴滴，无不折射出炎帝仁爱、仁心、仁义和仁德。翻阅这些盖世功德，我所能做的，就是靠近、再靠近，将它们一遍遍牢记心间。这些传说和故事，回响在空荡荡的主殿里，似乎要把后世对炎帝的一份拳拳之心，谆谆之意，变成一种气息，一丝一丝地吸进我的五脏六腑里。

祭祀区后一道几乎垂直的天梯，由于山门即将关闭，我是没有时间上去了。祭台前安然打坐的两位穿黄袍的道人告诉我，天梯两侧肃立着历代君王，若拾阶而上，犹如徜徉在中华民族的历史长河之中，沐浴大江东去浪淘尽的千古风流人士之豪迈。这条天梯也是考验朝拜者的意志和意念，若登上天梯，则寓意通天有路，有万事吉祥，平步青云之说呢！听老者如此道来，他日，若得空，定要一上！

不知不觉中，已是斜阳漫天，沿阶而下，两旁的山野之中，紫色的野雏菊、粉色的打碗花儿、蓝色的牵牛花，一团团一簇簇摊开在夕阳之中，一份挡不住的明丽和绚烂，生生灼人眼！而我的身后，打开华夏始祖脉络的炎帝陵，渐渐淹没在愈来愈深的暮色里。我想，淹没不了的，该是那份亘古未变的深远和崇敬，如烟岚弥漫开来，足以让时光停驻。

捕捉，抑或铭记

——寻访周公遗风古韵

遇见周公，不是梦，是一张广告牌。当我从那牌子下经过时，西岐大地正沐浴过一场久违的喜雨，将连日来人们身上的燥热难耐一下子褪到了千里之外。

时值浅秋，田野深处，一排排绿油油的玉米秆像哨兵一样挺立着，结满黄豆荚的枝蔓沉沉爬了一地；不远处的菜地和果园里，翠生生的豆角，白生生的茄子，红彤彤的苹果，在秋风中摇曳生姿。偶尔，几根水嫩的丝瓜，从房前屋后的墙头爬出来，泛着一抹青色的光亮。

这些谷物植物，满满当当地挤在一起，开始深情演绎秋天的童话。而我要去探寻的，是一处填满了周文化韵味的千年古庙。随着车子渐渐驶入，它已跌入的我视线。我迎着晨光，向它走去。

【关于飘风自南】

风，南来的风，清风。

在这之前，我很喜欢这样形容风的句子，无非就是喜欢那份清风朗月的明净、春雨散落的绵柔。曾经在友人的笔墨里，见过他如此吟咏：

风自南来，月下草堂，对影成诗。
逝者如斯，离人歌唱，时光明灭，兕觥其间。
率而操觚，我意云何，既见君子，云胡不喜？

故而，这南风，一定就是清风了。这种感觉，攀爬在我心里好久了，久得仿若生了根，发了芽似的。平日里，也会在心绪不好的时候，吹吹风。最好是南来的风，朝着太阳，朝着我，淡淡地吹。不大功夫，烦冗和浮躁之感会荡然无存。

甲午浅秋，赴一场文字的盛会，也赴一场周文化的盛会，我有幸再次来到周公庙。当我一双脚轻轻踏进这有着三千多年历史的古庙时，几日前的那场雨，同样拽着秋天的脚步来到这里。秋阳烁烁，秋叶哗哗，秋风丝丝，向我诉说这里同步而至的秋意和秋韵，也向我诉说这里的幽静和寡淡。

真的，整个庙宇，除了秋蝉、秋叶、秋风，还有一种乐声，很轻很低，从草丛里，树枝里，缓缓渗出来。

我侧耳细听，是古筝优雅的调子，再细听，是我百听不厌的

《高山流水》，和着轻轻的风，细细滑落。

饭后，游周公庙。第一眼看见的，是乐楼，又谓之戏楼。建于元代至元年间，明清曾重修，但一直保持着元代的建筑风格。我站在这里，抬眼见一匾，题曰“飘风自南”。与门口照壁上的“有卷者阿”组成完美的点景诗句。这样清新素雅，寓意深刻的牌匾，竟是我之前来了两次都不曾留意到的，心中不免有些不安和惭愧。这种惭愧不安，源于我身体和思想深处的慵懒和不思进取。怎不是呢？早年时，一心跳出农门的我，总以为学好数理化，走遍天下都不怕，每每触及历史或者一些古老文化时，总是仓皇而逃或草草习之，久而久之，大脑皮层下滋生出一片历史及人文的空白和无知。后来，开始写文了，忽惊觉这身体和思想深处的盲区，要补上，是要花一番心思和精力的。就像此时，当我对着“飘风自南”的匾，仍感眼前一片茫然。还好，随着王老师深入细致的讲解，豁然开朗，乃至一下喜欢上了这四个字，简洁，干净，似有取之不尽的内涵和回味。我终于深知，周公曾以此地为采邑，在致政成王之后，他又回到这里制礼作乐。这可不是一般的礼乐，它体现着“周公礼制”，体现着“则以德观，德以外事，事以度功，功以食民”的理念；体现着“敬天保民”的“仁政”学说，以至于形成后来的君臣、上下、父子、兄弟之间衣食住行、军制政令、丧葬嫁娶、鬼神祭祀等规定，实现了当时社会的繁荣与稳定。而这些，都幻化为轻盈妙曼的礼乐，像南来的风，沐浴和净化了世代宦官和黎民百姓的身体、思想，还有灵魂。

如今，周公不在，但礼乐永存。犹如那一缕飘风，自南而来。

风声里、乐声里，清晰可见周公“礼贤下士”， 或“一沐三捉发”，或“一饭三吐哺”的情景。这副温良与谦逊，又怎会让人轻易忘记?

【关于古庙建筑】

周公，姓姬名旦，周文王之子，周武王之弟，周成王之叔。我竟然是在老师们一再的纠正下，总算基本理清了他们之间的关系，想来有些好笑。

整体看，古庙依着一片山坡而建，苍翠绵延，青绿一片。山坡的名字很贵气，被称为“凤凰山”，就是《诗经》里“凤凰鸣矣，于彼高岗”的出处了。我脚下的古庙，就建在“有卷者阿，飘风自南”的“卷阿”之上。

如今，几千年过去了，卷阿腹地清泉长流，古木苍翠，浓荫下掩着自唐、宋、元、明清修建扩建的三十余座古建筑以及千年古迹润德泉，无不显示着周公庙幽深久远的历史和深厚的文化底蕴。

过乐楼，穿八卦亭，几步之后，便是三宫殿了。此三殿，为缅怀周公、召公、太公而建。殿顶立兽众多，其中不乏飞凤、奔马、狂犬、人俑、大象等，造型生动各异。最是那屋檐，斗拱重叠，结构精巧，极富观赏价值。

至正殿，单檐硬山式屋顶，面阔五间，进深三间，前檐五间系一通檩，又粗又长，且上下均匀一致，实属少见。此殿为古代举行祭祀的活动场所，始修于唐武德年间，最初起名周公祠，后经历代王朝重新修葺。加之此庙地处西北偏远的村野土塬上，未曾遭到各种运动的洗劫，算是比较幸运地保存了原貌，为周公庙一大幸事。

正殿多楹联。其中大门两侧的柱子上，刻有“制大礼作大乐并勘大乱大德大名垂宇宙；训多士诰多方兼膺多福多才多艺贯古今”的千古名句。上联显然是对周公对周公制礼作乐、东征平叛等功绩进行概括，下联则对其对辅佐成王治国安邦平天下的智慧做了赞扬和肯定。我更喜欢旁边比肩而立的那副短楹联，“自古勋劳推元圣，从来梦见有几人”。该联言简意赅，内容丰富，既肯定了周公的历史地位，又巧妙地引用了孔子“甚矣，吾衰也，久矣，吾不复梦见周公”的历史典故，着实令人回味。

终于“见”周公了。但见他头戴王冠，正襟端坐，头戴相帽，身穿相衣，手执条板，目光凝视前方，像在回味和瞻望。近身，盯着那雕像看了半天，并未见自古以来帝王满身满脸的那种豪情、大气和霸气，倒是那神态丰美，目光祥和，尽显“周公吐哺，天下归心”的谆谆心怀。后又看到几尊塑像，除姜太公颇具悠闲之态外，坐姿都差不多。

周公殿左侧为召公殿。创建于宋代，配祀周公，现存建筑也是20世纪90年代维修的，仍保持原有风格。其中的“甘棠树图”石碑，记载了召公大人，不辞辛苦，巡行于乡里，因其经常在一棵甘棠树下处理民间诉讼，深受百姓爱戴的事迹，《诗经·甘棠》因此落墨成名。

不知不觉中，已到“润德泉”附近。此泉时涌时涸，意为润德于民。整个夏天至立秋，由于关中大地久旱不雨，我所看到的“润德泉”泉水并不多，水面上爬着一丛又一丛的浮萍，枝枝蔓蔓努力四下伸展开来，几只蝶儿迎风舞动在碧绿的叶面上，泉底清澈可见，游客投下的硬币和纸币几乎将水底铺满了。这一池的水，为古庙增添了几分灵气和柔润。

站在泉边，靠着八角形的石栏杆上，一阵清凉漫及全身。那石栏杆，很有特色，上有浮雕藻饰，并有龙吻、鳌头、怪兽、人物等造型，用手触摸，湿润润，滑碌碌的，很惬意的感觉。

周公庙最后一处景点碑亭，盘踞在后山的最高处。那亭子内，竖着唐、宋、金、元、明、清石碑、石碣多方，记述的大多是修建周公庙的历史，也算为后世歌颂功德。站在亭子上向下看去，周公庙所有风景尽收眼底，好一番敞亮和通透。

【关于凤鸣岗】

未见凤鸣岗，却听诗经唱。

于我而言，比周公庙更有魅力的，就是他四周的古墓群和那一片古人曾经生活过的有凤清鸣的高岗了。

毋庸置疑，这一带曾进行过大量的考古发掘。我身边的杨智怀老师，是周公庙考古报道的第一人。他兴致勃勃地告诉我，2003年12月，这里陆续发现22座周代高等级大墓、1500多米的西周城墙、大量刻辞甲骨，犹如石破天惊，揭开了周文化繁荣昌盛的面纱。只是，由于采风活动安排限制，我没能亲自去那一片黄土坡上走走，感觉有一点点失落。杨老师笑了笑，安慰我，上去也看不到什么了，挖掘结束后，文物被清理，埋文物的深坑也被填平了。

第二天，我坐在会议室里，翻看周公庙的录像片子。一层层类似于梯田的缓坡上，裸露出大大小小深深浅浅用洛阳铲凿出的圆洞，不时会看到荒草掩蔽的洞口……这一幕，从我眼前一闪而过。我仿佛看到，几千年前，这一片干枯的土地上，一段古老的周文化历史被孕育、被滋养，尔后，又被埋藏。淳朴善良的西岐子民，耕种在这一片黄土之上，那些古迹和文物，也越耕越实、越耕越稳。

我在想象，当年那场盛大的挖掘，更进一步来说，是在想象那厚重的历史云烟。我的眼眸间，开始出现梯田。梯田上是大片庄稼，未耕种的荒土里，种了一些小树，在风里、在黄土里，轻轻摇曳。梯田的断层，重叠在一起，似塞满了丰富的内涵。这内涵，只与周文化的遗韵有关，它们如陈年的老窖，在风烟中弥散。

可是，这些古风和遗韵，又怎甘心一直被洞藏呢？毕竟，那里面，一瓦片、一陶瓷、一铜器上，都镂刻着那个时代的浮光印记。更不要说，那世人瞩目的甲骨文，更是诠释了一个王朝，一个时代的精髓。这精髓，是属于礼教、民风、文化、道德层面的，它所散发出的厚重的底蕴，无可复制，不可效仿。

我一时怔在这里，脑海里使劲回味着，若20年前，我在这场盛大的挖掘中，是不是也可以在那深深浅浅的断层里，随意剥落一些土块，一定有几块破碎的陶片掉下来，厚的薄的，大的小的，有的光滑，有的附了一层厚厚的黄土，我用袖子使劲擦拭黄土，会不会连那黄土都泛着亮泽呢？

据说，曾耕种在这里的西岐人，见惯了这种碎陶片，丝毫也不惊奇。它们被随意拨到地边，零落在地上，甚至被人们当作生活用的器具，盛装着粮食和水。成为诗经风雅里唱之不尽的离歌。

【关于祈子和庙会】

在周公庙，怎能不说说姜嫄殿和庙会呢？

在姜嫄正殿，我久久停留。这是我最熟悉的殿。不管是第一次来还是第二次，孤陋寡闻的我，只知道周公庙的庙会，和姜嫄殿有关，至于周公礼教，周文化繁衍，似乎距离我太遥远了，故而，我会带了很多虔诚的姿态，来殿里燃几炷香火，为家人祈福。曾经，久不孕的同事，也在老同事的指点下，心怀敬畏，小心翼翼跪拜在姜嫄的膝下。果真，没过多久，她怀了孩子，皆大欢喜。

周公庙的庙会从每年的三月初十开始，会期十天。那日，从天麻麻亮到红日初照，远近的人们穿上干净的新衣服，扶老携幼，拖家带口，从十里八乡如澎湃的春潮一般，涌向这里。一时间，整个庙里人山人海，连庙门前的广场也被围得水泄不通。姜嫄殿、玄武殿，殿里殿外更是拥挤不堪。殿前的空地上，香烟缭绕，红烛照天；巨大的香炉上燃香如林，香灰溢出香鼎之外了。人们云集于此，敬香献供，焚香跪拜，叩头还愿，祈福纳祥，同时也寄托一份对未来的美好期许。也有一部分人，怀着虔诚的心理向姜嫄母诉说内心的痛苦和烦恼，寻求保佑，或求消灾祸，或求子，或求官。所有愿望都在香客心里，散落成缭绕的香火，火旺火旺地燃烧。

门前的广场上，商贩也会云集。他们搭起席棚，高声叫卖着各种风味小吃，比如西岐臊子面、擀面皮，凤翔的羊肉泡、豆花泡馍，还有麟游的锅盔、陇县的核桃饼，真是应有尽有，包罗万象。至于岐山剪纸、泥塑、家织布、皮影戏掺杂其中，更是让庙会沾染了几份文绉绉的气息。

三月春风至，蛰伏了一个冬天的人们也和大地一样苏醒了。人们敬完香，诉说完衷肠，摸完玉石爷，心满意足地踱着步子，在这里悠闲地消磨时光。你瞧，他们一个个弯下腰，各色摊点前，讨价还价，一只筛子，一只小绵羊，一只小手镯，一框壁画，一把木梳子，总能各得其所。最是那戏楼，台上旦角面若桃花，唇齿含笑，一字一句唱着西府人谙熟亲切的秦腔调子；台下，百姓拍手叫绝，掌声不断。听到入心、入神时，也会跟上吼几声，像极了贾老曾写过的那句“八千里关中尘土飞扬，三千万秦人齐吼秦腔”。这景致延续了多久?老百姓没几个能说得清，只记得是从祖上就有的。

还是说说祈子吧。据说要起个大早，牵着一只羊，磕上几个头，燃上三炷香，嘴里念念有词，向姜嫄老太诉说心中念及孙儿的切切愿望。案前道人，应该是姜嫄普度众生的传递者，他会适时地从怀中掏出一支泥塑娃娃，以最快的速度塞进求子者怀里，叮嘱一路要脚下生风一般地快快回家，不管路上发生什么事，见了什么人，都不得停下理睬和搭讪，否则的话，这一趟，定是白跑了。

这就是周公庙热腾腾的庙会，一代代传承下来，被岁月浸润后，带着土味、野味；带着粗犷、散漫。可正是这民俗，孕育了国风。而国风，又揉进百姓的衣钵与粗茶淡饭之中，千年不绝。

【关于臊子面】

臊子面是属于岐山的，也是属于周公庙的。这一点，无可厚非。

这里，有一个传说。西周时候，周文王和他的祖先在岐山定居。那时，还是部族，他们出外打猎，当行至渭河畔时，一条大蛟龙从水里腾空而起，张牙舞爪。这只蛟龙经常在空中兴妖作怪，残害庶民。传说蛟龙呈现时，在空中卷起阵阵狂风，遍地飞沙走石，吹得墙倒房塌，牛羊杳无踪影。有时掀起漫天乌云，大雨倾盆，河水泛滥，村舍淹没，百姓遭殃。周文王和他的部族早对这条吃人的大蛟龙恨之入骨。一日，又见它出来兴妖作怪，不禁怒起心头，命令手下人一齐万箭飞射，蛟龙两眼被射瞎，咽喉被斩断，挣扎了一会，从空中跌落下来。周文王走近一看，这条大蛟龙足有五丈多长，一千多斤重。大家高兴地围着蛟龙唱了起来："蛟龙作恶兮，伤害庶民，渭水泛滥兮，不得安宁。文王积德兮，为民除害；普天同庆兮，其乐无穷。"之后，周文王命部下把蛟龙抬了回去，剁成很小的肉块，做成臊子，放在几十口大锅里，调成汤。众人都将面条捞在碗里，周文王亲自掌勺舀汤，大家吃完面后，又将汤倒回锅里。这样，等于一万多人都尝到了蛟龙肉。奇怪的是，从那以后，周部落在岐山这块厚土上，风调雨顺，五谷丰登，百姓繁衍生息，安定度日。他们十分想念周文王的蛟龙肉汤面，随即用香喷喷的猪肉替代蛟龙，臊子面就此流传下来。

如今，这近3000多年历史的臊子面早已家喻户晓。无论乡村老人还是少妇，可以不会织布，不会做鞋，但断然没有不会做臊子面的。岐山臊子面五色独具，九要别陈。五色即：红辣子、白豆腐、黄花菜、黑木耳、绿蒜苗或韭菜；九大特点即：煎、稀、汪、薄、筋、光、酸、辣、香。它以其独特的加工原料，精湛的制作工艺和神奇的传统食俗，被誉为老百姓的“美食”。这丰富的饮食文化内涵，俨然成为西周饮食文化文明的一种载体，被世代传承发扬。

在周公庙，转累了，一定要去郭家村民俗村去看看的。几个人围一张圆桌，吃几碗一口香的臊子面，一碟手工擀面皮，一碗臊子锅盔，再来几盘清炒小菜。那酸辣中透着清淡，闲适中颇具风情的享受，足以消磨一个云淡风清的午后，或一个长长的落日黄昏。真的，你若安静坐在这里，绝对不会想烦冗的工作，杂沓的琐事，任谁都会一心一意，品着两碗细面、两碗宽面、两碗燕麦面，最后一碗呢，定然是绿菜面，红艳艳得馋人，绿生生得诱人。无论阳春白雪，还是下里巴人，都会吃到胃和肚子，至妥帖，至酣畅。

当然了，最是这里简朴淳厚的民风，弥散在厨房里一张张满脸微笑、潜心忙做的村妇身上，向你毫无芥蒂地敞开心意，不经意间，岁月忽已老。

离开周公庙，南风吹过，远处的村子里，一缕炊烟正从高高的烟囱里飘散。我在想，周公之梦，或许就在这风中，在这炊烟中，缭绕不尽。

凤县散章

【青山】

四月将春天的尾巴一直拽到这里。

风当然是春风了，轻柔熏暖的，像母亲的手，一遍遍抚摸着绵延的秦岭山脉。

在风中，在阳光下，巍巍秦岭，被染成一丛丛的新绿，从我的塞北，一直延伸到你的江南。

我从来不曾怀疑阳光和春风的魅力，它们将山的胡须、山的衣襟、山的脉络、山的脊梁勾勒成一幅翠色欲流的画卷，层层叠叠，令无数人泼了墨，或吟唱，或辞赋。

而我，只愿与你慢慢叙说，它的眉间青色，刚刚好。

【绿水】

一条江，它的名字叫嘉陵江。

我在这里看不到它的源头，但它在我面前呈现出来的碧绿清澈和迥异姿态却深深吸引住了我。

当我们的车子翻过秦岭梁时，嘉陵江顿时活泛和调皮起来。你瞧：一块块山石将江面分成大大小小的湖泊。宽阔处，水势平稳，树藤缠绕，有鲑鱼自由游弋；稍窄处，浪花轻溅，犹如薄纱，令人心旷神怡。

毋庸置疑，是这清秀俊美的嘉陵江水养育了凤县百姓。他们说，这水，冬天可用手鞠，夏天可用树叶舀，捧一口，沁人心脾，甘甜醇厚。

不信，你试试!

【凤县之夜】

凤县之夜是灯火璀璨，五彩斑斓的。

依然是嘉陵江的水，从秦岭深处千回百折、弯弯曲曲汇聚到这里，形成一段很是宽阔的水面。夕阳西下，落山的影子和火红的晚霞一起挂在天边，似一团火在燃烧。

暮色沉降，音乐喷泉开始了，那是一幅水韵江南七彩凤县的美丽画卷。画卷里，嘉陵江的水被高高抛起来，垂落成水火泉、水炮泉、直排流、追风逐月等动感十足的造型。至于那灯光，更是以无数精美绝伦的变换方式演绎着“开天辟地、生命永恒、天籁之声、七彩凤县和凤歌欢舞”的魔幻色彩。

置身其中，不迷醉才怪呢！

【唐柳】

站在这里，不得不说一棵千年古树，它的名字叫“紫柳”。据说是唐僧西天取经时，路过这里，遇到一柳树妖怪作孽，残害百姓，便将此柳树连根斩断，降服了妖怪。有一年，适逢大旱，这里寸草不生，百姓跪拜观音菩萨祈福降雨，热心肠的菩萨降雨后顺便折了根柳枝插于此，此柳竟然枝繁叶茂沿袭千年。

如今，千年过去了，我依然看到，它像一位菩萨，努力生长着，将繁盛的生命延续下来，成为温良醇厚的心愿，庇护着陈家湾的子子孙孙和一草一木。

我拽着一枝几乎坠地的柳枝，放在胸前，顿时，心境明澈，寂静。

【柳编】

柳，有柔韧劲道之身、绵密温和之性，何况，陈家湾的柳，写意过一个神话和灵动的故事。

于是，一条条柔软的柳枝在两位陈家湾农民师傅灵巧的手里翻挑和拨弄后，一只簸箕、一条箩筐、一个背篓、一顶筛子，一蹴而就，散着柳条独有的香气。

和文友们争相背着背篓、端着筛子、提着簸箕拍照，欢声笑语满溢在千年的柳树下。我们身旁，编柳的陈家湾人，只顾低头，很专注地编织着各自手里的物件，动作娴熟，满目祥和。

我一直在想，许是将陈家湾一年一年的五谷丰登，也一同编了进去吧？

【一些念想】

要走了，陈家湾人家的烟囱里开始冒起了炊烟，蓝蓝的，向着远山，幽幽而去。

据说，到了冬天，这里的乡民下地归来，坐在各自的屋檐下，生一盆柴火，熏几串腊肉，煮一罐猪蹄，酿一坛玉米酒，那些山里的晨曦和黄昏，就这般过去了。

这安逸闲得的人间烟火，未曾亲见，只能向往了。

第四辑：读书札记

一座烂城，浮世绘尽

——读蒋兴强的长篇小说《烂城》

春花灿烂的时节，喜闻老友蒋兴强先生的长篇小说《烂城》尘埃落定，心里很是振奋和欣慰。

我认识先生有四五个年头了，相互成为好友，主要源于先生的文字。长期从事报业和新闻记者的他，动辄一篇篇纪实或采访美文写得洋洋洒洒、酣畅淋漓，也练就他一手深厚老道的文字功底，这大抵是所有报人的共同特点吧。平日里，官文之外，先生多以散文为主。很喜欢他的《食说腊肉》和《父亲学石匠》，笔力深邃又浑厚大气，语言精练又朴素唯美，这两篇散文都曾获过奖和入选不同的散文集，令人印象颇深。

蒋兴强先生写小说仅是从最近几年来才开始的。处女作《瓜客》一出手便不同凡响，并荣登《青年作家》2010年第4期头版头条，这无疑给他的小说创作带来无穷的激情和动力。之后，先生又创作了几个中篇，其中比较有影响的《丢失的人》刊发在《滇池》2014年第3期，一月之后，又被列入《小说选刊》2014年第5期“佳作搜索”栏目。记得当时编辑是这样推介的：“七十八岁的江长水老人，有三个儿子一个女儿，甚至一个儿子还是亿万富翁。原本应该过着儿孙绕膝、无忧无虑的晚年，却因为寻找离家出走的孙女而与女儿顺丽一起，成了“丢失的人”。小说批判了金钱对人心的腐蚀和约束，令人异化，使亲情破碎，其含沙射影之力量足以警示当下。

要说的是，蒋兴强先生此次完成的长篇《烂城》，是先生耗时四载又一次奉献给读者的精神和文化大餐。在看到他笔墨谆谆落下的那一刻，我想，我和他的心情是同样的。曾经，多少个夜晚，陪着《烂城》一起欢笑，一起忧伤，一起感动，一起愤懑。这期间的个中滋味，大抵只有南来的风、北去的雨，或者那一窗的弯弯清月，深深懂得吧。

先生碰触小说并不太久长，但其深厚的生活底蕴，辛辣老到的语言，加之对文字精雕细琢的严谨和从容，犹如清风朗月，都给我留下极其深刻的印象。我的文风很大程度上得益于千里之外的先生不辞劳苦的点拨和指正，感谢之语不在这里一一赘述了。

文学即心学。这句话，在先生小说里得到非常清晰的印证。读先生小说，无论是脍炙人口好评如潮的中篇《瓜客》，还是令人百感交集唏嘘长叹的《钱殇》，无不彰显出先生倾尽满腔的笔墨和情感、为草根百姓发出的呼唤和歌唱，他一次次关注民情、民生，关注草根百姓的冷暖与福禄，这种担当肩负和写作姿态，在当下千姿百态的文字百花园里，显得多么弥足珍贵。

和前几个中篇不同的是，《烂城》走出了一条更为丰富、更为坚实、更为深远的创作之路。这篇42万字的长篇力作，依托先生所在的都市正在进行的城市建设大潮，依托他熟稔的新闻媒体，揭露了都市地产、媒体、政府盘根错节的利害关系。这种关系，在整篇小说里构成了一张大网。那张网里，有政府官员之间相互勾结，趋炎附势的媚态；有地产老板无视国法，恶意开发，任意践踏百姓人权和尊严的丑恶嘴脸；有草根百姓遭受家园掠夺，生活窘迫，流离颠簸而无处申诉的悲哀；有一界文人一支笔艰难地行进在道义和良心的夹缝里所承受的奋斗、矛盾和痛苦以及他们饱满深沉的感情世界；不能忽略的是，小说里，先生不惜笔墨，也为我们勾勒出现代都市里形形色色的女性群像，他们以各自的方式存在着、挣扎着、迷失着、善良着、温情着、堕落着，从而折射出被繁华和喧嚣掩盖下，女性内心的精神世界里满布的千疮百孔。这些情节，如一张真实的年景画片，或吟歌燕舞风清月白，或粗粝狞狰污浊不堪。无论哪一张，都给读者带来莫大的温情、莫大的讽刺、莫大的苦难以及莫大的良心呼唤。通读下来，人的思绪，随着小说情节的跌宕起伏，时而感动，时而纠结，以至于每个章节读罢，先生笔下那些人物的悲喜愁乐，总在眼前挥之不去。

其实，我是个读书不很用心的人，而《烂城》却一直在读。甚至，内心深处有一种莫名的牵绊和依赖，总想探究小说的情节走向和人物命运。欣喜的是，先生视我为知交，每一章节新鲜出炉，我总是第一个读者。记得先生《烂城》落笔的那一夜，我的小城云野四垂，枯寂满天。冬天的风儿从窗户的缝隙里灌进来，也灌进我的衣袖。我坐在小屋的角落里，表情僵硬，思绪呆板。整个人都在恍惚之中，意识模糊，而思绪似乎还停留在舒洁死去的忧伤和叹息里，无法走出来。这个女子，应该算是整篇小说里最正气、最智慧、最能干、充满灵性、充满温情的角色，也是我深深喜欢的女子。而她在先生的笔下，化为一座沉睡的孤坟，小说的男主人公——京都晚报记者默言，在逶迤的山路上，一个孑然的身影，向着山垭缓缓而去……那一刻，我怎么也接受不了这个事实，和先生争得面红耳赤。争到最后，先生沉默不语了，只让我自己好好回味。待春天里，当我读过陕西向岛老师《抛锚》之后，恍然大悟:或许，最动人的美，在于残缺，在于空渺。这样用极其盛大而荒芜方式来安放一个大起大落、大喜大悲的思想和灵魂，亦是小说艺术存在的独特魅力。

蒋兴强先生是个多面手。这一点，曾在《瓜客》里早已知晓，那浓郁热烈的异域民俗，淳厚温良的民风性情，鲜活得像如同我自己身上也披了一层彩云之南的云裳。而《烂城》里，他在描写官场百态和杂沓市井里一个个人物的出场离场的过程中，将音律、诗歌、美学、饮食、丧葬，古玩、建筑等多种文化符号，像一枚枚精致的纽扣一样用心穿起来，一针一线缝制在刚直不阿的主人公——新闻记者默言大半生的工作和生活空间里，我在细读的时候，这一枚枚小小的纽扣，不经意间，闪烁出动人的光亮，给人以视觉上、精神上美的享受。

我一直认为，一个作家，书写当下和眼下的生活，并不都是顺畅的。现实之中，一些顾虑，一些障碍，甚至家人的人身安全等因素，都在不同程度影响着、制约着作家纵情构思、奋发书写的姿态。而蒋兴强先生没有缩手缩脚，他的视觉、笔墨，直抵当下社会存在的顽疾深处那条大动脉的血管，赤裸裸地划开一道火辣辣的口子，任凭血管里冒出汩汩的热浪，将他整个人淹没。在《烂城》里，生意场、官场、情场上，处处陷阱，步步惊心。人的贪婪欲望之充盈，灵魂裂变之可怕，人性丧失之可恶，在他笔下十分开阔，而表达上又能游刃有余、收放自如，无疑给小说增强了阅读的诱惑感、兴奋感，这是十分可贵的。

近来，从蒋兴强先生那里得知，《烂城》即将出版，心里又一次为他惊喜。可不是？好的、正直的作品，最终会得到人们的青睐和认可的。且我深知，先生写《烂城》的时候，是一步一个脚印，每一章节，都是他用心用力、扎扎实实完成的。在《烂城》里，我读不到那些聪明耍滑的作家惯用的回避和跳跃。毋庸置疑，先生在使出全身的气力，迎难而上，这是需要相当大的定力和智慧的，我不能不佩服先生勇气和胆魄。

不止一次听过一些作家嘴里经常念叨，现实是骨感的。这种骨感，需要用文学的任何一种体裁来彰显和放大。蒋兴强先生恰就充分利用小说尽情编造故事，尽情拿捏人物百相的独特方式，来为我们精心铺排了一个城市的精神和道德沦陷。面对沦陷，他没有隔靴搔痒，有的是切肤之痛，有的是沉重的思考。记得我曾在他的《钱殇》里说过，一篇好的小说，应该是作者蘸满真诚，倾尽笔墨来眷注这个世界，去触摸生命的可贵、呵护心灵的感动、倾听灵魂的召唤。这一点，蒋兴强先生的《烂城》依然做到了，又是一喜！

写下这篇文的时候，春天早已过去，我的小城暑热当空照，心亦随着日渐袭来的喧嚣难以宁静。再读《烂城》，恍惚中看到，那个已过五十知天命的记者，叫默言。他的梦，破灭后遗失在身后高楼林立的京都市，而属于《烂城》和蒋兴强先生的梦，才刚刚开始。

散落的幽香

——读卢文娟散文集《一帘幽香》

在雨天，适合读书。比如初夏以来，窗外断续有细碎的雨，时不时地落下来，我捧着一部来自故土的手稿，如同面对一个人、一段时光。

在读文娟的散文集——《一帘幽香》。那清新隽永的小字里，带着一撮青草淡淡的香气，一朵莲花优雅的贵气，将我整个人淹没了。游走在她的字里行间，我捕捉到了一个女子，对于乡村和童年、青春和红尘、生命和岁月，诉说不尽的留恋和深情。

和文娟一样，我也生在那片熟悉的土地上，那里的窑洞、土炕、古槐、水井、沟壑、麦田，熟悉得如同我身上一件遮风挡雨的衣物，无论走到哪里似乎都带着自己的体温。在我的记忆里，外婆和村里的女人们弓着腰在自家院子里，摇着辘轳，也摇着一段段流年和岁月，铁桶拽着井绳一路向地下深进，水窖口的上方弥漫着一团白生生的水汽，带着一丝清凉或一抹温暖；外爷赶着牛，上一道塬，下一架坡，那牛儿哞哞叫，外爷嘴里叼着一根烟杆，裤脚塞进布鞋里，一日一日牵着牛儿犁地，拽着牛儿饮水，看着牛儿吃草，听牛儿的蹄子嗒嗒响彻，是外爷脸上永远的微笑……

在开篇的“亲情感怀”里，我看到了小米、桃园、布鞋、草帽、母亲的衬衫、父亲的收音机，还有长及胯下的书包，这些带着那片天空下特有的物件，串起早些贫瘠的岁月里一些熟稔而难忘的回忆，足已温暖和慰藉一颗游离得太久的眸子。你听，她在用心告诉我，纵然时光如水，灯影里那熟悉的身影，夕阳下那渴望归家的眼神，风雨里那执着的坚贞，都无法令人忘却。尤其是那句 “孩子，别走太远，再远也要记得回家的路”，瞬间让我泪流满面。

我的童年也在乡下度过，虽然不曾富有，甚至有些粗粝，却照旧让一段简陋的时光滋生出一份无忧无虑的童稚和快乐。从开蒙之初，我和大地云朵、树木花草、鸡鸭蛐蛐、石子铁环以及沙包等相依相守。如今，我从那片生我养我的土地上走出来了，我在喧嚣繁华的城市，洒下一粒种子，生根发芽、喘息生存。可我自知，我的骨血里注定有尘土、沙砾和种子，此一生，我注定和大地有着不可割舍的情感。无论我走了多远，只有那里，可以安放我疲惫的身体和灵魂，有一道深深的刺青划过我的肌肤，让我记得自己生命的根，记得黄土下故去的亲人，记得渐渐老去的村庄。

非常幸福而幸运的是，这种感觉，我在文娟的“童年记事”找到了。瓜田里看瓜的趣事、桃园里仰望星空的幻想、河滩上踏过的深浅脚印、地里采摘辣椒的繁忙，还有那滔滔流逝的渭河水、拉着架子车赶船的农人、打谷场上用拖拉机碾麦子的场景，一幕幕，熟稔而亲切。

读到这里，我不禁问自己，不知是曾经的梦幻唤醒了童年的纯真，还是往日的故事唤醒了儿时的记忆，我早已不能分辨清楚，我只看到那一双怀旧的眸子，在锈迹斑斑的渡船边怅然、捕捉飘满槐花香的林场、乱草中狂奔的野兔，以及躲雨的小木屋里美好的憧憬，怎能相忘？

青春是什么？是那一低头的温柔，似一朵水莲花不胜凉风的娇羞？是那在氤氲的水汽里轻歌曼舞，在旖旎的风光里漫步徜徉？我在努力张望曾经拥有过的欢颜和忧郁、朦胧和羞怯。原来，那挥不去、剪不断的，说不清、道不明的年少风华和轻狂，亦似鲜花和嫩草一般，弥散在一个少女的青葱岁月，欲说还休！

这一章的“青春咏歌”唱得风水生起，活色生香。你瞧，她着一身华美的旗袍，静坐在明净的湖畔，抿一口清茶，看天边余晖，等待心爱的人前来，共演绎一场风花雪月的故事；看她采摘一朵白云化作一袭裙裳，让美丽和风情随着裙裳一起飞扬飘逸；也看她的长发飘飘，摇曳出“云鬓轻摇碎金步，芙蓉花开颜色好。若是家在溪水处，云深松高旷野低”的浪漫；又看那花似佳人，掩着女人温婉如玉的质地和素养来，从而文字调制出感恩岁月、感恩生活的豁然。

她在做一株莲花，守着清淡，禅一般的寂静。她在一个小镇里，和友人一起，咖啡煮时光，时光慢下来了，两颗恬淡的心在静谧的空气里酝酿着人生的美好和希望，皎洁的月光不知何时悄然跃入咖啡杯里，月光在咖啡里冒着热气，被咖啡连同皎白和柔美一起煮融了……多么美的意境！

接下来的《书香人生》里，我更感受了一个精致女子，与书为伴，枕书而眠，你听，静夜里，她“掀开一本书的扉页，一股淡淡的墨香扑面而来，尘嚣顷刻间离我远去。走进书的世界，只觉得岁月简静，身边的万物都消退了影踪，只有一颗心和一本书在静静对话。我是多么希望能这样一直读下去，读到地老天荒，沧海桑田”；你再听，“半亩方塘一鉴开，天光云影共徘徊。开一卷书，只觉云影共鉴，空山鸟语，水流花开，日子安谧。在唐诗宋词里行走，在前尘往事中徘徊，在古今文人心灵里漫步。” 这是她的“青春咏歌”，或许也曾经是我的。

我本一俗人，自然逃不脱五谷和红尘，甚至，我会将自己淹没其中，跋山涉水般去丈量每一寸的心绪和心意。掩在文娟的“红尘遐思”里，她用心告诉我，生活是需要体悟的，若是没有用心过每一天，那必是一件枯燥的事情。在懂得感悟的心灵里，一片云、一朵花、一滴水、一片雪……千山万水、红尘万物，丝丝缕缕都会在心中泛起涟漪。是春天里船儿载着少女的梦，是夏风里白云飘过的一抹洁白，纵使万年之后化作一粒微尘，她笑着告诉世人，我爱过红尘，爱得坚决，爱得深沉。正是这样一颗明净朴素的心，她会恋上一片光阴，守望一颗露珠，在红尘深处开辟一处净土，心似莲花开，那盏“轻挑一根捻子，那如豆的萤火微弱中闪烁着坚韧，给方寸之间带来些许光明”的煤油灯，身上落满了厚厚的一层尘土，却绽放出生命的温暖精彩，让人读来一遍遍回味。

想说，文娟这一纸“人生浅唱”是真诚的、隽永的，如一条淙淙流淌的小溪，浸润着我疲惫烦冗的肢体，我细细触摸爱心棉衣里裹着的浓情、品味面包时代满溢的仁和、人生冷暖里的折射出的慈悲，浐河边，一个女子浅吟低唱，挡住了车水马龙，挡住了喧哗鼎沸，只留下悠悠岁月淡淡心，一颗凡心走红尘。这种感悟，又是何其难得！

“读万卷书，不如行万里路。”何尝不是呢？一直以来，我们都在用不知疲倦的脚步，丈量白水黑山，触摸绿树红花，蓦然转身回眸，那深深浅浅的脚印里，流淌着我们对大地的深深恋情。文娟亦如此。

这一组“四季行吟”，欢快妙曼，惬意舒畅，沁满自然的灵动、清新。尤喜《夏之韵》，文娟巧手勾勒出一幅清新精美的自然水墨画，呈现出人间的美好与靓丽。其中打谷场的丰收，有着繁忙而殷实的喜悦；而那夏夜，如“含羞的新娘来得较晚，拂去轻纱，抹去白日喧嚣，一声夜鸟的惊叫，推门而出，月儿似弓镶嵌在夜空里，有些美，也有些凉，冷清的柔光散落在硕大的天幕间”；若再细细聆听，还有丝丝的雨声，带着青草的浅香，百花的清幽，混着浓郁的泥土香。零落之时，刷洗着凡尘里红花绿树的尘埃，拍打着小巷大街里久存的微尘。之后，便给你一个明丽爽朗的世界。让你饱览山的眉目清秀，享受叶的青翠欲滴，感受阳光精灵般悸动的跳跃……

读到这里，心儿早已随着她的笔墨，赶赴至那个翠绿盎然的夏，人声、鸟声、雨声、溪流声，声声入耳，也入心。

最后的“岁月感叹”，更多是她行走岁月的一些体验、感悟和释怀。作为年长她十几岁的我来说，一扇窗、一片叶、一个梦，都是身为女子的我们，在太多的疲惫和烦冗过后倾诉的对象，她山一程水一程地走着，且行且歌，让生命、让人生、让岁月灿烂如花。

这个五月，夏意渐浓。对着青白的荧屏，我的案头，黑色的鼠标不停翻动，手指不停敲打，直到她的手稿和我的小字，一起跌落在眼前，似小满过后的谷物，颗粒饱满，而心意阑珊。

吾心安处是故乡

——读刘省平的散文集《梦回乡关》

是在天寒地冻中接到刘省平《梦回乡关》的书稿的。在这样的季节里，似乎人的思维和意识很容易变得僵硬而晦涩，人自然而然会在不知不觉中觅一处小小的角落，那角落里有一道道阳光直晒进人的骨头缝隙和灵魂深处，那种熏暖足可抵御愈来愈重的清寒和萧瑟。

这种感觉，我在刘省平的散文集《梦回乡关》里找到了。这些文字，是一块接一块泥土堆砌而成，也是一片连一片草儿编织而成，更是一粒又一粒雪花凝结而成。目光行走其间，我仿若觅到一份久违而熟稔的气息，看到了一幅故乡独有的画卷。那浓淡相宜的水墨馨香里，有父亲一锨一锄的勤劳、母亲一粥一饭的操持、妻女一朝一夕的惦念，这一个个曾经为我们遮风挡雨和丰衣足食背影哦，在回望乡关的路上让多少和刘省平一样的游子愁肠百结。至于他笔下那些活泛而又灵动的袅袅炊烟、鸡鸣狗吠，旷野雀鸣，正纷纷扬扬地喧腾着、热闹着，似一首首动听的歌谣在抚慰着长年累月在外打拼的游子日益疲倦的心。

散文是人类几年传承下来的心灵之书。小散文，大世界，一点也不假！人生悲喜，世态炎凉，以及人性的坚强与脆弱、温暖与感动、痛苦与困顿，甚至自言自语，都在其中烁然生辉。对于离开故乡的人而言，那份镂刻在心上的乡愁总是让人酸楚而甜蜜。北野在《回乡之路》里怅然而道："我没有童年也没有故乡，好像一股风把我刮到这个世界上来的。回乡的道路多么令人神往，亲人们的爱足以抵消满世界的悲凉。"我相信所有人读到这句话的时候，都会和我一样泪湿衣襟，就像我们一次次成群结队般地走在回乡的路上，又一次次蒲公英似的散落天涯，这归去来兮中黯淡了多少乡音、发酵了多少乡愁？又有多少人、多少事、多少情，在每一个明月初升的夜晚，让我们枕梦而眠。于是，我再一次安静地把自己掩在这一纸情深的《梦回乡关》中，碾墨铺笺，缓缓与你聆听那从《梦回乡关》里满溢出来的谆谆乡音。

全书分八卷：故园守望、人间冷暖、乡土抒情、红尘漫笔、大地行吟、青春恋歌、秦川人物、艺苑墨香等。刘省平的《梦回乡关》扎根于泥土和草香之中，着墨于乡野和阡陌之上。关中西府苍凉的黄土、醇厚的民俗、淳朴的民风……都在他善良和温婉的笔调里一一呈现，仿若为我们打开一扇心灵的窗户。透过这扇窗，我们和他一起陶然在西府年俗的风趣里，徘徊在生生不息的渭水边，叹息在破败不堪的宅院中；那些让我们难以释怀和忘却的温暖的柴火、美丽的窗花、热腾的火炕、甜香的红薯、劲道的臊子面，绵软的搅团……这些和西府有着千丝万缕的风景和物什，在他简约而质朴的描摹中透出一股子清新悠扬韵味来。与时下那些附庸风雅或媚俗张扬的文字相比，刘省平的散文可谓吹面而来的杨柳风，拂了人满眼满心的温暖。

第一卷“故园守望”，一开始就给人很多耳目一新的感觉。尤其是《故乡的渭河》，作者以虔诚谦逊的姿态伫立在渭水边，字里行间满溢出世代生息在渭水边上的关中儿女对这条母亲河最大支流的一种敬畏和仰望。春天里渭水浇灌了干枯的麦田，苏醒了满树的槐花，他母亲的槐花饭里洒下了多少动人的微笑。夏天里，渭河成为贫瘠年月里伙伴的天堂，他们在河里戏耍打闹捉青蛙，乐此不疲，这些简单的快乐自然是如今的孩子们所能不能体会的。秋天是渭河泛滥的时候，它像一只猛兽，吞噬过多少无辜的乡邻的生命，留下了多少悲怆和辛酸？冬天的渭河，沙尘滚滚，寒风怒吼，白雪茫茫，待它安静下来时，又埋着多少农人对火红日子的期盼？还有《柿子红了》《我的小学》《梦回乡关》《老屋》《远去的时光》等，或倾诉或白描或平铺或抒情，一路读来，一路感人。

父母之爱、儿女之情，永远是人们内心深处最柔软最温暖的东西，自然它也在刘省平的“人间冷暖”里。这是一组集中展现亲情的文字，共 12篇，其中有他对父辈的敬畏和爱戴、对平辈的关怀和怜惜、对妻儿的眷顾和深爱，即使素不相识的民工，他都给予了一番深切的同情之心。《我的伯父》一文，很有代表性。除了一份对伯父的缅怀和思念之外，更重要的是它体现了从旧中国到新中国，大字不识几个的西北农村汉子在大苦大难、大悲大苦，大风大雨面前那种倔强、坚强、隐忍、豁达的性格，他们的心里永远充满了对生活、对生命的热爱，对家人、亲友的责任，这种立意上的宽泛和厚重是一般写人散文所不能比的，也是最难能可贵的。

看到《父母进城来看我》后，我心里涌起一股难以言说的酸楚和无奈。这是我迄今为止看到的此类题材中最与众不同的一种写法了，以至于读完了，我的胸口堵得快要窒息似的。一个在外打工的青年，父母进城来看他，吃的是普通的油泼扯面、西红柿鸡蛋面，父亲还要抢着付钱，三个人挤在一张大床上；还有，父亲站在大雁塔门口舍不得花10元钱门票，还饶有兴致地说，能站在外面看一看就知足了！这一幕幕场景，对于众多进城打工的农家子弟来说何其熟悉。对于此类题材，很多作者可能出于一种虚荣心，总是有意无意地掩饰、回避着原本存在的事实。可刘省平没有这样做，他用一种很是平和的调子，向读者娓娓道出了一份来自父母和儿子心间割不断的人间真情，让人心里暖了又暖、酸了又酸。

接了地气的文字，会让人隔着油墨都能闻到一种浓浓的人间烟火，那些摊开在纸上的素年锦时也会变得活色生香起来。卷三“乡土抒怀”里，一篇篇饱含着西府人浓厚而热烈的民风习俗和文化情韵奔涌而出。不管是《西府醋香》《陕西的辣子》《秦人·秦面》《西府年俗》，还是《美丽的窗花》《苞谷糁》《火炕情结》《想念搅团》，无不渗透出刘省平对故乡的无限深情和眷恋。面条、辣子、香醋、柴火、火炕、红薯、年俗……这些让人欲罢不能的乡土味道，让人沉醉不已！若是行走在西府的黄土大道中，安身在村落的土墙泥瓦下，即使素面朝天，也能把贫瘠简单的日子过得丰盈而安宁。那些乡土独有的清芬与甘醇、泼辣与豪爽，质朴与憨厚，就这样丝丝缕缕地浸在那些油泼辣子和醋香里，日子忽而如面条一样劲道而悠长。“八百里秦川尘土飞扬，三千万人民齐吼秦腔”，粗茶淡饭如何，素面朝天又如何？这些打上秦人农家独有的烙印，是秦人的魂，更是秦人的脉！

任何时候，爱情都是最美好的，哪怕它只是最初的那一枚青果。对于从青春岁月过来的人来说，“青春恋歌”抑或是羞怯的，青涩的，却总让人难以忘怀。所幸的是，我在过了不惑之年后，还能在刘省平的文章中回味出当年葱茏岁月里如出一辙的年少懵懂的爱恋。相比之下，我更喜欢看《青春暗恋》，故事很简单，暗恋也很唯美，让人回味无穷。那些小小的情思仿若是雪地上雀跃的鸟儿，扑腾腾地蹿进人的心房。那个叫于烈红的小女子“身穿粉红色连衣裙的女生，一张白净的瓜子脸上戴着一副金丝眼镜，两条细小的麻花辫搭在胸前，瘦削的肩膀上斜挎着一个红色的皮书包，声音脆生生的好听”，还有那个小男生“为了不让她受晒太阳的罪，我便主动要求去操场考试。她帮我往外面抬桌子，我忽然觉得好久没看到她笑了，就灵机一动计上心来。刚下教室门口的房台时，我故意装作不小心一脚踩空，接下来一切如我所设计：手一撒开，桌子就翻到在地面上，四腿朝天，我也是四肢朝天。看到这副滑稽样子，她哈哈大笑起来，嘴巴上翘，露出了一对洁白可爱的小虎牙”，呵呵，多么传神入微的描写！我不禁莞尔一笑。

人在红尘，左岸江湖，右岸琴声。江湖里的喧嚣和浮华，琴声里的杂沓和纷繁都是世间一景。只是，我们不是孤行者，需要在并肩而行的路人中，擦亮眼睛，卸掉疲惫，丢弃烦冗，让浮躁褪远。刘省平的“红尘漫笔”似乎更偏向于对人生和生活的思考和感悟。《天窗》里藏着一个人孤独的内心世界；《以树为鉴》，对树自省，别有意味；《溪流的启迪》，是溪流在苍茫的大山间碰撞，最终跌宕出的一番叮咚之声；而在《三十岁说》里，我听到一个而立之年的男人谆谆心声。《我与香烟》《关于喝酒》《俗人说茶》等文章藏着一个小男人的成长经历。酒杯里既洒满了文人墨客的辞赋风雅，也装满了朗朗乾坤的市井百态；至于茶香里则沁满浓淡甘苦，让人久久回味。

“大地行吟”是刘省平对陕西历史名胜和地域文化的一段缩影。俗话说得好，江南的绿水养财主，陕西的黄土埋皇帝。作为一个作家，有义务，也有责任把这块厚重沧桑的土地上曾经不可磨灭的历史印记传承下来，刘省平做到了。石破天惊的法门寺再一次以其气势恢宏、佛法无边的姿态让世人瞩目。寒窑灰尘斑驳、瓦檐凋敝，王宝钏深夜坐在冰冷的土炕上守望自己赴京赶考的薛平贵，这一守就是十八年，多少时光早已成蹉跎。陕北是因了《南泥湾》《东方红》《到吴起镇》《山丹丹开花红艳艳》等红色经典歌曲而名扬四海。可喜的是，刘老师的家国情怀中没有忘记这一块“星星之火，可以燎原”的红色土地。我在他笔下，既看到了延河、窑洞、油馍、小米饭、白羊肚手巾，还看到了油汪汪的羊肉面、香喷喷的洋芋擦擦、白生生的荞面碗托、红彤彤的黄河滩狗头枣……这些物象，伴着他朴素的文字，渐次鲜活起来……

在这个天寒地冻的夜晚，这些带着泥土气息和大地呼唤的文字，被我一页页地翻阅着，我的思绪也随着他的文字一章一节地游走不停歇。记得我一位朋友说过：接了地气的文字，任谁都喜欢。是的，有了地气就有了生活，也才有了我们的过去和未来。省平的《梦回乡关》何尝不如此呢？

消失的光年

——再读张爱玲

又一次一口气读完了张爱玲的很多文字，这是我前一阵子从三折卖场淘来的。虽然封面设计有一点俗气，纸张摸起来有一点粗糙，排版感觉还有那么一点缺乏美意，但起码字还算清晰，自我觉得，基本属于物有所值吧。

原本是比较喜欢读书的，可是随着不惑年龄的不请自来，各种烦冗和琐碎将人的生活填得满满的，读书竟然靠心情。心情好的时候，能平静和沉寂下来，一头扎进文字里，看善行者描摹出的白水黑山风景旖旎，熏文辞者泼墨而出的人间烟火细碎动人。而最终，我自己也成了他们的追随者，追随他们去天涯漂泊、去触摸尘世、去感悟浓情……当然了，也有心情不好的时候，胡乱翻，翻网页、翻书页、翻花花世界的琳琅满目，翻到内心的躁动和抑郁渐渐散开，仅此而已。比如此时，读张爱玲的字，无关心情，也无什么刻意，只是忙碌了一天，身心皆疲惫，我在小屋一角安静坐下来，想歇歇脚而已。无意间，瞅了书架一眼。这一眼，我看到了《张爱玲文集》《十八春》《红玫瑰与白玫瑰》《倾城之恋》等，一下子，我的精神为之一振，这些掩在书香里动人的故事和情愫，又在眼前风生水起。

是哦！旧的书，旧的人，似乎距离我已经很远很远了，远得我听不到那些女子们的脚步声，但却可以睁着两只眼，触摸到她们的呼吸和心跳。我甚至可以感受到，这个攀爬在文字塔顶的女作家，她的指尖跳跃下，旧上海繁衍而出的那些旧故事，被她用文字裁剪成一段段流年，然后一截一截装进一个个瓦罐里，这瓦罐是土做的，即便是埋进了土里，也会了无声息的。

至少，我是这样认为的。这种想法，曾经很固执地左右了我很长时间，让我痴迷于她的文字世界里。曾经，我读她的文字，或温情款款，或心意沉沉，可无论怎样读，总觉得一股子苍凉和忧伤会席卷而来。我甚至觉得，这些外表柔情和温暖的文字背后，一颗沧桑的心再也捂不热了，这种感觉，在《十八春》里尤为清晰，犹如那朵云轩信笺上的一滴泪，经过岁月风尘的洗涤之后，被熏染成一轮黄昏的月，在苍穹间孤独地挂着，寒寂着，而我始终有一丝丝的叹息，不忍更深地去碰触她的内心世界。

这是初秋的夜晚，小屋南北通透，通风尚好，只要推窗，一层薄薄的凉意，从纱窗的每一个小洞里都能渗进来。我的身边，是一盏陪了我多年的旧台灯。灯罩上，一朵朵盛开的梅花，在橘黄的光晕下透出一片淡淡的精致和雅意出来。那灯光，也是柔柔暖暖的，衬着书桌上的《倾城之恋》，白流苏的命运便在这个略带冷清的意境中沉浮起来。这就是张爱玲，一个活在我心底最少二十多年的优雅女作家！我轻轻地叹了口气，走至窗边，居所斜对面的恒源国际酒店，宝石蓝的玻璃窗四周，一圈华丽的霓虹灯密密匝匝亮着，恍惚间，时间的流水从身边滑过……

屈指算起来，读她的字不是一天两天了，很多感觉和友人有雷同之处。有一回，夜晚和朋友聊张爱玲，隔着屏幕，她敲出这样一行字：她的字很像一匹匹华丽的锦缎，泛着花团锦簇的热闹，触手，却是彻骨的冰凉。一瞬间，我怔在那里，半天回不过神来。何尝不是这样呢？那些年，无论秋雨绵绵的黄昏，还是冬雪飘飞的夜晚，在身心闲下来的时候，手里握着的，总是她的书，读得多了，会在心中一遍遍不停地问自己：怎么可以如此突兀地靠近这个女人，闯进她美丽而苍凉的世界，又何以安然？

她曾有一个华丽的背景，只是她来到这个世界时，那个雕梁画栋，宝马香车的家庭已经凋败不堪，留给她的只是抓不牢靠不住的记忆。她将所有的爱倾囊而出，给了那个“愿使现世安稳，岁月静好”的胡兰成，而战火纷飞的国难当头，她的爱情天堂就只给了她一个美丽而凄楚的告别手势，此后，我们再也找不到她指尖下跳跃而出的脉脉温情了。在那个独自飘零的异国他乡，唯一和她相敬如宾的赖雅走了，留给她的是赖雅从旧上海带到美国的那部留声机，陪了她三十年的春花秋月，可是时光太匆匆。就在我们家喻户晓念着那个女人名字的时候，她已经是大洋彼岸的迟暮美人了，周围满世界的热闹和繁华，都没有使她欣欣然起来。最终，她选择了在留声机里满满溢出的《何时故人归》中，沉沉睡去……

那一年的九月天，应该是万家团圆的中秋时分，张爱玲不在了，很多人长跪泣之。26岁怀有身孕的我，蜗居在30平方米的小屋里，一边吃着月饼，一边看电视里漫天铺开的怀念和祭拜，我不敢过多地去忧伤！我似乎看见，在那狭小的、只能望见窗外风景的居所里，“一位瘦小、穿着赭红色旗袍的中国老太太，十分安详地躺在空旷大厅里精美的地毯上”，她，走得亦是精致的。

随后的几天里，我找来了她在陨世之前的最后绝唱《小团圆》。在《小团圆》里，我看到的是一个没落贵族几近畸形的家庭关系：父亲凶悍，母亲吝啬，父母各自追求自己的生活不理会姐弟俩，母亲、姑姑与另一个男子奇怪的三角关系，家庭堂表之间常态的乱伦。在这种冷酷阴影笼罩下的女主角九莉，是一个胆大的、非传统的女人，人与人之间剑拔弩张的紧绷感始终深深影响着她的思想，她孤傲不羁，明知那个邵之雍是有妇之夫，被世人唾弃的汉奸，仍“飞蛾扑火”，以纯粹的没有条件的爱情倾心于他，甚至不惜与主流政治背道而驰，终遭欺骗、背弃的惨痛。毋庸置疑，九莉就是张爱玲，邵之雍就是胡兰成。张爱玲用一贯率真的风格写出了这段真实的孽缘。

不过，和她众多的作品比起来，我自己觉得《小团圆》语言有些急促，情节有些杂乱，调子有些晦涩，缺少我一直以来读她作品时产生的那种惊骇交加、奇葩独现的细腻感，唯一清晰的是，那一如既往的冷静的洞察力和那睿智冰冷的文风仍存。后来看到，她用这样一句话对这部作品做了注脚：这是一个爱情故事，我想表达出爱情的万转千回，完全幻灭了之后也还有点什么东西在。想想也是，高处不胜寒的张爱玲在写这书时，大约是想终老之前把这一生交代清楚，但又缺乏足够交代的耐心和精力。就像一个困极了的人，急着上床睡觉，把衣服匆匆褪在床边胡乱堆成一团。大抵是这样的吧？

如今，隔着一个世纪的回望,我似乎依然能感受到那深寂的弄堂、尘封的阁楼、雕花的门窗、零落的花瓣、泛黄的照片、烟染的空气以及留声机里一阵又一阵浓郁的没落情调……那些炫目的文字，在我面前訇然打开了一个世界，那个世界有绮艳的乔琪纱、有黯然的沉香屑，也有一个城市的陷落，只为了成全一个个白流苏……

记下上面这些字的时候，我沉默了。沉默地整理一下自己的衣袖，荡荡空气中，那些文字的芳香渐渐远了。那一树树花、一片片雨、一窗窗情、一帘帘风，也似尘烟一般远去了。不觉叹息：人的心情亦如这天空，时而蔚蓝，时而灰白，时而风云突变，时而又雷声传来，乃至于温暖和薄凉、沧海和桑田，在身体和灵魂之间辗转反复，不知有多少温良之心可以经得起这反反复复无法预测的考验？

合上书页，我在极力地回避自己，不要去想岁月的印痕如何一刀一刀地刻在她心底，我倒愿意回味，她留在世间的每一张风情款款的照片，一抹浅浅的微笑，始终隐隐挂在她唇角。那些微笑，是否可以解释所有的风尘了了，已经不重要了。重要的是，我在她的字里行间，捕捉到了一场文字的盛典，仿若岁月只是瘦了，瘦到这墨迹馨香的背后，一段又一段褪了色的流年，在不是心血来潮的时候，被她唤醒，亦让后世无限怀想。

寂静的乡村声声喧响

——读韩少功的《山南水北》

为了这本《山南水北》，我已经两天没有下楼了。

他写这本书的时候，是把自己扑进了一副画框里。而这画框里的田园风貌、鸡毛蒜皮、人情世故等，于我又是何其熟悉和亲近，可我却在一而再，再而三地忽略着。

摊开在我书桌前的《山南水北》，我一点都不怀疑韩少功老师写此文集的真诚与倾心。作为一个离开土地三十多年的老知青，他想看看三十年前插队的农村如今是什么模样。有人说，他更多是想借此来校正一下自己的写作方向，故而重返乡村，亲近泥土。究竟是何初心，我不想做过多纠缠，但绝对相信那是一个作家的返璞归真。

不得不说，他有一双时刻苏醒的耳朵、一对时刻明亮的眼睛。

他听到了乡村白天和黑夜各种天籁的纤细、灵动；看到了乡村怀抱里丰富和杂沓的景象与风情。他弯下腰，低下头，写阳光、月亮、枫树、百草、蔬菜，还写鸡、狗、猫、鸟等。这些农家院子里的家禽牲畜，更是惹人喜爱。比如怜香惜玉的美公鸡、羸弱寂寞的小红点、孤独遗失的小飞飞、雍容矜持的诗猫咪咪，让我笑到捧腹，暖到心窝，惊奇到瞠目结舌；同时，字里行间又藏有一份淡淡的失落和怅然。尤其是《忆飞飞》，夜深人静的时候，飞飞最终死在高树上的草窝里，他听到树梢上一只鸟不停地发出凄切的叫声，像是母亲寻找儿女的呼唤。这些发自内心的表白，都在告诉我们，人与动物之间灵犀一点的相亲相惜以及对任何一份生命的敬畏和尊重。这声声呼唤，构成了凉透心底的忧伤和绝望，同时，也构成了真正的山乡之夜。

我一直认为，作家笔下、视线里，应带有很深的眷顾之情去描摹世间万物以及苍生百态。一个成功的作家，其乡村精神、乡村情结，更是构成其写作的一种力量和源泉。在韩少功老师的《山南水北》中，是一个个淳朴善良的乡亲、一个个生动的故事或传奇，是鸟声、蝉鸣、蛙唱、蚊音……全然是一派自然祥和的景象，如涓涓细流一般悄然流淌，从而更多让我们感到乡村生活的平静与朴实。比如《墙那边的前苏联》里，山里的歌声，干净、清脆、令人向往；《空山》里，曾经有青石板上捣衣的声音，还有牛背上的铃铛声，月夜或雪夜的灯火、纺车、水磨的声音，甚至连荒草和石头，都守着每一寸的秘密；《山中异犬》里，贤爹家的呵子，认亲恋子如同亲见；有福家的呵子，忠诚与厚道撼天动地；茶观砚的呵子，嘴里叼着一根草，以示对善良之客的尊敬与礼节，真的很奇妙的；而《天上的爱情》乃一段绝尘挚爱，没有日历和礼拜，不知今夕是何年，读罢，三分温暖，七分心酸。

一直以来，包括我在内，很多作家也在衣锦还乡，可仅仅停留在形式或者表面，但在《山南水北》里，韩少功不是这样的。他深入乡下，他不仅亲自种地、种菜，还养鸡、养狗、养猫、修路、帮扶乡亲、传播文化等。很显然，不是去躲避喧嚣的红尘或者颐养性情，故而在他笔下，动物之脾性，草木之灵性，被描摹得活色生香、淋漓尽致。比如说，一只大公鸡，让他亲自发现了动物的利他精神；一只弱小的小鸡，让他看到了动物的游离与孤独；尤其是他笔下的猫儿、狗儿和人之间，那种微妙关系与和谐相处的秘密更是让人心生无限感慨。尤其是写小狗三毛的时候，从妻子起初的陌生、厌恶、排斥到最后的熟悉、喜欢和依赖，抑或三毛的生与死，都令人触动万分。

不光如此，八溪垌村的人，亦从他幽默凝练的文字里活脱脱地跳出来，鲜活淋漓。我记得聪明机灵的贺麻子、靠旁门左道来医治百病的塌鼻子、装神弄鬼的友根、麻花般造型的谷爹，以及奇妙无比的习俗——藏身入山……这些淳朴善良、蛮横粗糙、卑微俗气的乡民，与他们赖以生存的乡村、山神及所有生灵之间构成相互求存、相互敬畏、相互包容的大和之美，也是整本书里最令我百感交集的一点。

合上书页，暑热正当时，逶迤在椅子上，汗水顺着脸颊和脖子不停滚落，心绪更难平宁。忽而想起了端午回家看父母时，在自家后院墙头上那只活蹦乱跳的老花猫。原本是只野猫，只因侄子和母亲曾经多喂了它几口残羹碎馍，它已盘踞在后院里整整三个春秋了，并且繁衍了好几只后代。平日里，这几只猫不是眯着眼睛趴在砖墙上晒太阳，就是上蹿下跳打情骂俏，几乎寸步不离我家后院。肚子饿的时候一声声喊得有气无力，可怜兮兮。而到老鼠出没的夜晚，那叫声可就不一样了，可用雄赳赳气昂昂来形容。眼见它仰着脖子，凝神静气，若探得一点老鼠的气息，扯破嗓子喊，喊到我家院子、屋子、厨房、粮仓、柴棚、猪圈等多处角落，已经很久很久没有了老鼠的横窜与张扬了。然而，我却从未真正走近过它，甚至当它盯着我的花裙子看时，我会朝它吼几声，伸出胳膊作恐吓状，看它吓得四处逃窜、无影无踪才罢手。此时，手捧韩少功的《山南水北》读的时候，一丝懊恼和惭愧，不可节制地冒出来，令我难以平静。

血脉里的薄凉与温暖

——读《许三观卖血记》

读《许三观卖血记》是有渊源的。

首先，我是个读书很不用功的人。一直以来，苦于各种烦冗的琐碎和浮躁的心绪，总不能静下心来，安安静静读几本书。手里一些书，大都是在走马观花和囫囵吞枣的状态下猴急一般地浏览完毕的。

待一日，慌里慌张一脚滑进所谓的文学圈子里，忽而惊觉，自己喜欢和坚持了很多年的随性和随意写字，实在很浅薄，也很逼仄。很多良师益友会在各种场合谆谆告诫，文字功底还行，不算花拳绣腿的那种，但缺乏思想和境界。当然了，也有朋友循循善诱，既然喜欢这个这个叫作文学的东西，还是尽心尽力做得更好一些吧。多阅读和汲取，切记要克服自己阅读过程的良莠不齐。一酷爱读书之友更是看着着急，一再开导，且不可荒废本已不年轻的岁月了。读书，一定要读好书，读令自己眼界和境界宽阔的书才行，甚至不辞劳苦，尽心尽力挑选了一些他认为好的书送给了我。

这本《许三观卖血记》便是这样来到我身边的。

初读，读得很不畅通，中间总有事情缠绕。一本书，从家里到单位，单位到家里，不停地在包里来回辗转，总不能顺当地读下来，心中着急的同时，亦有几分郁闷。

今日，总算安静了，从早到晚，一直埋没其中，几乎是一口气读完了这本非同凡响的作品。

记得余华说过，诱引他写这部小说的原因，是他在九十年代的繁华都市里，曾经见过一位老人。老人独坐在万家灯火里，神情木然，目光呆滞，布满沧桑的脸上老泪纵横。余华从心底里感到一种震撼，人文的关怀最终变成一种良知的责任，凭着他卓越的想象力和极大的温情描绘了卖血求存这种磨难的人生。

小说开篇是一段许三观与爷爷之间一段重复来重复去的、令人哭笑不得的对话。可就是这对话，瞬间让我有一种预感，接下来的故事里，一定会有很多比这令人哭笑不得的对话还要哭笑不得的故事。

小说的主人公许三观自幼丧父，被母亲抛弃，是善良的四叔和爷爷将其养大成人。忽而一日，他得面临一个男人成家立业、娶妻生子的生活历程。余华给这部小说起的名字是《许三观卖血记》，自然离不开卖血的故事了。

令人意外的是，许三观的第一次卖血没有任何目的，仅仅是为了试试自己的身子骨是否结实耐用。这一次卖血中，许三观知道了卖血前要喝水，这样血就淡了，也多了，卖出去的就少了，也跟着同村的跟龙和阿方学会了卖血之后要吃猪肝和黄酒，而且，要大嗓门地告诉店家，酒要温一温。

手里有了卖血得来的35块钱，许三观不知要怎样花。但他知道，这钱绝对得花在大事情上。可大事情是什么呢？他坐在四叔的瓜田里想了一天，当落日的余晖将他的脸照得像猪肝一样通红时，他望了望远处的农家屋顶上升起的袅袅炊烟，忽而说，我想找个女人结婚了。于是，这钱，也终于派上用场了，新娘是有名的“油条西施”许玉兰。

第二次卖血，是一乐为了帮三乐出气，打破了方铁匠儿子的头，方铁匠来问许三观要钱给儿子看病。许三观知道，一乐不是他的亲儿子，一乐是妻子“油条西施”许玉兰和何小勇的孩子。许三观始终认为，自己能任劳任怨将一乐养活就很不错了，这钱应该由何小勇来出。他差一乐去找何小勇，谁料何小勇根本不认一乐。方铁匠等不及，用车拉走了许三观家里大部分家当，许三观万般无奈之下，去卖血，换回家当。

第三次卖血，家当赎回来了，许三观心头却一直不美气，感觉自己就是乌龟一只。之后听说自己年轻时爱慕过的林芬芳腿摔断了，出于对许玉兰的报复，他和林芬芳之间发生了男女关系，由此他感到了极大的满足和感动。之后，又觉心不安，因为林芬芳是在腿摔断的情况下跟自己有一腿的，所以，他再次卖血，并用卖血的钱给林芬芳买肉骨头、绿豆、黄豆、菊花等很多补品。林芬芳的眼镜女婿带着东西找上门来，大骂许三观是流氓和色狼。许三观虽然丢尽了人，但心里总算找到了一点平衡，觉得自己可以在许玉兰跟前将腰挺直了，眉头舒展。

第四次卖血，是在大跃进后闹饥荒的年月。许三观一家三口连着喝了56天玉米粥，为了能让孩子们到胜利饭店吃一碗面条，他卖了血，只带着许玉兰、二乐、三乐去吃。他认为一乐不是他亲生的，当然不能花他卖血的钱。他已经替何小勇养了一乐10年，再让他花自己卖血的钱，真是做乌龟做到家了。所以，把一乐留在家里，只给了吃烤红薯的钱。可一乐可怜巴巴地想吃面，对许三观失望之后，哭着去找亲爹何小勇，仍然被拒之门外。他一个人走出了城，消失在黑夜里。最后，还是许三观找到了一乐，带着他吃了一碗面。这段情节反映出饥荒年代许三观和中国老百姓食不果腹的窘迫生活，同时，也让我们看到许三观骨子里的善良与温和。

之后，只要家里有了什么急需要花钱的事情，许三观照例会喝很多的水，然后到李血头那里去卖血救急。比如为了下乡的一乐、二乐在乡下不要受那么多的苦，他去卖血；为了让二乐早点回城，要请二乐下乡所在队上的队长吃饭，在家里仅剩下两元钱的情况下又去卖血，还在自己刚刚卖血身子骨虚弱的情况下，陪着二乐的队长宁愿伤身体不愿伤感情一杯杯陪喝，喝得呕吐又抽搐。

许三观卖血最伟大的壮举是为了救患了肝炎的一乐，那时，他已过沧桑之年。这是一段艰辛而又令人感动的卖血过程，也将整部小说牵入高潮。同时，亦体现了许三观作为生活在底层的下里巴人人性中最为闪亮的地方。在得知一乐患病之后，许三观没有退缩和嫌弃。他四处求借，敲了十三户人家的门，借到63元，让徐玉兰先带着一乐去上海看病，自己返身又去找李血头，李血头知道他刚刚卖过血，不能破了规矩和身家性命，没同意。不过，他告诉许三观，本地卖不成，可以到别处卖血的。

许三观听了蛮高兴，心里想着，一乐有救了，他二话没说，怀里揣着两元三角钱上路了。

许三观要去的地方是上海。要经过林浦、北荡、西塘、百里、通元、松林、七里堡等十七个村镇、县城，他必须上岸卖血，救一乐。这一段路，走了十天，卖了四次血，其中，差点丢了性命。不过，一乐终于得救了。

至此，许三观卖血告一段落。一日，当许三观的头发白了，牙齿掉了七颗，他家已经不再为一盘炒猪肝和二两黄酒发愁的时候，他的血却卖不出去了，他像失掉了魂一样，忧忧郁郁泪流满面，人生沧桑莫过于斯。

合上书页，心情久久不能平静。这个生活在底层的下里巴人，一次次卖血，那句“一盘炒猪肝，二两黄酒”，似乎滑过我的耳膜，眼见那声音从结巴胆怯变成了老练从容，亦让许三观从年轻变成了苍老。卖血使他全家躲过了一次次的灾祸和劫难。在这一次次卖血中，许三观这个人物的内心活动更加饱满，形象更加立体。其是在一路的卖血中，看到了根龙的死、何小勇的死，体味到自己的悲凉和对死亡的恐惧。血，固然是他的生命。可生活中注定有比生命更贵重的东西，那就是他爱的每一个儿子，这一点，二乐、三乐，如此，连不是亲生的一乐，也如此。

而我还想说点是，余华在这部作品里的语言太独到了，简直前无古人后无来者。细细读来，满纸的语言几乎都是平淡、诙谐，甚至带有几分轻松和调侃。可恰恰这背后溢满了苦难、心酸和沉重。同时，又让人感觉到丝丝缕缕的人间温情，触摸到俗世里迎面而来的苍凉。作为迟到的阅读者，我的手指划过一页又一页属于余华独有的、悠扬婉转的黑色幽默。在微笑和唏嘘中，一次次触摸如许三观一样的底层百姓平凡的人生、平凡的真情、平凡的人性。可以说，那段相当长的历史时期中国社会现实里民众生活的跌宕起伏，在他充满辛辣的、喜剧一般的语言文字里不折不扣地渗透出来，不能不说，这是余华的高妙之处，也是这篇小说最成功最动人的地方。

最后，我要说的是，在这篇《许三观卖血记》里，余华充满“人文关怀”的大家气象尽显无疑。这种肩负和坦诚，在日下的世风里，是值得称道和弥足珍贵的。如今，在熙熙攘攘喧闹繁华的街头，“哀民生之多艰”，几人能做到？或许，我们很多人，只看到自己窗外桃红柳绿繁花似锦，一些羸弱贫穷总被流光溢彩遮盖住，一些底层人物颠沛流离的生活状态，总被忽略。而余华没有，他痛着，疼着，并记着。

深夜，带着这样一丝丝的敬畏，再翻一翻书页。比如，许玉兰分娩时不知女儿家羞耻放纵的嚎叫；许三观生日时画饼充饥的红烧肉；比如一乐趴在高高的烟囱里泪流满面却大声为何小勇喊魂，许三观在自己脸上划出一条血口子，说，从今往后，谁要是说一乐不是我亲生的，我就和谁动刀子；比如许三观给脖子上挂着木板，木板上写着“妓女徐玉兰”去送米饭，白米饭下藏的是肉片；再比如许三观到松林的医院里卖血晕倒了，医生给他输了700毫升的血，他苦求把多输进他身体的300毫升血收回去；还有，临近上海的最后一次卖血时，给从未卖过血的来喜兄弟俩轻松地描述，卖完血的感觉就是两腿发软像刚从女人的身体上下来……这些夸张的，诙谐的，粗粝的，俗气的，温暖的情节，像一张画片，在风中飞扬，而我内心深处，陡然平添了许多怆然和不安。

水墨淡渲百味生

——品潘锡林中国画

潘锡林，野风堂主人，安徽天长人，现为天长市书画院院长，一级美术师。自幼受文化底蕴深厚的皖东山水熏染，他的画以其荒寒、野逸、苍茫、老辣的风骨傲然林立于中国画坛，那一幅幅笔墨饱满、洒脱飘逸的画给了人们一个独特的水墨世界。

走进这些画的时候，是收到潘先生寄来的画册近一个月之后了。这阵子，总忙得焦头烂额的，偶尔上线，看到先生闪亮的头像，愧疚之情不言而喻。

细细触摸，黑白套色封面，中式绘画，还有，那一抹抹在墨染中铺就开来的《西窗难留芭蕉梦》《荷塘思绪》《池塘一夜秋风冷》《溪水荡舟》《青山老屋》《听松图》……它们静静地伫立着，与我相遇，仿佛生命与希望、平凡与敬畏、寂寞与繁华，一起徐徐地弥散，荡漾在我的视线里，一圈一圈地漾出涟漪，而我的心，寂静得只剩下呼吸。

其实，我几乎不懂画，充其量也就喜欢潘先生一任天然、兴之所至的画风而已，尤其是他泼墨中呈现而出的素净与淡雅，以及画面中极其容易捕捉到的一份来自生活的意趣横生，似清风白月般挡也挡不住。

走进先生画中，你会看到一种旷远和豁然的感觉扑面而来。那些属于原野独有的山村野渡、秋山茅屋、荒天古木、夜月无迹，虽是荒寒幽寂之境，却也是生命挺立于这寂寒世界的独白。曾记得历代游子，漂泊羁途，这山山水水最终成了其灵魂止泊的归属。我们循着先生水瘦山寒的画卷，仿佛能看到篱下床头的一灯明灭、月光下的一棹孤舟，断断续续地敲打在游子的心头，欲说还休，原来，这白山依旧，黑水依旧，生生不息。

这里要说的是先生一支画笔、一双慧眼、一颗慧心，为我们勾勒而出的世间温情图了。你看，鱼跃鸢飞，是流动飘逸之境，卷舒取舍如太虚片云，俯仰自得；一窗梅影，婉约素雅，仿佛道尽清莹透明之境；而一方窗牖处疏影雅轩，月影婆娑，清光渗透，若凝神闭气，定能听泉眠云，恍然间，那种返朴归真的人性之璞玉卓然纸上！

中国的山水画，素有“水墨为上”之说，千百年来，万川之月，川，在遥远的地盘结着平静的黛蓝，月，在悠长的思绪里勾勒出空灵的清辉。而先生墨中的岭上、坡脚，或安几间破旧茅屋，或横一座简陋小桥，或缀一掾倾斜草亭，一简一繁，笔笔涂在了心房的墙壁上，似乎有一枝惊艳，挂在心头的枝丫上，随风摇曳。

那一刻，心无籁，灵无声。

赏潘先生最多的是，先生的花鸟百趣图了，潘先生画荷，画苇、草，再藏以一二水禽，使人想起“兴阑鸟啼尽，坐久落花多”的幽静；先生画菊，铺以湿地，远横疏篱，又是一种“采菊东篱下，悠然见南山”的闲适；先生画牡丹，苍石相托，溪水为润，歇枝一二淡墨小鸟，雅趣同在；先生画荷，无盆中之荷，无庭院之荷，却是乡野水荷，绽放时，暗香簇簇，凋谢了，也有一股倔强的生命屏息而来。我浸在其中，念及的是“一花一世界，一草一天堂”，体会的是万物同一、天人合一的境界，对先生的仰望也油然而生，也许，一支横笛、一架琴瑟，可以使舟也摇摇，月也泛泛，而一方水墨、一笔丹青，却能使人的生命得到皈依，心灵得到濯洗。

这般想着，倒是拙笔了却我一桩心事，但愿不枉潘先生厚望。

群山之巅，谁在歌唱？

——读迟子建长篇小说《群山之巅》

大寒中，清冽的风，灰暗的天，冷得不像话。

这样冷的日子里，出不了门，就窝在家里读书吧！

书是元旦前买的，有《从文家书》《群山之巅》以及张爱玲的《重走边城》。三本书安静摊在我眼前，都想读，却难确定先读哪一本。不由笑自己：原来，读书也有作难的时候。于是，三本都拿起来，随意翻几下，翻目录，翻开头，翻结尾。当我的目光停留在《群山之巅》结尾那句“一世界的鹅毛大雪，谁又能听见谁的呼唤”时，忽而明朗。我之所以果断下单，不就是冲着这句话去的吗？

几日来，除却杂沓和琐碎，余下的时间，就是将自己淹没在那片群山之巅，尽情触摸她笔下的人物，以及那个叫龙盏镇的地方发生的所有奇奇怪怪神神秘秘的故事。这些人和故事，相互剥离，又相互串联；相互隔离，又相互依存。最终，她的笔下，骨血、情爱、仇杀、生命、生存，就像一颗颗纽扣，牢牢缝在龙盏镇的缀满风雪的外衣上。无疑，这一笔，是浑厚大气、波澜壮阔的一笔。

小说是读完了，人却有些恍惚起来。因为里面的人物太多，辛七杂、辛开溜、辛欣来、绣娘（孟青枝）、安玉顺、安雪儿、安平、李素珍、唐媚、唐汉成、单尔冬、单四嫂、安大营、林大花、烟婆、老魏、郝百香、陈美珍、陈金谷、陈庆北、徐金铃等，他们之间千丝万缕的联系，我到现在还不能完全弄清楚，只能等读第二遍的时候，慢慢熟悉了。令我惊叹和回味的是，迟子建倾尽笔墨，使这些人物身上缀满了一种奇特、繁复、诡异而充满魔性魅力的基调。这种基调，是我之前读她《额尔古纳河口岸》和一些中篇和短篇里完全没有的。尤喜她用大胆、夸张、新颖的神性定论写意，赋予这篇小说非常明显的魔幻色彩，可谓令人耳目一新。

说说几个印象深的章节吧，第一章的《斩马刀》拉开龙盏镇爱与痛、罪恶与赎罪的序幕；《制碑人》拽出安雪儿的侏儒女孩身份来历和其神灵特质；《两只手》让龙盏镇里两个与死人常年打交道，被众人认为沾染了一身晦气的两个男女走到一起，龙盏镇容得了他们的身体，却容不得他们想得到人间真爱的美好愿望；我没有办法忘掉《白马月光》里，绣娘（孟青枝）与安玉顺的传奇一生，英雄抱得美人归，却没能抱着她长久度日；《生长的声音》这一节，纯粹的神性描写，安雪儿身上诸多的灵性和神性在被辛欣来糟蹋了身体之后，一扫而光，她长高了，变胖了，入俗了，返璞归真，朴素无常；《女人花》里，死了女人的辛七杂招架不住送上门的陈美珍和单四嫂，他洗了澡，刮了胡子，换上干净的衣服去见自己暗地里喜欢的女人——开油坊的金素袖。一路上，他的摩托车后面夹着一支野百合，火红的野百合，让他想起了多年前王秀满结了扎，主动来龙盏镇寻他的情景，想起他们的初夜，他心惊肉跳，羞愧不已；《从黑夜到白天》颇具讽刺意味，所谓英雄有时候也是杜撰出来的……这一章章故事里，属于乡土人家纯良温厚的情感，既温暖感动，又令人心酸。我清晰记得，安雪儿怀孕了，林大花神情恍惚到仿若世界都要坍塌了。当然，关于小说的主人公辛开溜的故事，是从《旧货节》开始的，他的“堕民”身份，以及被父母卖掉后发生的所有故事，还有那个叫作秋山爱子的日本女人，是主人公辛七杂的娘，是不是他辛开溜的种，最终成为一个未知的谜；《暴风雪》，真的是风雪之夜啊，一些事情被大雪盖住了，另一些事情却在大雪之夜苏醒过来。这样的夜晚，安平思念李素珍，他渴望见到她，一番覆云翻雨、颠鸾倒风过后，他们付出了沉重的代价，成为小说里最伤情的一笔。小说最后，辛欣来落网，安雪儿生下一个小子，取名毛边；辛开溜死后，他成为龙盏镇火葬的第一人；跌了一跤死了的绣娘，和她心爱的白马一起，在喜欢的白桦树间燃烧成一缕风；土地祠，成为安雪儿和单夏生命里最后的伊甸园。

合上书页，大寒依旧，风儿依旧，我却很清醒。清醒得如同看见那滔天的大雪、亘古的河流和山峦，更清醒小说中那些卑微的人物，从迟子建的墨间站起来，朝我走来。他们怀揣各自美好或残缺的心愿，努力活出自己的模样。仅是一份甘苦，就足以值得我，在接下来的日子里，衔一口冷风，再去细细咀嚼。

爱的路上，朗读不止

——有感于《朗读者》

读《朗读者》竟然源于停电中的无所适从和无所事事。

没电的日子，办公室依然不安静。出出进进的同事，出出进进的领导，出出进进的学生，似乎停电和他们的生活节奏永远搭不上边。比如没有电，同事的课依然得上，领导的脑袋依然不安闲。可于我，却很重要，手头给长岭纺电培训的考试题出了三分之一，明儿最后一次机床夹具培训课程太夹生，需要好好温习一下，电脑处在倔强的瘫痪中，资料锁在其中，我只能望电兴叹。

抬头看窗外，很冷的风，很低的气温，都在向我昭然这个小城属于深秋时节的种种迹象，尤其是愈来愈重的薄凉与深寒，一直以来都是我无法轻易驾驭的。

掩上门窗，除了多了几分安静，凉气也不觉瘆人了，可以将身体舒展些，安安稳稳逶迤在椅子里，翻几页书了。

窗台上的书，还有三四本，最底下的是《朗读者》，一个叫“本哈德·施林克”的德国作家写的。无论是书名和作者，感觉挺顺溜的名儿，一下就记住了。友人说，这篇小说是曾登上《纽约时报》畅销榜榜首的小说，我在下单之前，问过度娘，是和一个荒诞的、有失伦理的，却很诚挚的爱情有关。而此时，它的轰动于我一个阅读空乏和孤陋寡闻的女子而言，依然有种空白无力的窘迫感。我之所以拿起它，并不是太强的诱惑或者探究，只是觉得在这样闲适的时间段，不读一点书，有荒淫无度之感。

十点开始，办公室基本没有人进出了，读书应是最好的环境，我不正一直奢望如此吗？

小说字数不多，大概13万出头，故事情节更简单，十五岁的米夏迷上了三十七岁的汉娜，他陷入那个秋天里一场盛大而美丽的情爱之中不能自抑，而汉娜却在他的身体和灵魂得到欢愉的巅峰时刻不告而别。再次相逢，却在法庭之上——米夏是法院实习生，而汉娜，曾经是纳粹集中营的女看守。在这之前，由于自己的秘密与强烈的自尊心，她不希望任何人知道她不识字，她放弃了升职机会而去做了一名纳粹看守。同样由于这个秘密，在审讯时造成了众人对汉娜的误会。可怜米夏，也只是在这一瞬间，发现了她的秘密。他在救她与维护她尊严之间徘徊了很久，但最终选择了沉默，汉娜被判终身监禁。

在之后长达几十年的监禁生涯里，无法做到安生和释怀的米夏一次次为汉娜朗读那些风清月白的故事和作品，一直到她获释前夕。可当米夏为汉娜租了房子，找了工作，准备接她出来的当天，汉娜自尽，故事结束。

我一直认为，日耳曼民族是聪明的，强悍的，严谨的，固执的。这些印记在“本哈德·施林克”的笔下淋漓而出。通篇自始至终，他几乎都是在用一种笃定、沉稳、内敛的姿态，不急不缓地向我们诉说一个十五岁男孩沸腾饱满的爱情。要说的是，“本哈德·施林克”真是个天才，他的精巧构思和细腻描述，从一开始，就让这个有失人性伦理的爱一下子变得十分的迷人。比如米夏如何迷恋汉娜的身体和味道，比如一个少年的性意识和性爱之初，是从他患了一场黄疸后邂逅了一个三十六岁的女子开始唤醒的……

与世人而言，爱与性之间，捆绑着诸多的美好与欢愉，而在“本哈德·施林克”的笔下，在米夏与汉娜之间，却洋溢着诗意与温情，尤其是汉娜在看守所里，学会了写字，学会了朗读。这些，何尝不是一个老女人对于小男孩从内心深处延续下来的那份绵绵不尽的爱？尽管此时，她已白发萧萧，皱纹纵横。一个老女人的体臭，从她身上蔓延而出。

其实，我在读到这里的时候，觉得有些纳闷，米夏曾经十分迷恋的味道怎么一下子臭了起来。或许，这种臭，本身就为汉娜的死，埋了伏笔吧？但无论如何，我想，我不会忘记这样一个场景，那就是，在米夏和汉娜的人生路上，爱不止，朗读不止。

当然了，关于《朗读者》，法国《世界报》文学主编克利斯托夫·施扎纳茨在书后评论中写道：不管我问哪个读过《朗读者》的人，他们都说“我把它一夜读完”。我相信，这本书是作者的亲身经历，至少，他经历过类似的事情。我也相信，每个读完这本书的人所沉浸的思考也不尽相同，这部小说承载了太多，爱与性、爱与被爱、爱与社会、爱与死亡、爱与生命。留给我们的不只是感动，还有令人无比安静的思考。何况，卡夫卡曾说了：“书必须是凿破我们心中冰封海洋的一把斧子。”而且，我一直信奉：卡夫卡对这部小说恰当与精准的诠释，或许在以后相当长的时间里，影响着我对任何一部经典作品的阅读所带来的导向与思考。

再读汪曾祺

【1】

说来惭愧，倾心读汪曾祺，是在旧历年底。友人极力推荐，一次买了三本。最先读的是《故乡的食物》，小开本，盈盈一握，竟然喜欢得放不下了。一遍遍读，一遍遍回味。回味他笔下那些食物、花草、鸟兽灵动乖巧、活色生香的模样。

其实，我对于汪老之人早已熟知，可其文却读之甚少。说句让友人们见笑的话，他的一些文字，也仅是从我家小子从小学到初中各种语文练习考试卷里读到过，比如《腊梅花》《干丝》《槐花》《北京人的遛鸟》等，给人清新扑面的感觉。

我一直认为，在文字里与一个人深度相逢，应该是幸福的。比如，我可以隔着千山和万水，隔着前世和今生，触摸一个作家如何在读者的身体和灵魂里，播种下一洼一洼的绿。这新绿，属于汪老文字的山河与乾坤。与我而言，沐浴一篇字、又一篇字，便在心底也长出一片绿、又一片绿。

汪曾祺的语言属于简简单单、干干净净、清清爽爽，却令人无限着迷的那种。他不会刻意去借助流光溢彩的技巧，也不会彩云出釉一般地精雕细琢。但不知不觉中，会被他的文字带到一条潺潺流动的小溪边，溪水清澈见底，水草丰茂，我的眉间顿时漾满了喜悦。这种喜悦是欲说还休的那种，这大抵就是文字予人的诸多美好之情吧？

说说我挺喜欢的《葡萄月令》吧，尤其是开头那段：

一月，下大雪。

雪静静地下着。

果园一片白。听不到一点声音。

葡萄睡在铺着白雪的窖里。

多简约而又平静的叙述，同时又呈现出一幅笃定与闲适之态。就这几句，读过，除了过目不忘，剩下的，便是深深欢喜了。

【2】

春节后很长一段时日，小城处在春寒料峭里，被寂寥的生活鼓胀着，总要翻翻汪曾祺的小说，粉白的书页仿佛最初相遇的惊喜。依然记得，那日，很早起床，早到窗外一片混沌，开灯，起身，静坐，读汪老的小说集子，一口气读了好多篇，读完，下楼，去渭水岸边散步，风儿到处刮，很大，回来时两只袖口灌满了风，什么也没有，意外的是，眉目之间裹了淡淡的、有些冰冷的水汽，是那种簇新动人、湿润柔和的感觉，似要将一个冬天里攀爬在身体里的僵硬和褶皱次第舒展。

第一遍读完《大淖记事》，感觉其文风散淡，令人回味无穷，貌似又缺了固守在我脑袋中关于小说里的那种跌宕、澎湃与喧响。更直白地说，《大淖记事》里，很多故事带有一股迷人的仙气，是那种仿若跟人世隔了一层，就像戏台上的青衣，令坐在台下的人无端生了几分哀愁。这种哀愁将人包裹起来，呆坐在那里，直到下一个沧海月明的夜晚漫上来。

过了几天，我还在回味《受戒》里行云流水姿态横斜的意蕴。是春上的钩月、坡地的新草，生动，簇新，氤氲着灵动，仿佛一呼一吸间，世间所有的此去经年，独男女情事至美好妙曼。这大抵就是经典了。

忽而明白，汪曾祺的小说，和他的散文随笔一样，均做到了文理自然、脉象平和。读来一点也不逼仄和沉闷。即便如我一样的初读者，在放下书页的瞬间，亦不由自主地对文字的魅力，又产生了几分神往。

【3】

几日来，一边读书一边码字，读倦了写，写累了再读。因为同时存在着疲倦和劳累，故而会选择轻松愉悦的读本，放假前托友人新买的《独酌》正好应了此番心境。

还真是这样的，这本《独酌》，遵循的是八个字，“醺游，酡意，醉眼，酣唱”，意在自由奔放，闲适安妥，无拘无束，恰似酒后的豪放与粗犷，这与汪老被誉为文坛酒仙是分不开的，毋庸置疑，酒给他的文章与绘画助了不少灵气。

在《独酌》里，最喜欢一个“醺”字。醺，微醉也，醺醺然，是一种幸福、豁达、忘我、烦恼荡然无存的境界。在这种境界里，感觉日子回到了从前，很缓慢，慢到可以坐着牛车马车去看一场戏，去赶一回乡集。你看，他把自己浸泡在《北京的秋华》《紫薇》和《沽源》里慢慢熏游，又在《烧糊了洗脸水》里信手指点《猴王的罗曼史》和《苏三、宋世杰、穆桂英》，一副大醉后潇洒狂野的模样；醉眼里的《泼水节印象》《大声喊》等篇幅，极尽异域风情；酣畅里的《听遛鸟人说戏》《水母》《与戏曲结缘》，则让人非常惬意地享受了泱泱大国古风悠悠的东方神韵，真的酣畅淋漓。

【4】

一直以来，我喜欢阅读，但仅限于作品本身。平日里，对作者的来龙去脉几乎不太关注，充其量只能算走马观花了解一下。但自从喜欢读汪曾祺作品后，忽然有一份热望，想更多了解和认识他。时不时地，也会怀着迫切的心情打开各种链接，最大限度地走进这位大师级作家。

之所以产生这样的想法，主要源于我不止一次从他作品里读出一种散淡高雅和贵气的味道，大抵跟他出生于“书香门第”相关。汪曾祺的祖上饱读诗书，祖辈们读书氛围十分浓厚，且属于殷实人家，据说家有良田千亩，衣食无忧，富甲一方。到其父辈手上，除了田产外，又开有中药堂，在高邮小县城屈指可数。汪曾祺的父亲是一名眼科医生，琴棋书画倒样样精通，且乐于交友，跟和尚都能处得极好，甚至结婚时，和尚送的一幅异常香艳的对联都敢挂在新房里，这种率性和洒脱的气质，或多或少也遗传给了汪曾祺。

作为长子，汪曾祺自小耳濡目染，中国读书人那些个文房雅趣不免薪火相传。自小家境殷实的他，衣食无忧，极少有窘迫局促或食不果腹的困苦日子，生活的安逸或多或少反映到他的文字上了。他18岁离家，去昆明读大学，随后跟着动荡的时代一同辗转上海、北京、四川、湖南等地，虽然也困苦过，但精神上殷厚的底子在，这种散淡之气根深蒂固。如他在绘制一本“土豆画谱”时的事迹——早晨趟着露水去土豆地掐一把花叶回来临摹，简直诗意盎然了，不晓得是苦中作乐，还是天性使然?这种随遇而安的心态，亦是他性情里的散淡与温和吧?

【5】

读汪曾祺的文字，有清气缭绕，有甘甜辗转。我甚至想临摹一次他那样的闲适与散淡。比如某个立秋后的黄昏，坐在居所北面的草坡上，割几簇新鲜的毛豆蔓，一只一只剥。头顶群鸟飞过，脚下云垂四野。忽而来一阵风，空气中荡来泥土味、青草味、玉米味，味味入心。

太阳落山了，我拎着一把绿莹莹的毛豆回家煮着吃。一边酣吃，一边赊一点汪曾祺的散淡与高贵，写一写毛豆里诉说不尽的人间风月，如何？

书香时光

我一直相信眼缘，就像我第一次走进万邦书城时的那种感觉。记得好像是个冬天吧，很忙，很累，刚歇下来，在那里工作的学生打来电话说，到了一批新书，我若想看看，周末赶紧过去。

那个时候，学生在万邦书吧的前台办理会员和借阅手续，我可以随意挑几本书拿到最里面的书吧中，充分享受书吧里宽敞明亮的空间和幽静娴雅的氛围。

当时的书吧有三间。其中进门右手边的一小间是藏书，密密麻麻摆满了各类书籍；中间门厅处搁置了四个原木书桌和四把藤椅，算是接待会员的地儿。再往里，就是较大的一间了，进去，青色带釉光的地板一尘不染，象牙白的沙发散落其中，靠墙的角落里，几只一人高的青花瓷瓶上悠然可见清明上河图中烟雨朦胧的景致，几排沙发的空隙处用雕花的屏风隔开，屏风上，是苍劲老道的书法。人刚一落座，立马有漂亮勤快的女导购上前来沏好茶，茶香墨香交织在一起，令人有怦然心动的感觉。

那一瞬，我便喜欢上了那里。加上那会儿，孩子刚上小学，周末要经常到市区学英语和围棋，在孩子跟着老师两个钟头的学习时间里，我会信步万邦，翻翻书，喝一杯淡淡的菊花茶，听几首书吧里缓缓响起蔡琴的《渡口》《被遗忘的时光》等歌曲，墨香徐徐靠近，歌声缓缓飘远，宛如深寒的黄昏里闪烁在天边的那一抹柔和的光亮。

与万邦相遇的最初日子里，我读书很随性，更谈不上写作，充其量只是偶尔记录一下自己生活的点滴和感悟而已。印象里，非常喜欢书吧里恰到好处的氛围，记得有一回来翻陈丹燕的新书，读她写外滩路、黄昏中的咖啡馆、悬铃木的老街与巧克力派，读到感觉眼睛疲倦了，掩上书，闭目聆听书吧里流淌的音乐声。有时候是风笛，似有风声，吹皱一池春水；有时候是口琴，音色绵长里带来稻梗，或者无花果的香；更多时候是钢琴的轻浅淡泊，如止水般的宁静……

万邦书城就这样走进我的生活，成为我闲暇时释放疲惫和缓解压力的一处心灵港湾。在那里，我读了很多喜欢的书，比如舒飞廉《飞廉的村庄》，一本怀旧思乡的书，读来温暖亲切；后读《华丽一杯凉》，钱红丽著，文辞犀利，又不乏温润柔软，颇有张爱玲的遗风；比如读《我打不赢爱情》，和菜头著，恣意狂放，嬉笑怒骂，令人惊叹；读车前子的《品园》，文字像氤氲着一股水气，湿润、清冽。苏州园林的雅韵与幽微在他笔下如水墨画般渐次展开，一幅一幅让人慢慢沉醉；而辛丰年、严锋父子的合集《和而不同》是和儿子一起读的。我告诉他，辛丰年擅长写音乐随笔，这本书却是乐评之外的文章，大多是谈历史，用词精雕细琢，同样是读书笔记，严锋则偏重于文学性，感性，自然。相比之下，比较偏爱严锋的《好书》《好看》《好音》，曾一读再读，爱不释手。

一晃几年过去了，某日，我又来这里，意外读到和我睽违几年的迟子健，这个常居北京的女作家，我曾经深深迷恋，尤喜其沉静温暖的笔触。当看到淡黄色的干净书架上她新出的《亲亲土豆》《北极村童话》等时，欢喜和兴奋之情不言而喻，还有她写给已逝丈夫的文字，心动意暖，情深义重，读得人眼眶濡湿……这些难以忘怀的精神大餐和享受，是我自食其力的艰苦岁月里一叠又一叠的美好回忆。完全可以说，在万邦浩瀚如烟的藏书里，我与这座城市日渐亲近起来，我依然记得每一个晨曦与暮霭，每一次迷茫与失意，是这里一本本飘散着睿智、浸透着情感、洗涤着思想的书籍，它们以极其盛大的滋养与润泽安放了我一颗漂泊的心，我将自己浸泡在其中，目光趋渐平和，内心趋渐丰盈与强大。

之后，孩子上了高中，琐事缠身，去万邦读书的时候自然少了很多，偶尔去，也是漫漫暑期和寒假，会抽出整整一个下午，安静坐到那里，尽情体验阅读和书香带给我的诗意栖居。比如漫卷一册典籍，便可徜徉于奔流不息的历史长河，触摸沧桑厚重的文化甇音；隔着油墨的馨香同大师对话，沐智者雨露，一份来自心底的澄明与豁然油然而生；再比如，溽热夏日，静居书吧，一杯清茶，几缕书香，浮躁喧嚣不再，人亦清凉如水；漫漫冬日，雪落簌簌，红泥小炉，一帧泛黄的线装书，便是一个人的天荒地老。更何况，我本凡尘之人，身居繁华旖旎的都市，总有一些心绪无处安放，也总有一些浮躁和空虚填满身心，可只要我的脚步踏进这里，总会在墨香深处，找到属于身体和心灵的一条出口，一份慰藉，我甚至不止一次给友人推荐，来万邦吧，读书吧，即便你足不出户，但照样可以从这里、从墨迹里，抵达千山万水、芳草萋萋、红尘万丈，这种感觉是美妙的，惬意的。

如今，万邦旧貌换新颜，以前的沙发和屏风被拆掉了，整个书吧青砖铺地，字画满墙，厅堂中间一对石狮左右相望，像是要望穿书香里描摹不尽的人间百态，或者诉说不完的前世今生，置身其中，依旧古朴悠然，依旧翰墨生香。让人更为欣喜的是，在万邦，时不时地，会有小城的文友们的新书发布会、品读会、诗文朗诵会，以及前辈们的文学主题讲座，我由此结识了很多文字路上的良师益友，以书为媒，以文会友，奇文共赏，博采众长。总而言之，与万邦结缘的日子，犹如沐浴鸟语花香，阳光清风。并且，正是因为有了万邦一年又一年的墨香熏染，我平淡清宁的中年日子竟也活色生香起来。

光阴慢慢，不忘初心

——后记

最初，是在许冬林清淡简约的文字里捕捉到“光阴慢”这三个字的。尤喜其流淌出来的那份静谧与安和之气。之后，每当被一些火急火燎的琐碎和烦冗裹得无处藏身时，总在不知不觉中，向往和靠近她这般的境界。

有一段时间，也试着慢下来，顿时觉得，原本生活里的一切枝末细节即刻有了画面感，亦有了令人回味的惊喜。比如初夏，温热的风入了荷池，若慢下步履，细细打量那湖面，一定会有“水面清圆，风荷举眉”的灵动来；比如，独立桥头，细细看那一抹夕阳，徐徐地在天边涌动，这慢，是可以入诗，入墨的；再比如，读木心的《从前慢》，其中一段这样写：清早上火车站，长街黑暗无行人，卖豆浆的小店冒着热气，从前的日色也很慢，车、马、邮件都慢……好像后面还有什么，说得更慢条斯理，可惜我想不起原文了，大抵就是这么个意思。

我一再描摹，主要还是为了表达自己的喜欢。真的，这些细碎日常，说尽了“慢”的好。“慢”里，有淳朴的过往和耐心的倾听；“慢”里，一个孤独的旅人，走在清冷的车站，看着小店门前豆浆腾起的热气，一瞬间，心就暖了。他一定想走进去，接一碗这俗世的安妥，然后，继续赶路。

写到此处，突然想起前阵子读过的《从文家书》，很厚的一本书。书里，身世显赫的张兆和与一代文学大师沈从文，在美丽的湘西和繁华的北平之间，用一张信纸、一支笔，还有两颗滚烫的心，传递着真挚而温暖的夫妻情谊。我一页页翻着，一行行读着，读那些有着星星和月亮，有着风霜和雪雨的夜晚，一些心意、一些琐碎、一些社会百态，都被他们谆谆写在纸上，装进信封里，从一个窗前到另一个窗前，一个季节到另一个季节，一路颠簸，时光慢慢，而情谊长长。读罢，不免感慨万分。若一日，我也开始这般地同某人通信，又会是怎样的一番光景？我们其中一人，会不会也同1938年的张兆和一般，在战乱的北京城里感叹，“在这种家书抵万金的时代，我应是全北京城最富有的人了”。可惜，这样缓慢温暖的旧时光，大抵只有在梦中相见了。

忽又想起，很多年前，带孩子去植物园。行走街边，要通过很旧的一栋楼，的确有些年头了，黑乎乎的墙面、破旧的木窗户，连垃圾通道都是脏兮兮臭烘烘的，路人几乎都掩鼻而过。要说的是，这座旧楼 ，我来小城的时候就有了。楼上住的多数是老居民，花白的头发，佝偻的身子，说着杂七杂八的方言，以河南话居多。其中，中间的单元里，有位戴花镜的老大爷，厨房紧靠大马路，应该是违规加宽的，比其他住户都要伸出来一些，窗户上挂了一串又一串小吃袋子，以及风筝，玩具什么的。无论刮风下雨，那窗户总是开着。大爷坐在外面，向过路的小孩子兜售货品。他胸前挂着的黑色小包里，大都清一色的一角、二角、五角、一块的，大爷一张张不厌其烦地数着。数着数着，日子就过去了。

夏天时，大爷多数躺在树下的藤椅上。姿势很随意，趿拉着拖鞋，敞着胸膛，眯着眼睛，阳光和晚霞，一寸一寸从他身边走过。我能看见大爷额头上细密的褶皱，手背上鼓起的青筋，甚至脚后跟上长满的死皮和老茧，在阳光下，亮堂堂的，向我诉说着，属于时光和年轮的沧桑和斑驳。

很快冬天到了，西风猎猎，清寒漫天，大爷依然坐在树下。他头戴旧棉帽，用一件旧军用大衣将自己包裹得严严实实，腰里缠个旧棉围巾，只露出两只眼睛，乐呵呵地看着每一个过路的人。我不知大爷姓甚名谁，时间长了，心里却莫名地和他亲近起来。那个时候，孩子正上小学，每天都要接送，经过这里时，总要停下来，给孩子买个小手枪、一只小风车，或者一瓶子薄荷糖什么的，消费一点，才算走得安心。大爷账算得很清白，数钱、找钱，一点都不马虎。最难忘他的微笑，很满足，仿若日子就是这些零碎的小钱穿起来的。

不知不觉中，孩子上初中了，我也搬到新校区上班了。平日里，很少走和家相反的那个方向了，偶尔去，也是周末外出或者饭后散步会走一走，见大爷一直守候在此，衣着不变，货品不变，微笑不变。那一瞬，莫名的亲切和动容。

大爷居住的旧楼什么时候被拆掉了，我一点都没留意。只记得再经过这里时，正在起高楼，老大爷去了哪里，无从得知，他老人家身上留存的些粗粝而缓慢的旧时光，也无处可觅了。不知怎的，心中总有怅然，也总会在不经意间想起他，想起他旧得褪色的白色汗衫，黝黑发亮的旧藤椅，边沿开裂用白布缝补的旧蒲扇，以及他家厨房那扇掉了漆皮的绿色窗框……这些旧物件，城里大多数人家早已不屑用，可老大爷却一直钟爱着，不舍丢弃，大抵也是不舍丢弃那些缓慢的旧时光吧？想到这里，我谆谆告诫自己，在愈来愈繁华旖旎的大千世界里，要像老大爷一样，时不时地让自己急促奔波的脚步慢下来，远离心浮气躁，不苟言笑，不畏清苦，去趟过每一个春夏秋冬，每一处山高水长。

我是这样想的，后来亦是这样做的。只是不知，我能否坚持得久一些。

许多朋友说，喜欢我的笔墨，读起来使人宁静和安妥。我很欣慰这种肯定，并且一直认为，漫漫红尘，让自己的身体和灵魂慢下来，心绪和文字慢下来，去从容地度过余生。或许，在很长一段时日内，我会一直坐在这里，安静记录我在岁月深处的浮光印记。它们或长或短，或深或浅，或远或近，都无关紧要了。我只需要，耐着性子，将它们一一妥帖地安放于此，并且和你们一起，共同回忆和厮守。直到一日，我老得动不了了，它们会在远方、在我梦里，苏醒过来，成为某种美好。

最后，感谢在这本书面世过程中付出辛勤劳动的老师和朋友，你们的指正、支持与鼓励，注定会燃起一把火，与这如火如荼的夏日一起，点燃我的文字之梦。就像我当年怀一颗初心爱上写作的时候，始终不敢忘记屈老那句“路漫漫其修远兮，吾将上下而求索”的警示箴言。它像一盏灯，照亮我与文字一起前行的光阴深处，莫失莫忘。

是为后记。

张静

丙申年夏天于陕西宝鸡

—— *End* ——